Charly Essenwanger

Tänzelfest

Inferius

Mystery-Thriller

ISBN: 978-3-7528-5790-0

1.Auflage Juni 2018

© Karl-Heinz Essenwanger

charly.essenwanger@gmail.com

Lektorat: Angela Hochwimmer

Covergestaltung: HollandDesign unter Verwendung von depositphotos lunamarina

Verlag: BoD - Books on Demand, Norderstedt

Prolog

Noch keine Spur von Frühling war zu fühlen an diesem bitterkalten Nachmittag Ende Februar. Das Kopfsteinpflaster konnte man nur erahnen unter dem Schnee. Er war harschig und knirschte, wenn die Autos im verkehrsberuhigten Bereich der Kaiser-Max-Straße trotz mahnender blaue Schilder mit spielenden Kindern darauf schneller fuhren als das Schritttempo, das die Verkehrszeichen vorgaben. Es würde noch einige Wochen dauern, bis die ersten Cafés wieder ihre Tische und Stühle vor die Lokale im Altstadtkern von Kaufbeuren stellten. Die Gäste genussvoll den ersten Latte Macchiato mit einem Strohhalm trinken würden. Die Jacken wieder über die Lehne gehängt und das Gesicht der Sonne entgegengestreckt.

Doch noch hatte der harte Winter die Stadt im Ostallgäu unbarmherzig im Griff. Man nannte dieses Wetterphänomen, das nur alle zehn bis zwanzig Jahre auftrat, die russische Peitsche. Ein beißender Ostwind, bis in die Knochen dringend, der arktische Kälte bis zu 20 °C Minus aus Sibirien brachte. Die Menschen liefen, die Hände in den Taschen ihrer dicken Jacken vergraben, die Schultern hochgezogen mit kleinen, aber möglichst schnellen Schritten durch die Straßen. Die vielen Schaufenster der Geschäfte wurden ignoriert; es galt, der Kälte schnell zu entfliehen, nachdem man seine unaufschiebbaren Angelegenheiten erledigt hatte.

Es war verwunderlich, dass bei dieser Witterung der Stadtrat vollzählig zur regelmäßigen Sitzung eingetroffen war. Die Stimmung bei den 23 Mitgliedern war nach den Vorkommnissen im letzten Jahr endlich wieder gut. Es gab die üblichen Diskussionen und Zankereien auf Parteiebene, doch es herrschte ein respektvoller, oft auch freundschaftlicher Umgang miteinander. Alle hatten bereits ihre Plätze um den riesigen, barocken Tisch eingenommen. Da die Sitzung noch nicht eröffnet war, gab es das typische Stimmengewirr. Während manche diskutierten, machten andere Witze. Es gab Mitglieder, die noch auf ihren Smartphones mehr oder weniger wichtige Dinge erledigen mussten. Da auf der Agenda keine weltbewegenden Themen zu besprechen und zur Abstimmung anstanden, war die Belegung der Zuschauerbänke überschaubar. Presseabteilungen schickten ihre jungen Journalisten hin, damit diese bei der erwartet langweiligen Sitzung Erfahrung sammeln konnten.

Die mächtige Tür des Saales wurde geöffnet, und wie auf ein geheimes Zeichen hin verstummten sämtliche Gespräche, als Oberbürgermeister Zauner den Sitzungsraum betrat. Gut gelaunt und schwungvoll durchschritt er den Saal und grüßte die Anwesenden. Manchen Stadtratsmitgliedern hieb er freundschaftlich auf die Schulter, den Damen gab er lächelnd die Hand. Den wenigen Leuten auf den Zuschauerbänken winkte er freundlich zu. Zu einem schwarzen Anzug und dem hellblauen Hemd trug er eine rote Krawatte. Ein paar Mitglieder sahen auf den Bauch des Bürgermeisters, weil nicht zu übersehen war, dass der Mittvierziger in den letzten Monaten deutlich abgenommen hatte. Das Geheimnis lag darin, dass er mit einem Kriminalhauptkommissar namens Zeller, sofern es die Zeit zuließ, zum Joggen ging.

Er warf eine dünne Aktenmappe vor seinen Platz und setzte sich fast schon grazil einen Moment später auf seinen Stuhl an der Kopfseite des Ratstisches. Er nahm sich eine kleine Flasche Wasser, füllte einen Teil des Inhaltes in das bereitstehende Glas und trank einen Schluck.

„So, dann wollen wir mal. Ich begrüße euch recht herzlich zu unserer dritten gemeinsamen Sitzung in diesem Jahr. Ich hoffe, ihr hattet einen schönen Tag bis hierhin", sagte er fröhlich in die Runde. Einige nickten, andere sahen nur weiter den OB an. „Vieles steht nicht an, wir sprechen über die Kanalarbeiten in der Marktoberdorfer Straße, die sich durch die Witterung verzögern werden. Es gibt einen Antrag, dass darüber abgestimmt werden soll, ob die Stadt Zirkusse mit Tierattraktionen ablehnen soll. Ich hätte gerne eine Diskussion über das Für und Wider." Felix Zauner hatte die Ellbogen auf den Tisch gestützt und breitete die Hände aus, als Zeichen, dass er Meinungen hören wollte.

Gerlinde Frohnknecht von den Grünen war schon bei der Ankündigung auf ihrem Stuhl hin- und hergerutscht und konnte endlich ihre Argumente vorbringen. Der gertenschlanken Blondine sah man ihre 40 Lebensjahre nicht an; meist wurde sie mindestens fünf Jahre jünger geschätzt. Sie holte tief Luft und begann ihre vorbereitete Rede. „Selbstverständlich muss es auch in unserer modern geführten Stadt ein Verbot für Zirkusse geben, die Tiere benutzen, damit die armen Geschöpfe irgendwelche Kunststücke machen. Glaubt irgendjemand von euch, dass Tiere ihre Faxen freiwillig machen? Ponys in einem engen Kreis laufen lassen, das ist ja noch harmlos, aber wie bringt man denn Tiger dazu, durch brennende Reifen zu springen, oder warum stellen sich Elefanten auf den Kopf? Das ist absolut widernatürlich und kann nur dadurch erreicht werden, indem man den Tieren Schmerzen zufügt. Das ist in einer modernen, aufgeklärten Welt nicht akzeptabel. Vor allem Wildtiere haben in einem Zirkus nichts verloren, nur damit sie die Zuschauer belustigen können. Die Tiere werden in eine Stadt gekarrt, müssen ihr Training absolvieren, sie haben wenigstens zwei Auftritte täglich und nach ein paar Tagen werden sie in die nächste Stadt verfrachtet. Das ist Stress für die armen Kreaturen. Kennt ihr die Bilder von wilden Tieren aus Dokumentationen in Afrika? Das ist ihre Natur. Es glaubt doch keiner im Ernst, dass die Tiere artgerecht in Zirkussen gehalten werden. Dafür fehlt schlichtweg der Platz."

„Die Tiere kannst du doch gar nicht in die freie Wildbahn lassen, die würden kläglich verhungern oder getötet werden von Artgenossen, die das Leben in der Savanne gewöhnt sind und Zeit ihres Lebens dort sind", unterbrach Gerd Hänsel den Redefluss von Frau Frohnknecht, „die sind den Zirkus gewohnt, die kennen ihre Menschen, die sich um sie kümmern, und das tun sie gut, weil die Tiere ja auch ihr Kapital sind."

„Gerd, geh doch mal auf Youtube, dann kannst du dir selbst ein Bild davon machen, wie gut", hier machte die Grünenpolitikerin Gänsefüßchen in die Luft, „sie gehalten werden. Heimlich gedrehte Aufnahmen von Elefanten, die geschlagen werden, bis sie endlich machen, was von ihnen verlangt wird."

„Ach, das sind doch alles Einzelfälle. Das Gros behandelt die Tiere gut." Hänsel verschränkte die Arme vor der Brust und lehnte sich in seinem Stuhl zurück. Ein Zeichen dafür, dass seine Meinung feststand.

Hermann Drinkwalden, der erst seit Kurzem im Stadtrat nachrückte, nachdem im vergangenen Jahr zwei Mitglieder unfreiwillig den Rat verlassen mussten, übernahm nun den Gegenpart: „Es gibt ganz tolle Zirkusse, die richtig gelungene Tierdarbietungen haben. Und mal ehrlich, ein Zirkus ohne Tiere ist doch kein Zirkus mehr. Was will man denn dann noch präsentieren. Mehr Clowns vielleicht? Ich war schon als Kind im Zirkus auf dem Tänzelfestplatz und hab staunend zugesehen, was die Tiere alles können."

„Den armen Geschöpfen, die doch auch eine Seele haben, wird der Wille gebrochen, weil sie nur so funktionieren sollen, wie der Mensch das will. Sie machen das ein paar Jahre und gehen dann elendig zugrunde. Das will ich und wollen viele andere nicht unterstützen. Außerdem, schau dir doch nur mal den Cirque de soleil an, einer der berühmtesten Zirkusse der Welt, und das völlig ohne Tiere. Hier steht die Artistik im Vordergrund. Menschen, die ihr außergewöhnliches Können zeigen, das sie sich freiwillig angeeignet haben."

Kurt Haudrich von „Aktives Kaufbeuren", der im vergangenen Herbst für Hans Gerets in den Rat nachrückte, der die Stadt in einer Nacht- und Nebelaktion verlassen hatte, versuchte zu schlichten: „Es ist ja tatsächlich so, dass es immer mehr Ortschaften gibt, die keine Zirkusse mehr zulassen, die Tiere in die Manege führen. Aber die Viecherl sind nun mal da. Ich wäre dafür, dass man auf ein paar Jahre beschränkt noch solche Zirkusse in unserer Stadt zulässt, um dieses Thema dann erneut zur Diskussion zu stellen. Bis dahin werden wahrscheinlich auch viele solcher Unternehmen sich umorientiert haben. Einige Länder haben schon ein Verbot ausgesprochen, den Zirkussen wird immer mehr Raum genommen, in denen sie auftreten können. Was sollen sie mit den Tieren denn machen. Einschläfern? Das will wohl keiner. Also sollen sie noch ein paar Jahre mit Tieren auftreten können in unserer Stadt. Meinetwegen außerhalb, draußen am B12-Kreisel, wo schon des Öfteren kleinere Zirkusse ihr Lager aufgeschlagen haben."

„Du meinst: aus den Augen, aus dem Sinn? Wenn man den Zirkus nicht direkt in der Stadt sieht, dann ist er auch nicht da? Hast du als Kind auch Verstecken gespielt, indem du dir einfach die Augen zugehalten hast?", erwiderte Frau Frohnknecht.

Nachdem noch eine Viertelstunde pro und kontra diskutiert wurde, bat OB Zauner zur Abstimmung. Es wurde die einfache Variante genommen, durch Handzeichen. Das Ergebnis fiel äußerst knapp aus, mit 12 zu 11 Stimmen wurde der Antrag abgelehnt. Bis zum Jahre 2023 würden Zirkusse mit Tieren weiterhin am Tänzelfestplatz auftreten dürfen.

Hätte auch nur eine weitere Person für das Verbot gestimmt, wäre der Sommer 2018 in friedlicher Erinnerung geblieben.

Kapitel 1

Mai 2018

Die Plakate des Zirkus Salvadori hingen bereits seit einigen Wochen in der ganzen Stadt. Kaum ein Laternenpfahl, der nicht darauf aufmerksam machte, dass dieser Zirkus an den nächsten Tagen in Kaufbeuren gastierte. Neun Vorstellungen waren geplant, bis der Tross weiterzog in die nächste Stadt. Die Mitarbeiter waren es mittlerweile gewohnt, dass ihre Werbebanner von Tierrechtlern umfunktioniert wurden. Immer öfter mussten sie nach dem Ende des Engagements in einem Ort die Aufkleber mit dem Schriftzug ‚abgesagt wegen Tierquälerei' abmachen, die quer über die Banner gepappt wurden. Aber das Bekleben war dem Zirkus lieber als das Zerstören der Werbeschilder, denn die mussten nachgedruckt werden und das kostete viel Geld. Das Ablösen der Aufkleber ging hingegen meist ohne große Schäden vonstatten.

Der Zirkus Salvadori war direkt nach der letzten Vorstellung aus Augsburg gekommen und breitete sich routiniert und in Windeseile auf dem Tänzelfestplatz an der Wertach aus. Ein Angestellter der Stadt hatte die Verantwortlichen des Zirkus um sich geschart, um die Auflagen zu erklären. So wurden die Zeiten und die geduldete Lautstärke erläutert. Schließlich war direkt am Gelände Wohngebiet und die Anwohner hatten natürlich ihr Recht auf Ruhe. Der Platz hatte Arretierungsmöglichkeiten für die Zelte zur Verfügung gestellt. Daneben durften keine Verankerungen in Eigenregie angebracht werden, was bei einem Verstoß mit einem empfindlichen Ordnungsgeld belegt würde. Auf dem Platz stand ein Gebäude mit sanitären Anlagen, die zu verwenden waren. Täglich käme eine Reinigungskraft. Explizit ging man darauf ein, dass an jedem Tag Demonstrationen genehmigt wurden. Den beiden Interessengruppen wurde nahegelegt, dass sie keine Diskussionen miteinander führen sollten. Die Demonstranten hatten auf der gegenüberliegenden Seite der Zufahrtsstraße ihr Gelände und sollten auch dortbleiben. Megafon war erlaubt, aber keine Musik. Das war alles kein Neuland für den Zirkus, damit konnten sie leben. Es würde während der Demonstrationen auch immer eine Hand voll Polizeibeamte vor Ort sein. Mit Ausschreitungen war aber nicht zu rechnen, dafür war die erwartete Gruppengröße der Demos zu gering. Für den Zirkus war es längst ein völlig normales Bild, dass sich an jedem Tag, in jeder Stadt die Tierrechtler formierten und lauthals gegen die Tierhaltung, vor allem gegen die von Wildtieren, demonstrierten. Auch im beschaulichen Kaufbeuren würde es nicht anders sein.

Dank des 44.000 Quadratmeter großen Areals mussten die Verantwortlichen nicht lange Pläne schmieden, wie sie die Zelte, die Wohnwägen und die Tiere arrangieren sollten. In manchen Städten war das Gelände so knapp bemessen, dass man sich schon Tage im Voraus Gedanken machen musste, wie das Ganze aufgeteilt werden sollte. Der Zirkus Salvadori kam gerne in die Allgäuer Stadt. Denn immer weniger Städte akzeptierten Zirkusse, die Tiere in der Manege präsentierten, und der Direktor, Massimo Salvadori hatte bereits angekündigt, dass auch dieses traditionelle Familienunternehmen nach und nach auf Tiere verzichten würde. Schon sein Großvater leitete den Betrieb mit sicherer Hand. Der alte Mario Salvadori würde sich im Grabe umdrehen, wenn er erführe, was aus seinem Zirkus mittlerweile geworden war. Zirkus Salvadori ohne Tiere? Vor vielen Jahren völlig undenkbar. Es wurde immer schwieriger, Städte zu finden, die Tierattraktionen noch tolerierten, und ganze Länder hatten bereits Gesetze erlassen, die den Zirkussen zu schaffen machten. Man spürte es jedoch auch an den Einnahmen. Das Publikum, das früher so gerne springende Tiger bestaunte, distanzierte sich spürbar davon. Die Umsätze wurden stetig geringer, die Veranstaltungen waren nur noch selten ausverkauft, die Kosten aber blieben die Gleichen.

Direkt an der Hauptstraße wurde der Zugang für das Publikum gelegt. Auf der rechten Seite wurde strategisch ein Souvenirwagen aufgebaut. Die Zuschauer, die in der Schlange vor dem Eingang warten mussten, würden eine gewisse Zeit von den bunten Auslagen angelockt. Das Hauptaugenmerk der Verkäufer lag natürlich auf den Kindern, die ungeduldig wurden und irgendwann quengelnd etwas von dem Stand haben wollten. Bepackt mit Andenken wurden die Kunden anschließend durch eine Absperrung gelotst und befanden sich auf dem eigentlichen Zirkusgelände, dessen Mittelpunkt das riesig erscheinende Hauptzelt war. Die Hauptfarbe war rot, über dem Eingang und auf der Spitze war in goldenen Lettern in Fantasieschrift Salvadori zu lesen. Links und rechts der Logos machten aufgemalte Elefanten Männchen, eine ebenfalls gemalte Artistin saß auf dem Rücken eines Elefanten und lachte das Publikum in knappem Outfit mit präsentierender Geste an. An den Befestigungsseilen hingen bunte, dreieckige

Fähnchen und flatterten lustig im Wind. Im hintersten Bereich des Platzes war das Gelände mit den Wägen für die Tiere hinter weiteren Absperrgittern und wurde rund um die Uhr überwacht. Neben fünf Tigern beherbergte der Zirkus noch zwei Elefanten, vier Kamele und einige Ponys. Die Tiger waren nicht mehr die Jüngsten und würden nicht mehr lange ihre Kunststücke vorführen können. Das Elefantenpaar war praktisch schon in Rente; auf die Aufführung wurde schon seit fast zwei Jahren verzichtet. Oft wurde gefragt, warum man die Elefanten nicht in einen Zoo verfrachtete. Diese Ratschläge konnten nur von Menschen kommen, die selbst keine Tiere hatten. Für die Zirkusleute waren die Dickhäuter Familienmitglieder wie für den Normalbürger ein Hund oder eine Katze. Man ging mit den Elefanten genauso Gassi wie mit Bello. Nur die Haufen waren denkbar größer. Mit einer Standard-Hundekottüte kam man nicht sehr weit.

Die Zirkusmenschen hatten ihre Wohnwagen oder Wohnmobile am Rande des Platzes in Richtung Wertachufer abgestellt und ihre Vorzelte aufgebaut. Dort befanden sich Strom- und Wasseranschlüsse und unter den Bäumen war es zudem wunderbar schattig.

Innerhalb weniger Stunden schaffte es der Zirkus, sich betriebsbereit zu machen. Alles war gerichtet für die erste fröhliche Aufführung.

Kapitel 2

ZIR-KUS JA, ABER OH-NE TIE-RE!
ZIR-KUS JA, ABER OH-NE TIE-RE!
ARTGERECHT IST NUR – DIE FREIHEIT!
TIE-RE RAUS AUS DER MA-NE-GE!

Seit drei Tagen ging das nun schon so, dass die Demonstranten vor dem Eingang standen und ihre Parolen skandierten. Waren am ersten Tag nur einige wenige zugegen, wurde die Gruppe vor jeder weiteren Veranstaltung immer größer. Mittlerweile zählte man fast 40 Personen, die sich die eigene Seele für die der Tiere aus dem Leib schrien und nicht müde wurden, über das Megafon ihre Argumente vorzubringen.

Liebevoll hatten die Menschen Plakate gebastelt, hielten die Schilder vor oder über sich und präsentierten sie dem Publikum, das an den Demonstranten vorbei musste, um zum Eingang zu gelangen. Oft musste sich die lautstarke Truppe Beschimpfungen des Publikums anhören. Wie oft ihnen der Vogel oder der Mittelfinger gezeigt wurde, das konnte keiner zählen. Manche Eltern animierten sogar ihre Sprösslinge dazu, den ‚weltfremden Spinnern' diesen Finger zu zeigen.

Während der Vorstellungen pausierten die meist jungen Leute und labten sich an Kaffee, Tee, Kaltgetränken, veganen Keksen und Kuchen, die sie mitgebracht hatten. Passanten, die nicht direkt abwinkten, bekamen aufklärende Flyer zugesteckt. Es wurde sich unterhalten und Ideen vorgebracht, was man noch unternehmen konnte, um die

Zuschauer zum Umdenken zu bewegen. Bei den friedlichen, aber lauten Demos ergab sich auch so mancher Plausch mit den Polizisten.

Momentan hatte wieder ihr *Zelli* Dienst, wie sie Hauptkommissar Zeller unter sich liebevoll nannten. Er schaute immer streng und autoritär, während sie ihre Parolen vortrugen, aber wenn die zahlende Kundschaft im Zelt verschwunden war, kam er über die Straße, unterhielt sich mit den Leuten und griff ordentlich zu, wenn es Kuchen gab. Glänzende Augen bekam er immer, wenn er Kaffee gereicht bekam, mit einem extra Schuss Hafermilch. Sie staunten nicht schlecht, als er den Demonstranten steckte, dass er Veganer sei. Einem rutschte ein erstauntes „Ein Tierrechtsbulle?" heraus. Nach einem kurzen Schreckmoment, in dem sich der Rufer mit großen Augen die Hand vor den Mund hielt, gab es ein gewaltiges Gelächter. Vincent Zeller musste bei seinem neu bescherten Titel grinsen.

Normalerweise wäre die Aufsicht an dem Platz nicht seine Aufgabe. Aber er erklärte, dass die Kriminalabteilung momentan nicht übermäßig viel Arbeit hatte und er einfach Lust drauf, auf diese Abwechslung zur Kriminalität. Vor allem die Frauen unterhielten sich gerne mit dem gut aussehenden Kripomann und konnten ihre Enttäuschung nur schwer verbergen, als er erwähnte, dass er in einer Beziehung mit einer Hauptkommissarin der Forensik war. Kurz bevor die Vorführung im Zirkus zu Ende war, ging Hauptkommissar Zeller wieder zurück zum Polizeifahrzeug und gesellte sich zu seinem Kumpanen, dem gebürtigen Italiener Oberkommissar Carlo Genocci. Dann nahmen die Demonstranten wieder ihre Stellung ein und riefen lauter als zuvor und ließen die Beleidigungen des Publikums an sich abperlen.

TI-GER LÖ-WE E-LE-FANT
GE-HÖ-REN NICHT IN MEN-SCHEN-HAND!

Nur einmal lernten die Kundgebungsteilnehmer den strengen Polizisten kennen. Als ein Demonstrant die Straße überquerte und ohne Arg und sich etwas dabei zu denken den Zirkusbereich betrat. Jürgen, so sein Name, bekam eine Zurechtweisung vom Hauptkommissar verpasst, dass er beim Zurückgehen die ersten Schritte rückwärts machte und fast über die eigenen Beine fiel. Das Gelächter seiner Demofreunde blieb aus; zu erstaunt waren sie über die plötzliche Strenge des Polizisten.

Kapitel 3

„… werden heftige Gewitter und Sturmböen bis 150 km/h erwartet. Ergiebige Regenfälle werden bis zum nächsten Morgen anhalten. Die Behörden bitten die Einwohner, zu Hause zu bleiben. Es wird mit Gefahren durch herabfallende Äste und umstürzende Bäume gerechnet. Es ist 21:03 Uhr. Nun zum Sport …"

Erasmus Giebel hörte nicht weiter zu. Er machte sich weniger Sorgen um seinen Wohnwagen als vielmehr um das Hauptzelt. Das war schließlich nicht so einfach abzubauen. Das Zirkuszelt würde hoffentlich das bevorstehende Unwetter überstehen. Das war zwar nicht das erste Mal, dass es so turbulent zugeht, doch was sich da auf die Stadt zubewegte, das war kein normales Unwetter. Sorge machte ihm auch, dass sie nicht zusätzliche Verankerungen machen durften.

„Dann rede doch mit Massimo über deine Bedenken, dir hört er doch zu." Seine Frau Gina lag auf dem Bett in ihrem Wohnwagen, las auf ihrem E-Book-Reader einen fesselnden Thriller von Noah Fitz und wippte dabei mit dem rechten Bein, das sie über das aufgestellte Knie gelegt hatte. Massimo sah seiner Frau eine Weile dabei zu, wie sie mit ihrer Natürlichkeit und Unbeschwertheit, mit ihrem durchtrainierten Körper dalag. Er überlegte kurz, ob er nicht erst in einer halben Stunde zu Massimo rübergehen sollte und Gina sich eine Weile von ihrem E-Book trennen konnte. Er verwarf den Gedanken, tröstete sich aber damit, dass aufgeschoben nicht aufgehoben ist.

„Ich glaube, du hast recht. Ich bin stolz darauf, so eine kluge Frau zu haben."

Er ging die drei Schritte zum Bett rüber, um ihr noch einen schnellen Kuss zu geben, bevor er sich auf den Weg zum Direktor machte.

„Ich warte solange auf dem Bett auf dich", sagte Gina mit verführerischer Stimme, nestelte an der Verschnürung ihres leichten Hemdchens herum und sah ihren Mann mit großen, klimpernden Augen an.

„Ich beeil mich, mein Schatz." Mit diesen Worten verschwand er aus der mobilen Behausung und warf die Tür hinter sich zu. Ein Blick in den Himmel sagte ihm, dass das Wetter bald umschlagen würde. Aus Westen verdrängte eine dunkle Wolkenfront die restliche Helligkeit und kam direkt auf die Stadt zu. Den ganzen Tag über war es für diesen Frühlingstag schon richtig warm gewesen. Kein Wunder, dass sich Hitzegewitter bildeten.

Erasmus klopfte mit der flachen Hand an die Tür des großen Wohnmobils von Massimo. Vom Inneren hörte er einen genervten Grunzlaut, dann ein paar Schritte, die Tür öffnete sich und das feiste Gesicht des Zirkusdirektors kam zum Vorschein.

„Erasmus. Falls du ein Bier willst, muss ich dich enttäuschen."

Um seine Worte direkt Lügen zu strafen, setzte Massimo eine Bierflasche an und nahm einen tüchtigen Schluck.

„Nein, kein Bier", winkte er ab, „es geht um das heraufziehende Wetter. Das wird ganz schön heftig und wenn du in den Himmel schaust: Das Unwetter wird nicht mehr lange auf sich warten lassen." Mit dem Daumen zeigte Erasmus hinter seine Schulter.

Mit nachdenklich gefurchter Stirn sah der Direktor dem Daumen nach und überlegte kurz. „Was sagt der Wetterbericht?"

„Viel Regen bis zum Morgen, aber auch Böen in Orkanstärke. Du weißt, dass wir nicht zusätzlich das Zelt sichern dürfen."

„Sicher weiß ich das." Massimo strich sich über die Bartstoppeln seines Doppelkinns und überlegte. „Was schlägst du vor?"

„Sollen wir das Zelt vorsorglich, wenigstens zum Teil abbauen? Bis in zwei Stunden wäre das erledigt."

„Kannst du vergessen, in der Zwischenzeit ist das Gewitter da und dann wird's für unsere Leute gefährlich." Wieder schabte er über sein Gesicht. „Wir machen die zusätzlichen Befestigungen!"

Erasmus sah seinen Chef mit erstaunt aufgerissenen Augen an. „Du weißt, dass das richtig Strafe kostet, wenn die uns erwischen?"

„Was kostet es, wenn uns das Zelt um die Ohren fliegt? Die Strafe kann gar nicht so hoch sein wie unser Hauptzelt. Und überhaupt", Massimo beugte sich verschwörerisch zu seinem Freund und Mitarbeiter hinab, „wie groß ist die Wahrscheinlichkeit, dass bei so einem Dreckswetter jemand zur Kontrolle kommt?" Wie jemand, der eine grandiose Idee hatte, richtete sich Massimo wieder auf und ließ Erasmus nicht aus den Augen, lächelte schließlich verschwörerisch und blinzelte.

Erasmus zögerte etwas, um nachzudenken. „Okay, machen wir das so, aber es muss schnell gehen. Ich brauche noch zwei Mann, die mir helfen. Das Werkzeug hol ich schon mal aus dem Container. Rufst du bitte Claudio und Fabrizio an?"

„Klar, mach ich. Und ich helfe auch schnell mit." Er trank in der Tür stehend die Flasche aus. „Gib mir fünf Minuten." Ohne auf eine Antwort zu warten, verschwand er im Wohnmobil.

Die Zirkusfamilie war in allen Lebenslagen ein eingespieltes Team, und so war tatsächlich nach wenigen Minuten alles bereit, um dem Zelt zusätzlichen Halt zu geben. Eine große Bohrmaschine hing bereits an der ausgerollten Kabeltrommel bereit, und ein 50-mm-Bohrer in Überlänge war eingespannt. Die ersten Windböen erinnerten das Team daran, dass keine Zeit zu verschwenden war. In nicht einmal einer halben Stunde würde hier der Regen eingesetzt haben. Bis dahin mussten die Verankerungen gelegt sein. Kurz wurde abgesprochen, wo die Bohrlöcher gesetzt werden sollten, dann übertönte auch schon die Maschine den allmählich stärker werdenden Wind. In den Pranken von Fabrizio wirkte die Bohrmaschine wie ein Spielzeug, das er leichthändig bediente. Die Muskeln in seinen Armen spielten unter der Haut, als er Druck auf die Maschine gab und der lange Bohrer im schrägen Winkel zügig im Boden einsank. Kaum war das Loch gesetzt, eilte er mit dem Gerät zur nächsten Markierung und setzte den Bohrer neu an. Claudio hatte lediglich die Aufgabe, die Kabeltrommel hinterherzutragen.

Der Direktor und Erasmus hatten die überdimensionalen Heringe herbeigeschafft und setzten die Metallspitze am Bohrloch an. Massimo hielt den Pfeiler fest, während Erasmus mit dem schweren Vorschlaghammer Schwung holte und konzentriert draufschlug. Mehrere Schläge waren nötig, bis der 10 Zentimeter dicke Metallpfahl fast einen Meter im Boden war. Prüfend wackelte Erasmus daran und nickte zufrieden dem Direktor zu. Zügig schritten sie zum nächsten Arretierungspunkt, um das Procedere zu wiederholen. Bange Blicke zum Himmel ließen das Team trotz der anstrengenden Arbeit nicht pausieren. Der Wind hatte deutlich zugenommen und erste Regentropfen waren zu spüren. Aus der Ferne kam das Donnergrollen näher. Viel Zeit blieb nicht mehr, wenn die vier Männer trocken in ihr Heim zurückkommen wollten, aber es waren eh nur noch wenige Pfähle in den Boden zu treiben. Gina winkte grinsend aus dem Wohnwagen heraus, als die Männer mit ihrer Arbeit nahe am Wohnwagen der Giebels vorbeikamen. Erasmus reckte wie der Gott Thor den Vorschlaghammer nach oben in das heranziehende Gewitter und schaute seine Frau cool an. Gina spielte eine Ohnmacht vor. Massimo holte mit einem strengen „Hey" den Artisten in die Wirklichkeit zurück und nickte auf den Pfahl, den er bereithielt. Einmal grinste Erasmus noch zu seiner Schönheit rüber, um im nächsten Moment mit dem Hammer auszuholen. Mit jedem Schlag verschwand der Pfeiler immer weiter im Boden. Noch einmal würde Erasmus darauf hämmern. Er holte aus, traf und wäre fast, von seinem Schwung überwältigt nach vorne gestürzt, als der überdimensionale Hering fast komplett im Boden verschwand. Lediglich noch zwei Zentimeter waren zu sehen.

Massimo kratzte sich die Stirn und schaute auf den Stummel, der noch herausragte. „Da haben wir wohl einen Kabelschacht oder etwas Ähnliches erwischt. Deshalb darf man hier also keine Löcher willkürlich rein machen, weil die

nicht wissen, wo sie ihre Energieleitungen verlegt haben."
Massimo lachte humorlos. „Kriegen wir den wieder ein Stück raus, damit wir wenigstens das Stahlseil daran festmachen können?"

„Das kriegen wir hin", meinte Fabrizio, „wir haben im Werkzeugcontainer eine Art Abzieher dafür, ich hol ihn."

Erasmus rief ihm hinterher: „Aber beeil dich, gleich geht's rund hier." Der Davonjoggende winkte mit erhobenem Arm, dass er verstanden habe.

Als Fabrizio mit dem Werkzeug ankam, war aus dem Tröpfeln ein Regen geworden, der vom Wind unangenehm in die Gesichter der Männer geweht wurde, sodass das Team mit zusammengekniffenen Augen arbeiten musste. Die restliche Helligkeit hatten die schweren Gewitterwolken und die Nacht verschluckt. Claudio leuchtete mit einer Maglite auf die Arbeitsstelle, an der Fabrizio arbeitete. Mit dem Abzieher gelang es ihm, den Pfahl wieder ein Stück hochzuziehen. Mit geübten Griffen wurde schließlich das Seil arretiert, die Konstruktion auf Stabilität geprüft und das Ergebnis zufrieden abgenickt. Die Männer mussten sich jetzt mit lauter Stimme verständigen, da der Wind so zugenommen hatte, der Regen heftiger wurde und die dicken Tropfen den Geräuschpegel noch erhöhten. Eilig und geduckt löste sich die Gruppe auf, jeder spurtete, mit einem Werkzeug unter dem Arm, geduckt zur jeweiligen Unterkunft. Der bemitleidenswerte Claudio hatte noch die undankbare Aufgabe, die Kabeltrommel aufzurollen, bevor auch er im Eiltempo und pitschnass auf seinen Wohnwagen zulief.

Erasmus riss die Tür des Mobilheimes auf, sprang hinein und warf sie in der nächsten Sekunde wieder zu. Er schüttelte sich wie ein Hund und sagte: „Dreckswetter! Hätte das nicht noch ein paar Minuten warten können?" Er ging in den winzigen Baderaum, nahm sich ein Handtuch und frottierte sich die nassen Haare.

„Och, ich glaub, du hättest ganz gute Chancen, beim Mr. Wet T-Shirt zu gewinnen. Komm her und lass dich belohnen; mein Held", sagte Gina lüstern und zog ihren Mann zu sich aufs Bett. „Weißt du; was das Gute ist? Du kannst schreien, so laut du willst, es wird dich keiner hören."

Bevor Erasmus sich intensiv um seine Frau kümmern konnte, entledigte er sich mit viel Mühe und ungeduldig der nassen Klamotten.

Kapitel 4

Der Wind rüttelte am Wohnwagen von Erasmus und Gina, der Regen trommelte mit ohrenbetäubendem Lärm auf das Dach. Eine normale Unterhaltung war kaum möglich. Nicht, dass den beiden nach Konversation zumute gewesen wäre. Erasmus hatte seine Frau in der Armbeuge und starrte an die Decke, Gina zeichnete zufrieden mit dem schlanken, manikürten Zeigefinger Muster auf seiner muskulösen Brust nach und lauschte dem Herzschlag ihres Gatten. Worte waren nicht nötig; sie genossen die Gegenwart und die Innigkeit des anderen. Wie Kinder, denen man die Angst vor Gewittern mit einem Spiel nehmen wollte, warteten sie auf den nächsten Blitz und zählten die Sekunden, bis der Donner zu hören war. Dann wurde gerechnet und so die Entfernung festgestellt.

„Sechs Sekunden nur noch, das sind gerade mal zwei Kilometer." Ginas Stimme klang trotz der Gewissheit, dass nichts passieren konnte, unsicher. Es war eine deutliche Schwingung herauszuhören.

„Du weißt doch, dass unser Wohnwagen wie ein Faradayscher Käfig funktioniert. Sollte der Blitz in unser Heim einschlagen, geht der Strom um den Wagen herum. Außerdem hast du doch deinen Helden neben dir", beschwichtigte sie Erasmus lächelnd mit lauter Stimme, um das Getöse zu übertönen.

Ein Blitz, Gina streckte für jede Sekunde einen Finger aus. „Vier, noch eineinhalb Kilometer. Gina hat Angst und bibbert."

„Dann muss Gina in den starken Armen von Erasmus bleiben." Er zog seine Frau näher zu sich heran, was sie etwas beruhigte.

Eine knappe Minute später zuckten aber beide heftig zusammen, als ein heller Blitz und der Donner praktisch gleichzeitig ankamen.

„Meine Fresse, das war verdammt nah, der ist irgendwo eingeschlagen." Erasmus sprang auf und schaute aus dem kleinen Fenster und sah bei der nächsten Erleuchtung, dass der Blitz in einen großen Baum in eine der oberen Astgabelungen eingeschlagen war und diesen bis fast zum Boden geteilt hatte. Durch die hohen Temperaturen, die damit einhergingen, rauchte der Baum aus dem frischen, gewaltigen Spalt. „Wow", rief er beeindruckt, „was für eine Kraft in so einem Blitz steckt."

Gina übertönte das Trommeln des Regens und rief ihren Mann zurück aufs Bett. „Mach keinen Scheiß und komm wieder her, Mensch. Das ist kein Spaß."

Widerstrebend legte er sich wieder zu seiner Frau. Erasmus fand das Wetter sehr spannend. „Das Zelt hält das anscheinend aus, auch wenn das ganz schön flattert da draußen. Viel weiter kann man aber bei dem Unwetter gar nicht sehen. Ich glaub, ohne unsere Verankerungen wär das Zelt jetzt schon wieder zurück nach Augsburg." Erasmus lachte über seinen Witz, Gina verzog nur einen Mundwinkel zu einem unsicheren Lächeln. Zu bang war es ihr, um darauf einzugehen, und sie zählte wieder die Sekunden nach dem nächsten Blitz. Immer erleichterter stellte sie fest, dass sie immer mehr Sekunden zählen konnte. Als sie bei fünfzehn ankam, verlor sie die Lust darauf. Das Adrenalin durch ihre Angst war aber immer noch in ihrem schlanken Körper und sie wusste nicht, wie sie dieses herausbekommen konnte. Dazu benötigte sie einen starken Mann auf oder unter ihr.

Der Wetterbericht sollte recht behalten, das Gewitter verzog sich zwar immer weiter nach Osten, aber der Orkan und der Regen stellten das Material auf eine harte Probe. Die ganze Nacht hörte und sah man Feuerwehrautos mit Martinshorn und Blaulicht, die unzählige Keller auspumpen mussten. Autos blieben in überfluteten Unterführungen stecken und die Fahrer mussten warten, bis freiwillige Helfer mit Traktoren, Landwirte aus der Umgebung, die Wagen aus ihrer misslichen Lage befreiten. Den wenigsten Einwohnern der Stadt war ein erholsamer Schlaf gegönnt, viele verbrachten die Nacht damit, mit Eimer und Schaufel ihre Keller vom Nass zu befreien. Wer das Glück hatte, dass sein Haus trocken blieb, fand jedoch bei dem Lärm, den das Unwetter machte, keine Ruhe.

Das Zirkuszelt hielt dem Sturm stand, allerdings löste sich gegen vier Uhr am Morgen unbemerkt mit einem gewaltigen Ruck ein extra angebrachter Pfeiler des Hauptzeltes in der Nähe eines Wohnwagens, schleuderte kurze Zeit hin und her, bis das Seil riss und in Richtung Fluss flog. Es war reines Glück, dass der Pfahl keinen Schaden anrichtete. Gierig suchte sich das Regenwasser diese zusätzliche Möglichkeit im Boden, um zu versickern.

Kapitel 5

Am frühen Morgen gingen einige Angestellte des Zirkus über den Tänzelfestplatz und suchten nach Schäden, die das Unwetter verursacht hatte. Die Tiere blieben überraschenderweise ziemlich gelassen. Den Raubkatzen war das Wetter augenscheinlich völlig egal. Thea und Lara, die beiden Elefantendamen, waren etwas unruhig, schwankten hin und her und versuchten mit ihrem langen Rüssel zu erfahren, was vor sich ging. Doch auch sie legten sich trotz des Getöses auf ihr Strohbett und ließen das Wetter Wetter sein. Um kurz vor acht Uhr erstrahlte der Himmel wieder in seinem harmlosen Blau. Wenn man nach oben blickte, konnte man nicht glauben, was wenige Stunden zuvor für ein Gewitter über das Allgäu gezogen war. Doch richtete man sein Augenmerk auf Horizontalebene, erkannte man die Wucht, die das Unwetter hatte. Das größte Interesse hatten die Leute an der gewaltigen Linde, die durch einen Blitz praktisch geteilt war. Natürlich war jener Blitz mit dem gewaltigen Donner das Gesprächsthema. Einer wollte gar gesehen haben, wie der Baum in einem apokalyptischen Feuerblitz geteilt wurde. Doch die ausschweifende Erklärung des Tierwärters ließ schnell Skepsis aufkommen, bis die Ersten das Interesse an der Geschichte verloren und weitergingen.

Direktor Salvadori bat die Mitarbeiter zu sich, die am Vorabend geholfen haben, das Zelt zu schützen. Bis auf zwei Risse kam das Hauptzelt offensichtlich unbeschadet davon.

Diese Risse konnten gut durch Ersatzstoff geflickt werden. Darüber war Massimo Salvadori sichtlich erleichtert.

„Hey Leute, wir dürfen keine Zeit verlieren und müssen so schnell wie möglich die zusätzlichen Halterungen aus dem Boden bekommen und schleunigst verstauen", schwor der Direktor seine Vertrauten ein. „Wenn jemand von der Stadt kommt und sich nach uns erkundigen will und dabei feststellt, dass wir hier Löcher in den Boden gestampft haben, dann wird's erstens teuer und zweitens ziemlich ungemütlich für uns. Und ob wir irgendwann wieder zu Aufführungen in diese Stadt kommen dürfen, das sei mal dahingestellt." Massimo atmete schwer durch.

Claudio sagte: „Das hat ja ordentlich geschüttelt und geschüttelt. Ich hab gedacht, mir wirft es mitsamt Heike den Wohnwagen um. Unser Wagen stand auch noch so blöd quer zur Windrichtung. Nein, so ein Wetter brauch ich in nächster Zeit nicht noch einmal", schüttelte er den Kopf.

Erasmus konnte es sich einfach nicht verkneifen um breit grinsend zu verkünden: „Wisst ihr was so richtig gut an dem Wetter war?" Er fasste sich in den Schritt, „ich konnte Gina dermaßen zum Schreien bringen und niemand hat es mitbekommen." Er strich sich lässig mit dem kleinen und dem Zeigefinger von innen nach außen über die Augenbrauen. „Sie hat mich Gott genannt. Immer wieder, oh mein Gott."

„Die arme Gina, bekommt es nur besorgt, wenn der große Erasmus keine Angst haben muss, dass ihr gehört werdet", stichelte Fabrizio frech grinsend.

„Du musst Gina öfter mal beobachten, wie breitbeinig sie immer daher kommt, vor allem in der Früh", konterte Erasmus schlagfertig. Die Gruppe lachte zusammen.

Massimo holte sein Team wieder zurück in die Realität. „Okay, sehr lustig, können wir dann bitte anfangen? Fabrizio arbeitet mit dem Abzieher vor und ihr zieht die Pfeiler dann heraus. Also kommt, macht hin, ich will keine Zeit verlieren." Der Direktor, der trotz des grauen Jogginganzuges, der seine Fülle betonte, nicht an Autorität verlor, klatschte in die Hände, was die Mitarbeiter als Aufforderung sehen sollten.

Mit geübten Handgriffen zog Fabrizio den Pfahl, so weit es sein Werkzeug erlaubte, heraus, worauf die beiden anderen gemeinsam daran wackelten, bis der hart gekieste Boden den Eindringling losließ. Massimo hatte für sich die Aufgabe gefunden, nervös über den Tänzelfestplatz zu sehen, ob jemand in offizieller Mission von der Stadt kam, bevor sie mit dem Abbau der unerlaubten Pfähle fertig waren. Nervös ging er immer wieder hin und her und beobachtete den Fortschritt der Arbeit.

Claudio sagte: „Seht mal, da hat sich einer von den Rackern verabschiedet." Sie sahen das Loch im Boden an, dann das abgerissene Seil, das in etwa fünf Metern Höhe ausgefranst im leichten Wind schwang.

„Wo zum Geier ist der Pfeiler?", sagte Fabrizio erstaunt. Alle blickten sich nach dem vermissten überdimensionalen Hering um. Erasmus war es, der in Richtung Fluss das ausgefranste Pendant sah, hinlief und den Pfahl aus dem Gebüsch zog und begutachtete.

„Wow, der hätte ordentlich was kaputt machen können, wenn der in eine andere Richtung geknallt wäre", sagte er, als er mit dem vermissten Teil zurück war und auf den Boden legte. Er stutzte und schnupperte in die Luft.

„Sag mal, Claudio, kannst du dein Geschäft nicht in den Sanitäranlagen da drüben verrichten, wie es von den Stadtfuzzis vorgegeben wurde?" Erasmus ging einen Schritt von Claudio weg und rief gespielt entrüstet: „Du hast jetzt aber nicht in die Hose gemacht, oder? Du Sau."

Claudio holte aus und knuffte den Spötter auf den Oberarm. Erasmus lachte und rieb die getroffene Stelle.

Fabrizio bückte sich und schüttelte den Kopf: „Aber echt mal, da stinkt's aus dem Loch raus, dass alles zu spät ist. Ich glaub ich kotz gleich."

Die vier Männer bildeten ein Quadrat um das Loch herum und rochen den widerlichen Geruch, der die Luft verpestete und an faule Eier und feuchtem Schimmel erinnerte. Claudio musste sich abwenden.

Massimo versuchte seine Erklärung anzubringen: „Das ist der Energiekanal, den ich da unten vermute, da gammelt doch alles da unten." Für den Direktor war die Lage klar. „Kommt, machen wir noch schnell die restlichen beiden raus und dann machen wir die Löcher zu." Massimo zeigte an den Rand des Geländes. „Dort drüben steht eine Streugutkiste, nehmt euch ein paar Eimer und füllt mit dem Kies die Löcher auf. Ich hoffe, dass die befüllt sind. Wenn der nicht reicht, weiter rechts ist noch eine solche orangefarbene Kiste." Er klatschte wieder in die Hände, „und macht hinne, Männer."

Dem Auftrag des Direktors wurde Folge geleistet und nach wenigen Minuten schleppten die drei Männer Kies heran, um die Vertiefungen aufzufüllen. Erasmus holte einige Putzlappen und stopfte sie in das Loch, aus dem der Gestank kam, bevor er Kies einfüllte, den er mit etwas feuchter Erde vermischte und vorsichtig festtrat. So gut es ging, passte er das ehemalige Loch der unmittelbaren Umgebung an. Mit den Händen in die Hüfte gestemmt und den Kopf schräg haltend, begutachtete er seine Arbeit und nickte schließlich einigermaßen zufrieden mit dem Ergebnis.

Täuschte er sich oder roch er immer noch diesen widerlichen Geruch? Aber womöglich spielte ihm die Nase einen Streich. Wenn man etwas lange genug roch, bildete man sich Phantomgeruch ein, obwohl die Ursache nicht mehr da war. Mit der sich selbst gegebenen Erklärung war Erasmus zufrieden und beendete seinen Teil der Arbeit.

Gegen neun Uhr war kaum noch etwas zu erkennen davon, dass hier unerlaubterweise etwas in den Boden gerammt war. Die vier Männer klatschten sich gegenseitig ab. Der Direktor schwitzte ironischerweise am meisten, der die wenigste körperlich anstrengende Arbeit verrichtet hatte. Mit einem Tuch wischte er sich die Stirn trocken, die im Laufe der Jahre immer größer wurde, je mehr sich die Haare zurückzogen.

„Bier?", bot Massimo an. Drei Männer sahen auf ihre Uhr.

„Um diese Zeit schon?", fragte Claudio mit erstauntem Gesicht.

„Ach komm, das haben wir uns doch heute schon verdient, oder nicht?", lockte der Zirkuschef.

„Ja, meinetwegen gerne", sagten Claudio und Fabrizio unisono.

„Du nicht?", wurde Erasmus gefragt.

„Nett von dir, aber ich trink echt nicht so früh schon ein Bier, außerdem will ich noch eine Mütze Schlaf bekommen, bis die erste Vorstellung für heute beginnt und da muss ich fit sein. Mir ist auch ein bisschen schwummerig."

Claudio grinste wieder hinterlistig. „Na, ob dich Gina schlafen lässt? Obwohl, es ist ja kein Sturm."

„Witzbold", sagte Erasmus. „Aber trinkt gerne eins für mich mit. Wir sehen uns später." Mit diesen Worten drehte er sich um und ging auf den Wohnwagen zu. Er rieb sich die Schläfen und schob den leichten Schwindel auf die nicht sehr erholsame Nacht.

Er öffnete den Wohnwagen und wurde von einem aromatischen Kaffeeduft empfangen. Hinter der Kanne lächelte seine schöne Frau hervor und bat ihn Platz zu nehmen, dass sie zusammen frühstücken konnten.

„Und? Alles erledigt? Ich hab euch eine Weile beobachtet. Der Massimo hat ja ganz schön mit angefasst", giggelte sie. Erasmus lächelte matt und nahm sich ein aufgebackenes Brötchen, schnitt es geräuschvoll auf, dass die Brösel nur so über den Tisch flogen, bestrich es mit Butter, legte ein paar Scheiben Bierschinken drauf und biss herzhaft hinein.

„Was hast du heute Vormittag noch vor, mein Held?", fragte Gina und knusperte an ihrem Marmeladenbrötchen.

Erasmus kaute und schluckte, spülte mit einem Schluck Kaffee nach, bevor er antwortete: „Schlafen."

„Mit mir?", strahlte sie ihn an.

„Ich bin echt saumüde. Ich leg mich dann hin."

„Ich kann dich bestimmt munter machen." Mit einem Zeigefinger streichelte sie ihre Brustwarze unter dem knappen, türkisfarbenen Top.

„Halt die Fresse du blöde Schlampe und lass mich Frühstücken."

Es herrschte Stille im Wohnwagen, lediglich das Kauen an der knusprigen Semmel war zu hören. Gina war zur Salzsäule erstarrt, sah ihren Mann mit aufgerissenen Augen an und entlockte sich ein unsicheres gequältes Lächeln. „Wenn du es auf diese Art willst, dann spiel ich dir gerne die Schlampe, Hauptsache du bekommst einen hoch."

„Du sollst dein Maul halten, ja? Lass mich fressen und dann penn ich. Oder hab ich mich da irgendwie unklar ausgedrückt?" Als hätte er gerade über die Lottozahlen gesprochen, biss er wieder in sein Brötchen und kaute seelenruhig weiter. Gina hatte noch größere Augen bekommen und wartete vergeblich auf die Auflösung des Witzes. Ihr Blick wurde wässrig, Tränen bildeten sich. Noch nie zuvor hatte er so grob mit ihr gesprochen. Sicher gab es wie in jeder Ehe mal Streit, aber Zwist wurde auf sachlicher Ebene geklärt und nie mit Kraftausdrücken. Meist landeten sie anschließend zur Versöhnung im Bett. Und jetzt benutzte ihr geliebter Ehemann solche hässlichen Worte? Er musste wirklich sehr erschöpft sein, redete sie sich ein. Sie versuchte, sich zu fassen.

„Okay, ich lass dich in Ruhe essen, dann kannst du anschließend schlafen. Und später geht es dir besser, ja?" Sie legte ihre Hand verständnisvoll auf seine. Erasmus starrte darauf, hob den Blick und zog mit kalt starrend seine zurück, um die Kaffeetasse zu greifen. Gina verstand nichts mehr und ließ ihren Tränen freien Lauf. Erasmus biss in seine Semmel, während er sie dabei beobachtete.

Langsam und bedächtig aß Erasmus sein Frühstück, schenkte sich Kaffee nach, rülpste herzhaft und scherte sich kein Stück um seine weinende Frau. Enttäuscht und verletzt wischte sich Gina die nicht versiegen wollenden Tränen mit einem Papiertaschentuch aus dem Gesicht. Am meisten tat ihr weh, dass ihr Mann sie überhaupt nicht beachtete und genüsslich sein Mahl einnahm. Irgendwann trank er seine

Kaffeetasse aus, rülpste herzhaft und klopfte sich zufrieden auf seinen muskulösen Bauch.

„So, das war echt lecker." Schmatzend versuchte er, sich eine widerspenstige Faser aus den Zähnen zu pulen, half mit den Fingern nach und fand, was ihn störte. Er inspizierte das winzige Fleischstück mit wissenschaftlichem Blick und lutschte es dann von seinem Finger. „Jetzt könnte ich einen ordentlichen Fick vertragen. Zieh dich aus, ich geh pissen, dann kann's losgehen."

Gina hoffte erneut, dass Erasmus einen Witz machte, aber sein Gesichtsausdruck war unverändert. Sie fürchtete nun, dass er es ernst meinte und mit ihr schlafen wollte, wenn auch vulgär ausgedrückt. Allmählich schlich sich Angst bei ihr ein. Sie hörte die Spülung und stand erstarrt in dem schmalen Gang, als Erasmus aus der Toilette kam.

„Hallo? Vögeln?" Er zeigte auf das Bett, so als würde er darauf bestehen, dass ein Hund Platz machen sollte.

Gina legte sich auf das Bett und zog ihren türkisfarbenen Lieblingspulli aus. Erasmus sah ihr dabei zu, doch in dessen Augen erkannte Gina keine Liebe. Wieder traten Tränen aus ihren Augen. Da es ihrem Mann zu langsam ging, half er ihr grob aus ihrer Kleidung, zerrte an ihrem Höschen, das von der ungeduldigen Kraft riss. Achtlos warf er es in den Flur und nestelte an seiner Hose herum, um seinen bereiten Ständer zu befreien. Ohne Liebkosungen begattete er seine Frau rücksichtslos. Er war taub und blind gegenüber ihrem Weinen. Nach dem kurzen harten Akt schlief Erasmus ein.

Fassungslos über das Geschehen schlich Gina aus dem Bett, klaubte ihre Klamotten zusammen und wusch sich im Schritt. Zum ersten Mal fühlte sie sich nach dem Sex besudelt und benutzt. Das Gefühl konnte auch kein frisches

Höschen vertreiben. Sie stahl sich aus dem Wohnwagen. Sie wollte auf keinen Fall jetzt in der Nähe des ihr plötzlich fremd gewordenen Mannes sein, auch wenn dessen schlafendes Gesicht friedlich und schön wie immer aussah. Leise schloss sie die Tür und schnupperte in die Luft. Ein leichter ekelhafter Duft drang in ihre Nase. Wahrscheinlich wurde er von dem Fluss nebenan herangeweht, vermutete Gina.

Kapitel 6

ZIR-KUS JA ABER OH-NE TIE-RE!!
ARTGERECHT IST NUR – DIE FREIHEIT!!

Erasmus blinzelte und war verwirrt, weil es so hell im Wohnwagen war. Tastend suchte er nach seiner Frau, fand sie aber nicht. Er schaute auf sein Smartphone und schreckte hoch. 13 Uhr und 20 Minuten? Wie kam es, dass er hier ein Mittagsschläfchen hielt? Langsam fiel es ihm wieder ein, das Unwetter, der schlechte Schlaf in der Nacht und das frühe Aufstehen, um die nötigen Arbeiten zu verrichten. Was war danach? Er erinnerte sich nicht daran. Er hatte sich wohl vor Müdigkeit ins Bett gelegt und war eingeschlafen. Gina wird sich wahrscheinlich für die nächste Aufführung fertig machen, sich schminken und in ihr scharfes Artistenkostüm schlüpfen. Er schwang seine Beine aus dem Bett und fuhr sich mit den Händen durchs Gesicht, um den restlichen Schlaf zu vertreiben. Dann sah er an sich herunter und stellte fest, dass er aussah wie Winnie Pooh. Sein Poloshirt hatte er an, aber keine Unterhose, sein Gemächt baumelte locker in Richtung Erdkern. Erasmus schüttelte sich, um klar im Kopf zu werden, was ihm aber schwerfiel. Stöhnend stand er auf und schlurfte auf die Toilette, um zu pinkeln. Als er sein Geschäft verrichtet hatte, nahm er wieder sein Handy und sah nach, ob Gina ihm eine Mitteilung geschrieben hatte, was nicht der Fall war. Das Gerät warf er achtlos aufs Bett und tastete nach seinem Gewand. Er hatte noch etwas Zeit, bis er sein Kostüm anziehen musste. Vorher brauchte er unbedingt noch frische Luft, er würde etwas über den Platz spazieren. Vorher schrieb er noch per Handy eine Nachricht an Gina, dass er unterwegs sei und wie sehr er sie vermisste und liebte. Ein paar Herz-Emojis hängte er noch an und verließ den Wohnwagen. Absperren war unter Zirkusleuten unnötig.

Erasmus wollte noch kurz prüfen, ob seine Lochkonstruktion hielt, und stellte fest, dass der Kies etwas abgesackt war; er würde nochmal etwas nachschütten müssen und festklopfen. Er roch aber immer noch deutlich, wenn auch subtil, dass daraus dieser widerliche Geruch hochkam. Er musste zur Kieskiste am Eingang des Festplatzes und würde mit der bereitgestellten Schaufel eine Portion mitnehmen. Auf dem Weg dorthin winkte er Guido, der bereits in seinem Clownskostüm steckte und mit drei Kegeln jonglierte.

„Blöder Wichser", rief er dem Mann mit der obligatorischen roten Pappnase und den absurd weiten Klamotten zu. Der Clown lachte und jonglierte weiter. Er konnte nicht sehen, dass Erasmus nicht mitlachte.

Wie ihm diese Demonstranten auf den Sack gingen. Und dann musste er auch noch in deren Nähe, um sich den Kies zu holen. Aber sollten sie doch ihren Quatsch brüllen, das perlte wie an Teflon an ihm ab. Haben die eigentlich keine Arbeit? Lungerten den ganzen Tag vor dem Gelände herum, machten einen auf Tierschutz und nervten die Leute. Er sah sich das Völkchen an, das laut skandierte, dass Tiere im Zirkus nichts verloren hätten. Sein Blick blieb an so einer Trulla hängen. Über und über war sie tätowiert. Beide Beine, die Arme, weiter hoch bis zum Hals, und dann auch noch diese Asitacker im Gesicht. Blonde Haare, die auf einer Seite wie bei den Poppern der 80er halblang herabwuchsen und auf der anderen Seite abrasiert waren. Solche Frauen fand er total zum Kotzen. Erasmus beobachtete die etwa 30-Jährige, wie sie laut die hirnlosen Parolen blökte. Sollte sie mal machen. Er ging zur Kieskiste, die beiden Zivilbullen grüßten ihn, Erasmus hielt es nicht für nötig, zurückzugrüßen. Er öffnete die Kiste und natürlich war keine Schaufel darin. Die haben bestimmt die Scheiß-Weltverbesserer geklaut, um ihn zum Narren zu halten. Wahrscheinlich das tätowierte Dreckstück. Er fixierte sie und ging plötzlich mit stampfenden Schritten direkt auf sie zu, überquerte die Straße und war nach wenigen weiteren Schritten bei ihr, riss ihr dieses verdammte Schild aus den Händen und warf es auf die Straße. Die Frau hatte aufgehört mit ihrem Parolenplärren und starrte voller Angst den Mann an, der sie wutentbrannt ansah.

Wie ein Reh im Lichtkegel konnte sie sich nicht bewegen, doch einer aus der Truppe erkannte die Lage und schrie über die Straße „ZELLIIII!!!"

Hauptkommissar Zeller und Oberkommissar Genocchi hatten den Zirkusangestellten jedoch nicht aus den Augen gelassen und waren schon im Laufschritt auf dem Weg zum Aggressor. Der ballte die Faust, holte zum Schlag aus und wurde im nächsten Sekundenbruchteil zurückgerissen. Er fand sich einen Moment später im Staub der Straße wieder, mit auf dem Rücken gedrehten Armen, die von Vincent Zeller gehalten wurden, während ihm Carlo Genocchi die Handschließen reichte. Erasmus wurde auf die Füße gehievt und in den Zirkusbereich, weg von den Demonstranten, gebracht, die entsetzt von dem Ausbruch des Mannes verstummt waren.

Erasmus saß aufrecht im Polizeikombi, die Arme von den Handschellen auf dem Rücken gesichert und starrte auf seine Füße. Vincent saß ihm gegenüber, während der Oberkommissar ein Laptop aufgeklappt hatte und anfing, den Vorfall zu erfassen.

„War nicht klar geregelt, dass Sie sich bei den Demonstranten nicht blicken lassen sollen? War da irgendetwas schwer zu verstehen?", fragte Vincent streng den 28-Jährigen. „Was zum Henker sollte das? Sie haben sich hier nicht so aufzuspielen und den Demonstranten in dieser Weise entgegenzustellen. Hätten Sie tatsächlich zugeschlagen, wenn wir Sie nicht daran gehindert hätten?"

Erasmus starrte weiterhin auf seine Füße und sagte nichts.

„Ich höre! Was haben Sie sich dabei gedacht?"

„Ich weiß es nicht", ließ Erasmus leise von sich hören.

„Sie wissen es nicht, aha. Sie gehen auf fremde Menschen los, die nicht ihrer Meinung sind, und wissen nicht, warum Sie das machen? Das ist etwas einfach, oder?"

„Es tut mir leid, ich weiß wirklich nicht, was da in mich gefahren ist. Wir kennen das doch schon seit Jahren, dass gegen uns demonstriert wird. Das ist für uns mittlerweile ganz normal." Er schaute Vincent unbedarft in die Augen. Vincent konnte sich keinen Reim darauf machen. Dieses schuldbewusste Verhalten, dieser Rehblick und dann dieser plötzliche Hass.

„Warum sind Sie ausgerechnet auf diese Dame los? Sie hatten ganz klar sie als Ziel."

Erasmus schüttelte den Kopf und schaute wieder auf die Füße. „Wahrscheinlich wegen den ganzen Tätowierungen. Ich mag einfach keine Tattoos und die ist ja über und über davon voll damit. Und diese Piercings, die verschandeln doch jedes noch so hübsche Gesicht."

Vincent wurde nicht schlau aus dem Mann und war sich unschlüssig, was er jetzt mit ihm machen sollte. Eine Straftat hatte er nicht direkt begangen, doch einfach so freilassen wollte er ihn auch nicht. Es konnte ja nicht ausgeschlossen werden, dass der Mann erneut austickte. Er trommelte nachdenklich mit seinen Fingern auf den Kunststofftisch.

Es klopfte an der Scheibe des Kleinbusses. Eine schöne Frau stand davor und schaute ängstlich zwischen den Kommissaren und dem Festgenommenen hin und her. Vincent schob die Türe auf. „Wie kann ich Ihnen helfen, Frau …?"

„Giebel, Gina Giebel. Das ist mein Mann Erasmus Giebel, was ist denn hier los?" In ihrer Stimme schwang unüberhörbar Angst mit. Sie sah, dass ihr Mann die Hände auf dem Rücken hatte. „Warum ist er gefesselt?"

„Gina!", sagte Erasmus freudig.

„Kriminalhauptkommissar Zeller, mein Kollege, Oberkommissar Genocci." Carlo nickte der Schönheit zu. „Wir haben ihren Gatten vorläufig festgenommen, weil er im Begriff war, eine Demonstrantin tätlich anzugreifen. Das haben wir im letzten Moment unterbunden und nun wird er befragt."

„Es tut mir leid, mein Schatz. Ich weiß nicht, was da los war. Die hat mich so aufgeregt, da bin ich irgendwie ausgerastet. Du weißt doch, dass ich ein total ruhiger Mensch bin. Ich hab keine Ahnung." Erasmus blickte seine Frau hilfesuchend und offen an. Nichts erinnerte an den Ausbruch im Wohnwagen, als sich Erasmus aufführte wie ein Gorilla auf Ecstasy. Nun schaute er sie wieder mit diesen treuen, ehrlichen Augen an, die sie so an ihm liebte. Konsterniert und unsicher war der Blick, mit dem sie ihren Mann betrachtete.

„Ja, es stimmt, Erasmus tut normalerweise keiner Fliege etwas zuleide. Was da heute mit ihm los war, da sehen Sie mich ratlos." Gina sprach zwar zu den Polizisten, ließ dabei aber ihren Mann nicht aus den Augen und suchte eine Erklärung, doch sie hatte keine. Ihre Augen drohten wieder überzulaufen. „Nehmen Sie ihn mit auf ihre Polizeistelle?"

„Das wird nicht nötig sein, Frau Giebel. Wir nehmen hier das Protokoll auf, dann ist Ihr Mann entlassen. Aber sollte so ein Auftritt noch einmal geschehen, dann werden wir Ihrem Gatten sehr wohl unsere Räumlichkeiten zeigen. Haben Sie das verstanden?", wandte sich Vincent plötzlich an Erasmus, der erschrocken zurückzuckte.

„Ist angekommen, Herr Kommissar. Ich bin also frei?" Seine Stimme klang hoffnungsvoll.

„Ich nehme Ihnen die Handschließen ab, Sie warten das Protokoll ab, wir legen es Ihnen vor, und wenn Sie damit einverstanden sind, unterschreiben Sie es. Dann können Sie verschwinden."

„Danke", sagte der Artist kaum hörbar und schaute wieder seine Schuhspitzen an. Gina wurde nicht schlau aus der Szene.

Eine knappe Viertelstunde später ging das Paar zurück zum Zirkusbereich. Erasmus suchte die Hand seiner Frau, sie jedoch wollte genau das vermeiden.

„Ich weiß nicht, was los ist mit dir. So kenne ich dich gar nicht." Gina schüttelte immerzu den Kopf.

„Die hat mich irgendwie aufgeregt, mit ihren Tattoos und ihrem wilden Geschrei und …"

„Das mein ich nicht, ich meine das davor, heute Vormittag", unterbrach sie ihren Mann.

Erasmus sah sie verständnislos an: „Wieso?"

Gina blieb abrupt stehen und wandte sich ihm zu. „Du fragst ernsthaft, wieso?", spie sie aus. „Du fandest dein Verhalten also normal?"

Erasmus sagte nichts, sah nur mit hochgezogenen Brauen und aufgerissenen Augen seine Frau an, hob die Arme seitlich und ließ sie auf die Schenkel zurückschlagen. Eine Geste, die mitteilte, dass ihm nicht klar war, was sie meinte.

Gina sah hoch in diese braunen, unschuldigen Augen und runzelte die Stirn. „Du hast mich praktisch vergewaltigt, Erasmus." Ihre Stimme klang empört.

„Aber aber. Ich liebe dich doch, ich würde dir doch niemals wehtun?!" Erasmus wirkte schockiert.

„Ach, dann ist das jetzt wohl normal, dass du aufstehst, mich *ficken* willst", das Wort spuckte sie ihm förmlich vor die Füße, „und dann wie ein Wahnsinniger dein Ding in mich reinrammst, es wieder rausziehst, dich grunzend umdrehst und pennst?" Sie ließ die Worte bei Erasmus ankommen, der nicht wusste, wie ihm geschah. „Und dann gehst du auf die Demonstrantin los. Das ist auf jeden Fall nicht der Mann, den ich kenne." Gina verschränkte die Arme vor der Brust und wartete auf eine Antwort, die jedoch ausblieb. Erasmus war schlicht sprachlos. Lediglich ein unsicheres „Aber" brachte er heraus.

„Das ist deine Antwort? Alles klar!" Sie richtete einen Zeigefinger auf ihn und sagte: „Ich will nicht, dass du heute noch einmal in unseren Wohnwagen kommst. Du kannst dir einen Freund suchen, bei dem du heute nächtigen kannst, aber ich will dich heute nicht neben mir wissen." Sie drehte sich weg und stapfte wütend davon.

„Gina. Es tut mir leid, was ich vielleicht gemacht habe …", versuchte er einzulenken, doch er stieß auf taube Ohren. Er merkte, dass seine Frau es verdammt ernst meinte. Er zermarterte sich den Kopf darüber, erinnerte sich aber nicht daran, dass er Sex mit Gina gehabt hatte. Resigniert schlurfte er davon und wurde von Claudio aufgehalten.

„Alles klar bei euch?", fragte er interessiert.

„Ich weiß es nicht. Du, Claudio, könnte ich vielleicht heute bei dir pennen? Gina will nicht, dass ich heute bei ihr bin."

„Auweia! Klar, du kannst zu mir kommen, kein Problem. Dann muss ich mich mit Gerda heute etwas zurücknehmen." Claudio grinste breit und auch Erasmus gelang ein leises Lächeln. „Soll ich für dich googlen, wo der nächste Blumenladen ist?", schlug Claudio vor.

„Ich weiß nicht, ob es mit Blumen getan ist. Ich glaube, ich hab da richtig was verbockt." Nachdenklich sah Erasmus seiner Frau nach, die jedoch schon gar nicht mehr zu sehen war.

Sein Smartphone brummte in der Hosentasche, er sah auf das Display. Eine WhatsApp-Nachricht von Gina. Mit wechselnden Gefühlen von Freude bis Angst öffnete er die Nachricht:

Schreib mir, wo du heute schläfst, ich bring dir dann dein Zeug hin. Ich sag Massimo, dass ich mich nicht gut fühle. Ich möchte heute nicht mit dir auftreten. Gina.

Claudio hatte seinem Freund über die Schulter gelinst und meinte: „Puh, ist die angefressen."

Mit einem sehr miesen Gefühl im Bauch und der Angst, seine Liebe zu verlieren, schrieb er zurück.

Ich bin bei Claudio. Danke, das ist lieb von dir. Ich liebe dich, dein Erasmus

„Guter Text." Claudio hob den Daumen, nahm seinen Freund an der Schulter und bugsierte ihn in Richtung seines Wohnwagens. „Ich denke, ein Bier lockert."

„Oder zwei", dankbar lächelte Erasmus Claudio an.

„Oder zwei", stimmte Claudio zu.

Kapitel 7

Am nächsten Tag

Nach der letzten Vorstellung des Vorabends blieb nicht viel Zeit, um zu feiern. Schon am frühen Morgen waren die meisten Zirkusangestellten auf den Beinen, um abzubauen. Noch am selben Tag würde in der nächsten Stadt mit dem Aufbau begonnen werden. Alle Handgriffe, schon hunderte Male durchgeführt, saßen. Das dumpfe Klingen, wenn Metallstangen aneinanderschlugen, war ständig zu hören. Wenige Anweisungen wurden gegeben, jeder wusste, was er zu tun hatte. Die Tiere hatten ihr Frühstück schon ein paar Stunden hinter sich. Es ist wie beim Menschen: Ein voller Bauch reist nicht gerne. Auch Raubtieren konnte es auf Reisen übel werden. Die Tierpfleger waren auch die Ersten, die ihre schweren PKW vor die Käfige mit ihren Schützlingen spannten und sich auf den Weg in die nächste Stadt machten. 120 km war der nächste Auftrittsort entfernt, in zwei Stunden würde der Ort erreicht sein.

Der Direktor konnte sich auf seine Vorarbeiter verlassen und widmete sich seinen Geschäftsbüchern. Obwohl es immer schwieriger wurde und die Zuschauerzahlen zurückgingen, mit den zahlenden Besuchern in Kaufbeuren war er zufrieden. Es war zwar keine einzige Aufführung ausverkauft, aber ein Schnitt von 82 % Auslastung war in Ordnung. Es gab Städte, in denen das Zelt unter 50 % besucht war. Noch machte der Zirkus einen anständigen Gewinn. So konnte jeder Mitarbeiter sein Gehalt bekommen und auch ein Jahresbonus wurde weiterhin in Aussicht gestellt. Es galt, so bald wie möglich wieder diese Stadt zu buchen, so lange es noch möglich war. Massimo nickte mit geschürzten Lippen seinem Laptop zu, auf dem das Abrechnungsprogramm lief.

So weit war alles in Ordnung, wenn gestern nicht dieser Zwischenfall gewesen wäre. Er, Massimo, würde noch ein ernstes Wörtchen mit Erasmus wechseln müssen. Dass Gina sich krank meldete, das war eine Sache. Doch sein Bauch sagte ihm, dass das auch die Schuld von Erasmus war. Dass er auf die Demonstranten losgegangen war, das ging überhaupt nicht. Es war zwar nichts passiert, aber der Polizist Zeller erklärte, dass nicht viel gefehlt habe, dass Erasmus gewalttätig geworden wäre. Seitens der Demonstranten wurde zum Glück keine Anzeige erstattet. Auch wenn dabei wahrscheinlich nichts dabei rausgekommen wäre, es wäre eine üble Negativwerbung für den ganzen Zirkus gewesen und Wasser auf den Mühlen der Tierschützer. Massimo dachte über eine Abmahnung nach. Eigentlich blieb ihm nichts anderes übrig. Der Direktor war nach dem Vorfall mit Samthandschuhen zu den Demonstranten gegangen und hatte auf Unterwürfigkeitsmodus geschaltet. Mit einem Lächeln, das Offenheit und Verständnis signalisieren sollte, sprach Massimo im Beisein der beiden Kommissare mit der Gruppe. Bei dem Beinaheopfer entschuldigte sich Massimo ehrlich und demütig. Die Entschuldigung nahm sie an. Doch der Schreck von dem Vorkommnis war ihr immer noch ins bleiche Gesicht geschrieben.

Der Vorschlag, dass alle Demonstranten freien Eintritt für die Abendveranstaltung bekommen würden, wurde mit heftigem Gelächter quittiert. So zog Massimo irgendwann von dannen und ließ sich hinterherrufen, dass sie Zirkus bejahen, aber ohne Tiere.

Massimo beendete das PC-Programm und rief Erasmus auf dessen Handy an. Bereits nach dem ersten Klingeln ging er ran, mit den enttäuschten Worten: „Ach, du bist es bloß."

„Tut mir leid, wenn ich nur dein Boss bin. Komm bitte zu mir rüber in den Wagen." Kopfschüttelnd legte er auf.

Zwei Minuten später hämmerte es an der Tür; ohne auf ein *Herein* zu warten, betrat Erasmus das mobile Domizil des Direktors.

„Super siehst du aus, du solltest mal ordentlich kotzen", begrüßte ihn Massimo. „Setz dich."

„Dafür hätt ich mehr als acht Bier trinken müssen." Erasmus arrangierte den ungepolsterten Stuhl in dem beengten Raum, bis er eine Stellung für sich und das Möbel gefunden hatte und erwartete die Ansage seines Bosses.

„Neben dem Streit mit deiner Frau hast du auch Zoff mit deiner Haarbürste?"

Erasmus lächelte schief, die Augen blieben aber humorlos.

Der Direktor atmete durch. „Wir beide kennen uns jetzt schon seit einigen Jahren und du bist einer meiner zuverlässigsten Mitarbeiter und ein toller Artist. Eigentlich dachte ich immer, ich wüsste, wie du tickst. Aber das gestern, das hat mich eines Besseren belehrt. Kannst du mir sagen, was da los war?"

Erasmus konnte dem Direktor vor Scham nicht in die Augen blicken. „Ich weiß es nicht so recht. Gina hat behauptet, ich sei über sie hergefallen, aber ich erinnere mich überhaupt nicht daran. Und dann hab ich bei der

Demonstration einfach rot gesehen. Vielleicht war das irgendwie so ein Tropfen, der etwas zum Überlaufen brachte." Erasmus hob die Schultern und ließ sie resigniert wieder fallen.

Massimo betrachtete einige Sekunden nachdenklich den Artisten. „Dass das für mich seltsam rüberkommt, das ist dir klar, oder?" Der Direktor seufzte. „Eigentlich sollte ich dir eine Abmahnung geben." Massimo nahm sein Handy und wischte darauf herum und hielt es sich ans Ohr. „Du, Gina, komm doch bitte in meine Villa rüber. Ja, jetzt sofort. Nein, das kann nicht warten. Okay, danke." Er legte das Smartphone auf den Tisch. Eine knappe Minute später kam Gina in den Wagen und stutzte, als sie ihren Mann sah und wollte bereits umdrehen.

„Komm rein, wir müssen reden", sagte der Direktor bestimmt. Unsicher sah sie von Massimo zu Erasmus.

„Es tut mir leid, Gina", sagte der 28-Jährige geknickt. „Ich kenne mich doch selber nicht mehr, und ehrlich, ich weiß nicht, was da los war mit mir gestern. Du weißt doch, dass ich nicht so bin. Bitte, es tut mir leid. Ich liebe dich doch und könnte dir nichts antun."

„Hast du aber", antwortete Gina mit unsicherer Stimme. „Du hast mich hier drinnen verletzt." Sie tippte sich auf die Brust, in der ihr Herz schlug. „Was soll ich denn davon halten, wenn du dich benimmst wie ein brünftiger Neandertaler?"

„Du hast recht, ich war ein Arsch, das hätte ich dir nie antun dürfen." Tränen schimmerten in seinen Augen. „Es ist, als wäre da ein Loch in meiner Wahrnehmung. Ich weiß nur noch, dass du etwas zu Essen gemacht hast und dann ist da", er suchte die richtige Erklärung und fand keine, „ein Schatten im Verstand."

„Vielleicht hast du einen Tumor", schlug der Direktor unbedacht vor, woraufhin das Ehepaar ihn entsetzt anstarrte. Massimo erkannte sofort seinen faux pas und hob die Hände. „Entschuldigung, das war nicht sehr feinfühlig. Aber so etwas gibt es doch."

Gina drückte im Reflex die Hand von Erasmus. „Das ist kein Tumor, nein." Erasmus glotzte die Hand seiner Frau an und fühlte eine unglaubliche Erleichterung. Sie glaubte offensichtlich noch an ihre Liebe. „Aber ein Arzt kann vielleicht helfen." Nun hatte auch Gina Tränen in den Augen.

Massimo schaute zwischen der stehenden Gina und dem sitzenden Erasmus hin und her. „Klärt ihr das zwischen euch? Ich kümmere mich um einen Arzttermin in der nächsten Stadt, okay?" Der Direktor stand auf.

„Wann soll ich die Abmahnung unterschreiben?", fragte Erasmus mit zittriger Stimme.

„Scheiß auf die Abmahnung. Ich brauche ein Artistenpaar, das sich 100 % vertraut und auf das ich mich verlassen kann, und ihr seid so ein Paar. Also, regelt das, dann ist uns allen gedient, okay? Ihr packt euer Zeug zusammen, dann sehen wir uns in Ulm wieder." Massimo klatschte in die Hände als Zeichen, dass das Gespräch zu Ende war.

„Ich habe schon alles fertig gemacht, unser Wagen steht schon vor der Ausfahrt", sagte Gina.

„Du bist ein Goldstück, mein Schatz. Ich hol noch mein Zeug von Claudio." Erasmus wollte seine Frau auf den Mund küssen, doch sie wandte sich im letzten Moment ab und blickte auf den Boden. Er erwischte lediglich die Wange, und doch war er glücklich über den kurzen körperlichen Kontakt. Gina war noch nicht so weit, doch würde sich alles wieder zum Guten wenden.

Nach der Abreise des Zirkus brachten die Stadtmitarbeiter den Tänzelfestplatz wieder auf Vordermann. An den nichtasphaltierten Stellen wurde frischer Kies aufgebracht, der mit einem Traktor verteilt und gewalzt wurde, so dass sämtliche Spuren verwischt wurden. Bald schon erinnerte nichts mehr daran, dass hier vor kurzem noch ein Zirkus gastierte und Zelte und Wohnwägen standen.

Die Aussetzer von Erasmus Giebel wiederholten sich nicht mehr. Die Ärzte konnten keinen Tumor oder irgendwelche Erkrankungen feststellen. Es gab keine Erklärung für das Verhalten des Artisten. Schnell setzte wieder der Alltag im Zirkus Salvadori ein. Gina verzieh ihrem Mann, doch ganz vergessen konnte sie nicht.

Kapitel 8

Lukas Spitzer saß im Schneidersitz im Kies auf dem Tänzelfestplatz. Neben ihm lag sein Mountainbike. Es hatte zwar einen Ständer, aber er fand es uncool, ein MTB darauf zu stellen. Am liebsten hätte er den Ständer abgebaut, aber manchmal ging das Praktische vor Coolness, daher ließ er ihn dran, nutzte ihn aber so selten wie möglich.

Lukas war etwas früh dran und daddelte auf seinem Smartphone herum, bis das blaue Fahrschulauto endlich kommen würde. Sein Termin war um 15 Uhr. Warum er eine halbe Stunde zu früh da war, das wusste er selber nicht. Er hatte nichts zu tun, war in der Nähe und konnte sich auch hier die Zeit vertreiben. Das Wetter war super, man konnte herrlich in der Sonne auf dem warmen Boden sitzen. Heute würde er seine dritte Fahrstunde auf dem Motorrad haben. Die ersten beiden führten über Land und durch die Stadt. Das hatte ihm mächtig Spaß gemacht, über die Straßen zu fahren. Das Rauschen und Spüren des Windes an seiner Windbreakerjacke. Das Vibrieren unter seinem Hintern. Das Röhren, wenn er am Gashahn spielte, was ihm via Kopfhörer einen Rüffel vom Fahrlehrer einbrachte. Lukas fand das einfach nur spießig. Jeder drehte am Gashahn, um die Kraft zu hören und zu spüren. Er freute sich auf die Fahrstunde, auch wenn diese heute wohl recht langweilig werden würde.

Der Plan sah heute vor, dass auf diesem Platz Übungen gemacht werden sollten. Abbremsen, im Kreis fahren und lauter so Quatsch. Heute gab es keine Ausfahrt über die Dörfer.

Von seinen Freunden wurde er bereits gehänselt, weil er, obwohl schon seit zwei Monaten volljährig, noch keinen Führerschein hatte. Weder für das Auto, das zu Hause stand und noch von seiner Mutter gefahren wurde, bis er irgendwann freudestrahlend sein Kärtchen präsentieren würde, dass er jetzt ein Fahrzeug führen durfte. Ihn ärgerte es selbst ja auch, dass er noch nicht den ‚Lappen' hatte. Aber er hatte sich schlicht sehr spät angemeldet. Doch bald würde er dazugehören, würde mit dem Auto durch die Stadt cruisen, den Arm lässig auf die Karosserie gestützt, während das Fenster offen stand. Lässig mit der Sonnenbrille auf der Nase würde er den Takt der zu lauten Musik mitwippen und nach Bunnys Ausschau halten. Motorrad war keines geplant. Konnte er sich auch nicht leisten, aber kann ja nicht schaden, wenn man den Führerschein dazu schon hat, dachte er bei sich.

Lukas sah auf die Uhr. Immer noch zehn Minuten bis zum Eintreffen des Fahrlehrers. Er war trotz der bevorstehenden, voraussichtlich langweiligen Stunde freudig erregt und konnte es schwerlich abwarten, auf dem Motorrad zu sitzen. Er schnupperte in die Luft und wunderte sich über den gammligen Geruch, der über den Platz wehte. Es roch richtig übel. Womöglich wehte der Mief von einer naheliegenden Fabrik herüber. Was die so produzierten, wollte er sich nicht unbedingt vorstellen. Er zuckte mit den Schultern, ignorierte den Gestank, widmete sich wieder seinem Handy und schaute alle paar Sekunden hoch, in Erwartung des Wagens mit der Aufschrift ‚Fahrschule Romer', das endlich nahezu pünktlich auf den Platz einbog. Davor fuhr ein Motorrad, dessen Pilot sich als hübsches, braunhaariges Mädchen entpuppte, als sie den Helm abnahm und Lukas mit einem perfekten Lächeln anstrahlte.

„Geil", sagte sie einfach und schüttelte ihre langen Haare. „Wenn ich die Pappe habe, bin ich schneller auf dem Motorrad, als meine Eltern ‚Piep' sagen können. Das ist genau meins."

Sie stellte das Motorrad auf den Ständer, hob das rechte Bein hoch, um abzusteigen. Lukas schaute im Reflex zwischen ihre schlanken Beine, die von einer figurbetonten blauen Jeans verhüllt waren, und stellte sich in Sekundenbruchteilen ein erotisches Kopfkino zusammen, mit ihm und der Schönheit in der Hauptrolle. Prompt erfolgte eine Regung in seinem Lendenbereich. Er unterdrückte den Impuls, sich im Schritt zu reiben und beobachtete, wie sie sich die gelbe Warnweste auszog und ihm entgegenhielt. Lukas griff zu und hatte auch gleichzeitig die schlanke Hand der Braunhaarigen im Griff und drückte zu. Er beobachtete befriedigt, wie sich das perfekte, lächelnde Gesicht vor Schmerz verzerrte und sie ein überraschtes „Aua, Arschloch" von sich gab. Lukas lockerte seinen Griff und nahm die Warnweste an sich. Er starrte aber weiterhin die junge Frau an, die sich empört abwandte, die Hand rieb und zum Fahrlehrer ging, um die Stunden zu unterschreiben. Verwundert hatte der Lehrer die Szene beobachtet.

Lukas drückte eine Hand auf sein schwellendes Gemächt und hätte gerne noch einmal dieses Gesicht gesehen, die jugendliche Stirn, die sich vor Schmerz in Falten gelegt hatte.

Doch sie sah ihn nicht noch einmal an und verließ zügig und mit hoch erhobenem Kopf den Platz.

Benjamin Romer war der Juniorchef der Fahrschule. Er wuchs praktisch mit der Muttermilch in die Firma hinein. Mit seinen gerade mal 30 Jahren war er ein etablierter, hervorragender Fahrlehrer, der gerne von den Aspiranten gebucht wurde. Sein lockerer Umgang kam bei der meist jugendlichen Klientel sehr gut an. Doch mangelte es ihm auch nicht an Autorität, wenn er es für nötig hielt, sobald er bemerkte, dass seine Schüler etwas zu lässig wurden. Schließlich war er es, der die jungen Leute so schulen musste, dass sie ein Fahrzeug sicher führen konnten.

„Was war das denn gerade eben?", fragte Romer den 18-Jährigen.

„Ich hab der Tussi wohl aus Versehen die Hand etwas fest angepackt. Sie ist halt ein bisschen empfindlich." Lukas tat den Vorfall mit einem Schulterzucken ab, empfand aber etwas Wut, weil der Fahrlehrer sich in etwas einmischte, das ihn nichts anging.

Benjamin ging nicht weiter darauf ein und gab sich mit der Erklärung zufrieden. Er öffnete den Kofferraum, um einen Stapel mit orange-weißen Verkehrskegeln herauszunehmen. „Du kannst dich schon mal fertig machen, Warnweste anziehen, Headset anschließen und Helm aufnehmen."

„Ich bin kein Baby, ich weiß schon, wie ich mich anziehen muss", blaffte Lukas.

Benjamin blieb mit den Kegeln stehen und schaute irritiert seinen Schüler an. „Schlechten Tag heute gehabt?"

Lukas antwortete nicht, schaute nur grimmig, wandte sich von dem Spießer ab und machte sich für die Stunde fertig. Romer stellte die Kegel routiniert und ohne nachzumessen in gewissen Abständen auf. Als er nach einem Kontrollblick nickte, nahm er das Funkgerät aus seiner leichten Sommerjacke und drückte auf den Sendeknopf. „Hörst du mich Lukas?"

Lukas hatte sich bereits auf die alte Suzuki gesetzt und hob den Daumen.

„Okay, super. Du fährst dich jetzt etwas warm, um ein Gefühl für die Maschine zu bekommen. Fahr an das hintere Ende des Platzes, mit maximal 40 km/h. Du kannst gerne ein paar Schwünge einbauen. Dann drehst du um und stellst dich etwa zwanzig Meter vor diesen Kegel." Benjamin zeigte auf den entferntesten.

Lukas ließ mit dem Elektrostarter die Maschine an und fuhr wie geheißen den Tänzelfestplatz entlang, exakt an die Vorgabe haltend, mit leichten, lockeren Schwüngen.

„Sehr gut machst du das", sprach der Fahrlehrer, „und nun zurück im gleichen Tempo."

Lukas hatte gewendet und riss am Gashebel. Die Maschine heulte auf, er ließ die Kupplung kommen. Der Kies spritzte nach hinten weg, die Suzuki machte einen Satz und schoss los. Er ließ den Motor hochziehen, schaltete schnell in den zweiten und dritten Gang und kurz darauf überwand die Tachonadel schon die 70 km/h Marke.

„BIST DU BESCHEUERT? BREMS, VERDAMMT NOCH MAL, BREMS", schrie Romer in das Funkgerät. Er konnte das bösartige Grinsen wegen des Helmes nicht sehen.

Lukas bremste mit blockierten Reifen die Maschine so schnell ab, wie er beschleunigt hatte, und kam einige Meter vor den Kegeln zum Stehen. Benjamin lief auf ihn zu, um Lukas die Leviten zu lesen. „Bist du noch ganz dicht, oder was?", schrie er seinen Schüler an, „sind wir hier bei einem Scheiß-Rennen, oder was? Du hältst dich an meine Anweisungen, sonst bist du das letzte Mal auf dem Motorrad gesessen, ist das klar?"

„Völlig klar, Chef", sagte Lukas wenig beeindruckt.

„Das hab ich ja noch nie erlebt." Romer schüttelte den Kopf. „Also gut, wir üben jetzt Slalom und das Bremsen auf den Punkt. Ich erklär es dir." Der Fahrlehrer gestikulierte mit dem Arm die geplante Route. „Du fährst im Schritttempo, ich betone … Schritttempo zwischen die ersten Kegel und fährst wie der Neureuther um die Pylonen rum, dann gibst du nach dem letzten Kegel etwas Gas und versuchst, an den hintersten dazwischen stehen zu bleiben. Erst wenn du stehst, setzt du den linken Fuß auf den Boden. Fragen?" Interessiert schaute er seinen Schüler an, ob er alles verstanden habe.

„Is recht, Alter. Hinfahren, Slalom, Neureuther, Gas, stehen bleiben, Fuß auf den Boden. Krieg ich hin, den Kinderkram."

„Der Kinderkram, wie du es nennst, gehört dazu, dass du den Führerschein bekommst. Nicht bloß hirnlos Gas geben und hoffen, dass keine Kurve kommt. Die Friedhöfe sind voll mit solchen Leuten, die meinen, dass für sie keine Regeln gelten und sie eh alles wissen. Nenn es, wie du willst, Hauptsache, du machst es, und vor allem, du kannst es anschließend." Romer hatte die ganze Zeit mit erhobenem Zeigefinger auf den behelmten Schüler gezeigt, was diesen massiv nervte. „Der Prüfer legt auf diese Übungen sehr großen Wert. Also, auf geht's!"

Lukas befolgte die Anweisung, fuhr los, nahm jede Pylone, gab anschließend Gas, bremste zu spät und kam zehn Meter hinter dem letzten Kegel zum Stehen.

„Du hast zu viel Gas gegeben und zu spät gebremst. Stell dir vor, da ist ein Zebrastreifen, ein Kind geht über die Straße und du schaffst es nicht anzuhalten. Was dann?"

„Das wäre dann ziemlich blöd gelaufen für das Kind. Muss Mutti halt ein neues ficken."

Romer klappte der Mund auf und er dachte, er habe nicht richtig gehört. „Bitte, was hast du gesagt?"

„Das wäre ganz bitter, ja. Das arme Kind, die arme Familie", brummte Lukas aus dem Helm heraus.

Skeptisch schaute Benjamin den Helm an. „Okay, noch mal. Fahr zurück und Wiederholung, und diesmal bleibst du zwischen den Markierungen stehen."

Lukas nickte, wendete, nahm Anfangsstellung ein, um die Übung erneut zu machen. Einen Kegel warf er um, das finale Bremsmanöver schaffte er wieder nicht, auch wenn diesmal nur um fünf Meter.

„Es wird besser", sagte der Fahrlehrer diplomatisch, um Lukas bei der Stange zu halten, „aber bitte noch einmal zurück. Diesmal schaffst du es." Während Lukas wendete, stellte Romer den umgefallenen Kegel auf. Er sah nicht den Mittelfinger, der ihm entgegengestreckt wurde.

Lukas nahm erneut Startaufstellung ein und nahm die letzten Anweisungen zur Kenntnis. Vorsichtig umkurvte er die Pylonen, warf denselben wieder um, schaffte es auch wieder nicht, vor dem letzten Kegel zu bremsen.

Romer schüttelte leicht den Kopf, auch das nahm Lukas zur Kenntnis. Die Wut auf diese besserwisserische Fahrlehrerschwuchtel nahm noch mehr zu.

„So, Lukas. Ich habe eine Idee, wie wir es jetzt machen. Ich spiele jetzt die Person auf dem Zebrastreifen und stell mich zehn Meter hinter die Bremsmarkierung. Aber so haben wir eine realistische Situation geschaffen. Du kannst gar nicht anders als bremsen. Ich bin schließlich kein Kegel." Benjamin lachte über seinen Vergleich. „Also, diesmal klappt alles. Hau rein." Romer klopfte Lukas aufmunternd auf die Schulter und stellte sich wie besprochen breitbeinig und die Arme in die Hüften gestemmt in sicherem Abstand in der Flucht hinter die Bremsmarkierungen.

Lukas stellte sich widerwillig auf seine Startposition und wartete das Okay des Fahrlehrers ab und rollte los, um die Pylonen zu umkurven. Diesmal klappte es problemlos. Nach dem letzten Kegel gab Lukas Gas, sah vor sich den Fahrlehrer, erreichte die Stelle, an der er bremsen musste und riss plötzlich am Gashebel. Das schwere Motorrad setzte den manuell gegebenen Befehl sofort um und beschleunigte schnell. Der junge Fahrlehrer Romer hatte keine Chance auszuweichen, als ihn die Suzuki frontal traf. Er wurde von den Beinen gerissen und in die Luft geschleudert. Als hätte Benjamin das Fliegen erlernt, verharrte sein Körper einen unwirklichen Moment in der Luft, bis die Erdanziehungskraft ihr Recht einforderte und der Fahrlehrer mit wilden Abwehrbewegungen, mit den Armen um sich schlagend, Schulter voraus auf dem Kies aufschlug. Ein hässliches Krachen zeugte davon, dass die Schulter der Gewalt nicht standgehalten hatte. Benommen, aber bei Bewusstsein, starrte der Fahrlehrer unstet umher. Im Schock hatte er noch keine Schmerzen und konnte sich auch noch keinen Reim darauf machen, warum er jetzt im Kies lag.

Lukas hatte das Motorrad auf den Ständer gestellt, war abgestiegen und zog in aller Seelenruhe den Helm vom Kopf. Ohne Gemütsregung schaute er dem Fahrlehrer dabei zu, wie er versuchte, aufzustehen und dabei kläglich scheiterte. Langsam ging er auf Benjamin Romer zu, kniete sich zu ihm hinunter und fragte: „Das war schon wieder falsch, oder was? Ich glaub, ich lerne es nie. Immerhin hat es kein Kind erwischt, gell?" Lukas klopfte dem verletzten Lehrer auf die Schulter, was dieser mit einem lauten Schmerzensschrei quittierte.

„Ups, sorry. Mein Fehler", sagte er sarkastisch und klopfte noch zwei Mal auf die gleiche Stelle.

An der Straße neben dem Festplatz schaute eine Frau um die 40 über das Gitter und fragte, ob etwas passiert sei und ob sie helfen könne.

„Oh, das wär super. Ich glaub, mein Fahrlehrer braucht einen Arzt; wenn Sie einen Notruf absetzen würden?"

„Oh Gott, das schaut ja gar nicht gut aus, was ist denn passiert um Himmels willen?" Sie schlug die Hand vor den Mund, als sie den verrenkt daliegenden Mann genauer betrachtete, der mittlerweile vor Schmerzen stöhnte.

„Der ist mir bei 'ner Übung vors Motorrad gelaufen. Ich konnte gar nicht ausweichen. Es war ein Unfall", erklärte Lukas mit zerknirschtem Gesichtsausdruck.

Mit zitternden Händen zog die Frau ihr Handy aus der Hosentasche und schaffte es nach mehreren Anläufen endlich, die 112 zu wählen.

Knapp acht Minuten später bog das Sanitätsfahrzeug mit Martinshorn und Blaulicht in die schmale Straße ein und folgte im nächsten Moment der Einweisung durch die Dame, die den Notruf abgesetzt hatte. Nervös winkend zeigte sie auf den Unfallort. Der Fahrer verströmte eine gelassene Ruhe, die sich direkt bei der Frau bemerkbar machte. Sie bekam das Gefühl, dass hier Männer und Frauen waren, die ihren Job verstanden.

„Sie sind die Kontaktperson?", fragte der junge Mann am Steuer mit dem fast kahl rasierten Kopf.

„Das bin ich, ja. Da vorne war ein Unfall, ein Motorrad hat einen Mann zusammengefahren. Der junge Mann da vorne hat die Maschine gefahren. Der Verletzte ist da vorne, das ist der, der am Boden liegt", sagte sie unnötigerweise.

„Danke, alles klar, wir kümmern uns darum." Der Mann fuhr die paar Meter zum Unfallopfer. Schnell und zügig hatten die Ersthelfer sich ein Bild der Lage gemacht und handelten entsprechend. Der Verletzte war ansprechbar, wenn auch deutlich verwirrt. Beruhigend sprach der junge Sanitäter auf den Fahrlehrer ein. Mit kurzen, präzisen Anweisungen war das Opfer schnell erstversorgt und auf einer Liege fixiert.

Ein erneutes akustisches Signal kündigte die Polizei an, die mit einem Einsatzwagen auf den Platz einbog, das Martinshorn abstellte, das Blaulicht aber in Betrieb ließ. Jenseits des Platzes versammelten sich nach und nach immer mehr Neugierige aus den Wohnblöcken und spekulierten, was da wohl vorgefallen wäre.

Die beiden Beamten stiegen aus dem BMW und setzten synchron ihre Dienstmützen auf. Die Notrufabsetzende ging auf die Polizisten zu und stellte sich als Frau Wammer vor. Die Beamten wollten von ihr wissen, ob sie den Unfall beobachtet hatte, was sie verneinte. Sie deutete auf den jungen Mann, der bedröppelt die Arbeit der Sanitäter beobachtete. Die Polizisten setzten sich in Bewegung.

„Grüß Gott, die Polizei. Sie waren der Fahrer des Unglücksfahrzeugs?", fragte der Polizeihauptmeister Lukas.

„Ja, ich bin das Motorrad gefahren. Es war ein Unfall."

„Schildern Sie uns doch mal aus Ihrer Sicht, was vorgefallen ist", forderte der Beamte. „Haben Sie einen Ausweis dabei?"

Lukas nestelte an seinem Portemonnaie herum und förderte das Dokument zutage, das er dem Hauptmeister reichte. „Ich bin ein Fahrschüler von Herrn Romer. Wir haben Übungen gemacht, Slalom, Bremsübungen und so Zeug, und plötzlich steht der vor mir und ich hab ihn mit dem Motorrad getroffen. Ich hab den gar nicht gesehen, es tut einen Schlag und dann lag er da. Ich hatte Glück, dass ich nicht selber gestürzt bin. Ich bin ganz schön ins Schlingern gekommen." Lukas hob die Schultern an und schüttelte den Kopf.

„Hmhm", machte der Polizist, während sein Kollege Notizen machte, „da müssen Sie ordentlich Tempo gehabt haben. Ich kenne die Übungen, da wird nicht sonderlich schnell gefahren." Der Hauptmeister sah Lukas skeptisch in die Augen.

„Der Romer wollte eine realistische Übung. Vielleicht wollte er meine Reaktion testen, ich habe keine Ahnung, warum er plötzlich vor mir stand."

„Nun gut, wir nehmen das jetzt so auf. Ein Gutachter wird den Unfallhergang rekonstruieren, und dann wird über die Schuldfrage entschieden. Wir fertigen mit Ihrer Aussage ein Protokoll an, das Sie bitte unterschreiben wollen. Falls Sie noch etwas dazu sagen können, jetzt oder später, dann wird das noch zusätzlich vermerkt."

„Alles klar, danke."

„Ihnen selbst ist nichts passiert? Soll Sie ein Arzt checken? Das muss ja einen tüchtigen Schlag gemacht haben. Vielleicht auch ein Schock?"

„Nein, mir geht's gut, mir ist nix passiert. Natürlich bin ich erschrocken. Aber geht schon." Er streckte zum Beweis einen Arm aus, der ein wenig zitterte. Mit schuldbewusster Miene schaute er den Sanitätern und dem Notarzt zu, wie sie Herrn Romer versorgten und schließlich in den Rettungswagen hievten. Er verstand nicht, warum er sich ihm in den Weg gestellt hatte. Er hoffte, dass Benjamin Romer schnell wieder auf die Beine kam und sich von seinen Verletzungen erholte und schaute nachdenklich dem Rettungswagen hinterher, der sich auf den Weg zum Krankenhaus machte.

Die Lust auf den Motorradführerschein war ihm vorerst vergangen. Er nahm sich vor, in den nächsten Tagen dem Übungsleiter einen Besuch abzustatten. Er würde ihm Blumen bringen.

Der junge Fahrlehrer hatte Glück im Unglück, dass er bei seinem Sturz nicht auf den Kopf gefallen war, sondern „nur" auf die Schulter. Das rechte Schlüsselbein war doppelt gebrochen. Eine schmerzhafte Rippenprellung ließ tiefes Luftholen zur Qual werden. Der ganze rechte Oberkörper erstrahlte in violetter Farbe. Einige Abschürfungen nässten und mussten behandelt werden.

Benjamin Romer verstand nicht, warum der Schüler nicht gebremst hatte. Ihm kam es eher so vor, als hätte Lukas stattdessen den Gashebel aufgerissen. Aber da spielte ihm wohl seine Fantasie einen Streich. Das hieße ja, dass er ihn absichtlich überfahren wollte. Völlig absurde Vorstellung, befand er. Wobei sein Schüler schon seltsam aggressiv gewirkt hatte. Er erinnerte sich nun auch daran, dass Lukas zuvor schon wie ein Irrer am Gasgriff gedreht hatte und mit Karacho über den Platz gefahren war. Eigentlich hatte er Lukas als aufgeräumten, ruhigen jungen Mann kennengelernt. Konnte ihn seine Menschenkenntnis so täuschen? Benjamin Romer sog scharf die Luft ein, als er für seinen Körper eine angenehmere Stellung im Bett suchte und von Schmerzen gepeinigt wurde.

Kapitel 9

Mitte Juni 2018 – 28 Tage bis zum Tänzelfest

Das freundliche Hundemädchen legte auf dem Parkettboden den Kopf schräg, weil ihr Frauchen, die 37-Jährige Sabrina Gärtler, mit hoher Kopfstimme „Gassiii" rief. Eine Sekunde später sprang der Mischlingshund, den Sabrina in einem Tierheim in Griechenland entdeckt hatte, auf seine Beine, federte mit kreisförmig wedelndem Schwanz zum Flurschränkchen, wo die Hundeleine deponiert war, und ließ ihr Frauchen nicht mehr aus den Augen. Nicht, dass sie es sich noch anders überlegte und den Spaziergang platzen ließ. Also musste Emily starren und warten. Das Wedeln wurde noch intensiver, als Sabrina die Leine samt Hundegeschirr und einem Spielzeug für später aus dem Schrank holte. Emily verharrte ruhig, dass ihre Herrin sie möglichst schnell anziehen konnte. Sabrina steckte noch Haustürschlüssel und Handy ein, öffnete die Tür, und schon zog der Hund sie praktisch aus dem Haus. Ein ermahnendes „Emily, zieh nicht so" verhallte offensichtlich ungehört auf der Straße. Dabei hörte der Settermischling eigentlich ganz gut; das hatte Sie ja bei dem Wort ‚Gassi' bewiesen. Emily schnupperte am Wegesrand entlang und stellte fest, wer von der Konkurrenz heute schon unterwegs gewesen war. Zeitung lesen für Hunde, nannte Sabrina das auch. Ab und zu blieb Emily stehen, schnupperte intensiver, setzte sich leicht ab und überbot die Duftmarke des Vorgängers. Mit steil in der Luft stehendem Schwanz flanierte das

Hundemädchen über die Wege und kam sich furchtbar wichtig vor. Mit einem Lächeln beobachtete Sabrina ihren Liebling.

Das Trauma von vor zwei Jahren hatten die beiden längst verarbeitet. Emily hatte damals in einem Waldstück beim Bärensee eine Leiche gefunden. Ein Mann, offensichtlich ein Betrüger, der in Immobilien machte und deswegen ermordet wurde. Sabrina brauchte damals lange Zeit, um dieses Bild von dem Toten aus dem Kopf zu bekommen, der vor Maden nur so wimmelte. Eine Woche lag die Leiche in der Sommerwärme dort, ehe ihr Hund mit seiner feinen Nase das Opfer gefunden hatte. Seitdem waren sie nie wieder in der Nähe des Waldes spazieren gegangen. Es schauderte sie immer noch, wenn sie auch nur daran dachte. Lieber ging sie seitdem durch ein Waldstückchen an der Wertach entlang. Hier waren meist andere Fußgänger oder Hundebesitzer unterwegs und sie fühlte sich sicher.

An diesem Tag genoss sie die Wanderung über diesen festen Waldweg, dessen Bäume Schatten spendeten an diesem durchaus sehr warmen Tag. Sabrina ließ Emily von der Leine, die sofort davonschoss, kaum dass sie befreit war, und der Hund zum Wertachufer hinabrannte um zu trinken und wie verrückt zu planschen. Sie wetzte zurück zu Frauchen, sah sie bettelnd an, dass sie doch mitbaden solle, und flitzte wieder in den Fluss hinein, um ihre Lebensfreude zum Ausdruck zu bringen. Lächelnd schaute Sabrina der Fellnase zu, wie sie mit dem Wasser kämpfte und mit platschenden Pfoten Schwimmbewegungen machte, den Kopf angestrengt über Wasser haltend. Nach einigen Minuten kletterte Emily aus dem Wasser und schüttelte sich exakt einen halben Meter neben ihrem Frauchen das Wasser aus dem Fell.

„Emily, du Ferkel, kannst du das nicht woanders machen?", lachte Sabrina. Ihr Hund ließ hechelnd die Zunge raushängen und sah Frauchen glücklich an, um sich kurz darauf erneut zu schütteln.

„So, wir gehen weiter, Mäuschen", sagte sie. Emily ließ sich anstandslos wieder an die Leine nehmen. Sie überquerten an einer Fußgängerbrücke die Wertach und gingen zielstrebig auf den Tänzelfestplatz zu, um ein wenig zu spielen. Der Platz war groß genug, dass sich der agile Hund dort austoben konnte. Der Metallzaun verhinderte, dass Emily auf die Straße rannte.

Auf dem Platz angekommen, sagte Sabrina mit erhobenem Zeigefinger „Sitz", was Emily in Erwartung eines Leckerlis sofort machte. Die Belohnung wurde mit einem Happs geschluckt, in der Zeit ließ Frauchen den Hund von der Leine. Sabrina zeigte ihrem Vierbeiner den Tennisball in einer Wurfvorrichtung. Emily war freudig angespannt, als ihr Frauchen ausholte und der Ball im hohen Bogen gut fünfzig Meter davonflog. Die Hundedame rammte ihre Krallen in den Kies und schoss hinterher. Der Ball hatte keine Chance auszurollen, Emily war Sieger und brachte wie ein stolzes kleines Rennpferd trabend die Beute herbei und legte sie ihrer Herrin vor die Füße, um dafür gelobt zu werden.

„Braves Mädi, ganz fein hast du das gemacht." Sabrina fasste in ihre Hosentasche und belohnte die Süße mit einem weiteren Leckerli. Spannung wurde wieder aufgebaut, Sabrina holte aus und ließ den Ball wieder fliegen. Noch weiter diesmal; Emily ließ Staub aufstieben und rannte hinterher. Ihr Frauchen schaute lächelnd zu, mit welchem Tempo der halbhohe Hund davonraste. Sekunden später war Emily beim Ball angekommen und nahm ihn ins Maul, rannte aber nicht zurück, sondern bewunderte etwas am Boden. Sie ließ den Ball fallen und schnupperte über den Kies, trabte einige Meter davon, die Schnauze Zentimeter über dem Kies und trabte wieder zurück. An einer Stelle scharrte sie ein wenig und schnupperte weiter. Sabrina wartete mit in den Hüften gestützten Händen, dass ihr Hund den Ball zurückbrachte, aber Emily machte keinerlei Anstalten; sie fand den Kies interessanter. Nach kurzer Zeit wurde es Sabrina zu bunt und sie ging dem Mischling hinterher.

„Emily, AUS, komm jetzt her", befahl die braunhaarige schlanke Frau. Doch Emily ignorierte den Befehl, woraufhin die 37-Jährige deutlicher wurde. „AUS und Fuß, aber ganz schnell." Sie deutete mit dem Zeigefinger neben sich auf den Boden. Unsicher sah Emily zwischen Kies und Frauchen hin und her, kam dann aber zu der Entscheidung, dass sie besser der Chefin folgen sollte. Der Hund trottete zu Sabrina, den Ball aber nicht vergessend, den sie mit dem Maul aufsammelte und ihr vor die Füße legte.

„Brav, Süße." Sabrina nahm ein Stück getrockneten Pansen aus der Tasche, hielt es Emily hin, die danach schnappte und dabei mit den Zähnen die Finger erwischte. Erschrocken zog sie die Hand zurück und sagte: „Spinnst du denn, oder was?" Normalerweise war Emily immer sehr vorsichtig beim Nehmen der Belohnung. Aber diesmal war sie etwas überschwänglich. Das durfte sie sich nicht gefallen lassen.

„Das hat au gemacht", machte sie dem Hund mit erhobenem Zeigefinger deutlich klar, der in Sitzstellung vor ihr saß und hechelte. „Du bist doch wohl ein bisschen deppert im Kopf, oder?" Sie rüttelte zur Verdeutlichung am Geschirr. Der Schreck war aber schnell vergessen, Sabrina warf den Tennisball in eine andere Richtung, Emily trabte mit weniger Enthusiasmus hinterher, erreichte den längst ausgerollten Ball und legte sich daneben.

„Bring's!", rief Frauchen ihrem Hund zu, der nur zurückschaute.

„Folgt er wohl nicht so recht?", vernahm Sabrina eine amüsierte Männerstimme, drehte sich erschrocken danach um und schaute in ein sympathisches Gesicht eines etwa 40-jährigen Mannes, der sie angrinste.

„Doch doch, normal hört sie ganz gut, aber es ist ihr scheinbar ein bisschen warm und sie will eine Pause."

„Ah, ein Hundemädchen. Das kann sein, man nennt es ja auch umgangssprachlich Sommer, da ist mit erhöhter Temperatur zu rechnen." Ein strahlendes Lächeln milderte den Sarkasmus ab.

In Sabrinas Bauch kribbelte es angenehm, als sie sich den Mann näher ansah. Sie schätzte ihn auf 1,85 Meter. Er machte einen sehr gepflegten Eindruck. Das Haar war voll und schwarz wie die Nacht. Dunkel und unergründlich waren auch seine Augen, die Sabrina interessiert ansahen. Unsicher huschte ihr Blick hin und her; sie spürte, dass ihre Wangen warm wurden und hoffte, dass ihr Gegenüber ihre Errötung nicht bemerkte. In Gedanken hatte sie dem Beau schon die Klamotten vom Leib gerissen und auf ihr Bett geworfen. Und dann dieses herrliche Lächeln, Wahnsinn. In ihrer Leibesmitte zog sich etwas angenehm zusammen.

„Jetzt, wo Sie es sagen, fällt es mir auch auf." Mehr fiel ihr nicht ein zu antworten und Sabrina kam sich etwas dümmlich vor, aber ihr schönes Gegenüber lachte über ihren ‚Witz'.

„Ich hatte auch mal einen Hund, einen wunderschönen Schäferhund." Sein strahlender Blick trübte sich etwas.

„Was wurde aus ihm?", fragte Sabrina mit ungutem Gefühl.

„Er wohnt jetzt bei meiner Exfrau. Wir haben uns vor einem Jahr getrennt. Nun ja, sie hat auch ehrlich gesagt mehr Zeit für ihn, als ich."

Sabrina fühlte sich wie vom Blitz getroffen. Sagte dieser Traummann gerade etwas von Exfrau? Ihr schwindelte vor Freude. „Oh, ah, das tut mir leid mit Ihrer Frau", stammelte sie, dabei tat es ihr überhaupt nicht leid.

„Ich habe mich noch gar nicht vorgestellt", sagte der perfekte Mann und streckte Sabrina eine manikürte Hand entgegen, „Christian Habstetter mein Name", sagte er weiter lächelnd. Sabrina legte ihre feuchte Hand in seine herrlich starke, trockene. In dem Moment hörte sie eine Hundemarke klappern, die rasend schnell näher zu kommen schien. Sie schaute in die Richtung und sah, wie Emily angerannt kam. Sie sagte beruhigend zu ihrer neuen Bekanntschaft, dass ihr Hund immer so stürmisch ist und gerne fremde Leute mit ihrem ungezügelten Temperament begrüßt.

„Das kenne ich, das ist kein Problem. Ich kann gut mit Hunden." In Erwartung des bevorstehenden Begrüßungsspieles breitete Habstetter die Arme aus.

Sabrina erkannte im nächsten Moment, was nicht richtig war: Emily wedelte nicht freudig mit dem Schwanz und hatte die Lefzen gebleckt. Ihre Augen waren unergründlich dunkel und kalt, wie schwarze Murmeln. Doch es war zu spät, als dass Sabrina noch hätte eingreifen können. Christian lächelte immer noch, als der Mischling die letzten zwei Meter zu ihm mit einem Sprung überbrückte und sich in den nackten Unterarm des Mannes verbiss. Er schrie vor Überraschung und Schmerz laut auf und wollte seinen Arm aus dem Hundemaul reißen, aber der Hund ließ keinen Deut locker. Aus ihrer Kehle kam ein gutturales Knurren.

„EMILY, NEIN, AUS!", befahl sie ihrem Hund, der aber nicht darauf reagierte. Sie klammerte sich an Emily und wollte sie von dem Attackierten wegzerren, blieb aber zunächst ebenso erfolglos. Mit einem beherzten Ruck riss sie schließlich den Hund weg und schrie ein „PLATZ!", das Emily völlig ignorierte. Der Unterarm von Christian blutete heftig durch die tiefe Bisswunde. Das Wegreißen des Hundes hatte die Verletzung noch schlimmer gemacht. Christian sah entsetzt seinen Arm an und sah zu spät, dass Emily bereits wieder zum Sprung angesetzt hatte und die Kehle anvisierte. Im letzten Sekundenbruchteil drehte er seinen Kopf weg und riss im Reflex schützend seine Hände vor das Gesicht. Emily hatte die linke Hand zu fassen bekommen und schüttelte sich heftig und hatte offensichtlich vor, diese abzureißen. Christian durchschoss ein stechender Schmerz und er spürte, dass etwas in seiner Hand durchtrennt wurde. Mit der freien rechten Hand schlug er Emily mit aller Kraft, die er aufbringen konnte, auf die Schnauze, sodass sie loslassen musste und mit einem gepeinigten Quietschen auf den Boden fiel. Die geschockte Sabrina warf sich auf ihren Hund und hielt ihn mit ihrem Gewicht in Schach. Das Maul drückte sie mit den Händen zu, da der Hund immer wieder zu schnappen versuchte.

„Gottverdammte Dreckstöle", schrie der Verletzte, „hat dieses Vieh die Scheiß-Tollwut, oder was?" Gekrümmt vor Schmerzen hielt er sich den blutenden Unterarm und hatte die verletzte Hand zwischen die Beine geklemmt. „Schauen Sie nicht so blöd, ich brauch einen Arzt, sehen Sie das nicht?" Seine Stimme zitterte vor Wut und Schmerz.

Sabrina nahm die Leine und befestigte sie an dem Hundegeschirr. Vorsichtig ließ sie Emily los, hatte die Leine aber vorsorglich fest im Griff. Der Hund zog sofort in Richtung Christian und schnupperte. Sie witterte das Blut. Sabrina zog Emily zum Zaun, und mit Mühe schaffte sie es, den ihr fremd vorkommenden Hund daran festzubinden.

„Ich rufe einen Krankenwagen."

„Beeilen Sie sich, ich verblute!"

Natürlich verblutete Christian nicht, aber die Wunden waren dennoch nicht zu unterschätzen. Mit unkontrolliert zitternden Fingern tippte Sabrina die Notrufnummer ein und ließ dabei ihren Hund nicht eine Sekunde aus den Augen. Als sie aufgelegt hatte, kümmerte sie sich um Christian, der sich auf den Boden gesetzt hatte und entsetzt seine Verletzungen ansah. Sein hellblaues Polohemd war durchtränkt von Blut, doch sie hatten nichts, das sie auf die Blutung drücken konnten, aber schon kurz darauf erreichte der Notarzt den Ort des Geschehens. Mit knappen und sachlichen Worten fragte er, was geschehen war, und verarztete Christian mit routinierten Griffen.

„Der Hund dort drüben hat Ihnen die Verletzungen zugefügt?", fragte er etwas erstaunt. Emily hatte sich am Zaun auf einen schmalen Grasstreifen gelegt, die Schnauze auf die exakt parallel gelegten Vorderpfoten gestützt, und schaute interessiert zu, was die Menschen machten. Sie machte den Eindruck, als könnte sie kein Wässerchen trüben.

Sabrina kaute seit Minuten unentwegt an ihrem Daumennagel und hatte einen Gefühlsknoten in ihrem Bauch. Sie realisierte nur ganz langsam, was ihr Hund, der jedem Menschen freundlich und schwanzwedelnd begegnete, angerichtet hatte. Ihr war schlecht vor Kummer und Sorge um den Mann, dem Emily diese schlimmen Wunden zugefügt hatte.

„Es tut mir so leid", sagte sie zu Christian. Sie überlegte, wie sie ihrem schlechten Gewissen noch Luft machen konnte, ihr fiel aber nichts weiter ein und sie wiederholte „Es tut mir wirklich sehr leid."

Christian starrte sie schmerzerfüllt und wütend an. „Das hat Konsequenzen, das sag ich Ihnen."

„Ich bin versichert, ich habe eine Hundehaftpflicht", versuchte sie es.

„Geld? Es geht nicht um Geld, davon hab ich genug. Ich kann bleibende Schäden davontragen von den Bissen. Ich kann mit einer Krankheit infiziert sein, ich kann Tollwut bekommen", wurde er von Mal zu Mal lauter.

„Tollwut gilt in unseren Breiten als ausgerottet", sagte der Notarzt, der in seiner Arbeit von einem jungen Sanitäter unterstützt wurde.

„Nichtsdestotrotz übertragen Hunde unzählbar viele Krankheiten, da geben Sie mir doch recht?"

„Das stimmt allerdings, ja. Dagegen haben wir Antibiotika, die ich Ihnen verabreichen werde. Ist ihre letzte Tetanusimpfung länger als 10 Jahre her? In dem Fall bekommen Sie eine Auffrischung."

„Nein, höchstens drei Jahre. Ich bin damals in einen rostigen Nagel getreten." Das Gesicht von Christian war schmerzverzerrt.

Sabrina sah, wie ein grünsilberner Streifenwagen auf den Platz fuhr und sich neben das Notarztauto stellte. Zwei Beamte stiegen aus und kamen auf sie zu.

„Polizei? Ist das nötig?", fragte Sabrina erstaunt.

Der Notarzt antwortete. „Allerdings, das ist das übliche Procedere." Sabrina wurde es noch mulmiger zumute. Sie sah zu ihrem Hund, der angefangen hatte, sich zufrieden das Fell zu lecken.

Während ein Beamter sich die Sachlage vom Opfer anhörte, stellte der zweite Polizist die Personalien fest und befragte Sabrina, um in Erfahrung zu bringen, was sich zugetragen hatte. Die Aussagen der zwei Parteien ähnelten sich. Sabrina wurde mitgeteilt, dass Christian Habstetter Anzeige erstatten wolle. Sabrina rutschte das Herz in die Hose.

Der Polizist fragte Sabrina, ob es jener Hund am Zaun war, der Herrn Habstetter so zugerichtet hatte? Das bejahte sie und sah, dass der Beamte ungläubig den Mischling ansah, der sich nun auf den Rücken gelegt hatte, die Pfoten waren angewinkelt, der Kopf zur Seite gedreht. Emily schlief. Sabrina lächelte über den süßen Anblick und hatte kurz darauf den Eindruck, dass ihr der Boden unter den Füßen weggezogen wurde, als der Polizist weitersprach.

„Frau Gärtler, ich erkläre Ihnen jetzt, wie es weitergeht. Herr Habstetter hat, wie gesagt, Anzeige erstattet. Er wurde massiv verletzt. Diese Verletzungen wurden durch Ihren Hund zugefügt. Sie sind versichert, Kosten werden also demnach keine auf sie zukommen. Aber das Ordnungsamt wird in diesem Fall auf Sie zukommen. Bei der Schwere der Verletzung wird das Amt das Einschläfern Ihres Hundes anordnen." Sabrina knickten die Beine weg, als sich ihr Sichtfeld verdunkelte und sie in Ohnmacht sank.

Kapitel 10

Drei Tage später

Emily bellte wie üblich, wenn es an der Haustür läutete und sie neugierig vorauslief, um zu sehen, wer denn das wohl sein könnte. Ein Spielkamerad, hurra. Genauso obligatorisch war das bestimmte „Zurück" von Sabrina. Der Mischling trollte sich dann hinter die Zwischentüre und wedelte ungeduldig mit der Rute, um den Besuch zu begrüßen.

Sabrina Gärtler hatte gehofft, dass dieses Läuten an diesem Tag ausbleiben würde. Sie hatte einen Knoten im Bauch und ein Kribbeln im Hintern vor lauter Angst und Unwohlsein. Mit schweren Beinen war sie zum Eingang geschlichen und öffnete die Tür.

„Guten Tag, Frau Gärtler, Ordnungsamt Kaufbeuren, Rotbaum mein Name. Ich komme in der Sache Ihres Hundes, der einen Mann schwer verletzt hat", sprach die korpulente Dame, ohne dazwischen Luft zu holen. Sie hatte rotes, wallendes Haar, das in wirren Locken an ihr herabhing. Die blauen Augen blickten kalt, die zusammengekniffenen Lippen waren nur als strenger Strich zu sehen. Sabrina schätzte die Frau auf etwas über 40 Jahre und erkannte, dass sie es mit einer autoritären Person zu tun hatte, die wusste, wie sie ihren Willen durchzusetzen hatte. Das Herz, das Sabrina eh schon sehr tief hing, sank ihr buchstäblich in die Hose.

„Natürlich, kommen Sie herein." Sabrina lächelte schwach und versuchte, eine freundliche Stimmung aufzubauen, was ihr aber offensichtlich nicht gelang. Ohne eine Miene zu verziehen, setzte sich Frau Rotbaum in Bewegung. Man konnte den Mischling bereits hören, wie er unter der Tür versuchte, mit lauten Atemzügen zu erschnuppern, um wen es sich bei dem Besuch handelte. Sabrina öffnete die Zwischentür und rief „Sitz!" Emily setzte sich hin und schaute gespannt auf den Besuch.

„Schön zu sehen, dass dieser Hund offensichtlich eine gute Erziehung genossen hat", meinte Frau Rotbaum streng, aber dennoch kaum merklich lächelnd und streckte die Handaußenseite nach Emily aus, die an der Hand roch und mit dem Schwanz über das Parkett wischte.

„Ab!", sagte Sabrina, Emily trollte sich auf ihren Platz, legte den Kopf auf ein Kissen und sah interessiert den unbekannten Besuch an.

„Setzen Sie sich doch bitte. Darf es ein Kaffee sein oder ein Wasser?", fragte Sabrina devot.

„Nichts dergleichen, danke", antwortete sie. „Ich möchte gleich zum Wesentlichen kommen, Frau Gärtler. Sie wissen, warum ich hier bin?"

„Ja, das weiß ich." Mit schmerzerfülltem Gesicht schaute Sabrina ihre Emily an, die mit ihren treuen, braunen Augen zurückblickte.

„Würden Sie dann bitte den betreffenden Hund herbringen, damit ich das Wesen testen kann?" Die Augen, kalt.

„Ich verstehe nicht." Sabrina war verwirrt, Emily lag doch nur zwei Meter weit weg.

„Der Problemhund, der für die Verletzungen verantwortlich ist, bringen sie ihn rein bitte." Frau Rotbaum hatte den Eindruck, als hätte sie es hier mit einer Begriffsstutzigen zu tun und half mit Gesten nach.

„Aber Emily ist doch schon da?!"

Frau Rotbaum drehte sich zu Emily um, die sofort mit dem Schwanz wedelte, als sie bemerkte, dass ihr Aufmerksamkeit zuteilwurde.

„Dieser kleine Mischling soll Herrn Habstetter angefallen haben?" Sie lachte laut auf. Sabrina lächelte unsicher.

„Ja, das hat sie. Ich glaube, sie dachte, dass ich von dem Herrn bedroht werde, weil er mir die Hand entgegenstreckte. Sie hat nie auch nur etwas Ähnliches gemacht, das müssen Sie mir glauben, Frau Rotbaum." Emily spürte, wie ihre Wangen heiß wurden und ihre Augen zu brennen anfingen. Noch konnte sie ihre Tränen zurückhalten. „Emily ist doch total lieb."

„Fürwahr, das ist tatsächlich nicht zu glauben, dass dieser Hund solche Verletzungen herbeiführen kann. Aber nichtsdestotrotz hat er es gemacht, und aus diesem Grund bin ich hier."

Sabrina hatte eine Idee. „Emily, komm." Sie klopfte sich auf den Schenkel, das Hundemädchen sprang von ihrem Bettchen und legte die Schnauze auf den Schenkel von Sabrina. Sie befahl „Sitz, Platz, gib Pfote" und gab Anweisungen für weitere Kunststückchen, die der braune Hund ohne zu zögern umsetzte."

„Das macht sie schön, die Emily." Frau Rotbaum streckte die Hand aus, um den Hund unter der Schnauze zu streicheln, was dieser sichtlich genoss.

„Frau Gärtler, ich sage es Ihnen, wie es ist, ich werde bei solchen Zwischenfällen immer geschickt, um den Hund zu begutachten. Meist habe ich es mit verhaltensgestörten

Hunden zu tun, die irgendwann ein Trauma erlebt haben. Möglich, dass Herr Habstetter jemandem ähnlich sieht, mit dem Emily einst schlechte Erfahrungen gemacht hatte und darauf reagierte. In den meisten Fällen weise ich die Einschläferung des Hundes an, da eine Wiederholung eines Angriffes möglich wäre und der Hund psychische Störungen hat."

Sabrina summten die Ohren, sie spürte ihren Blutdruck abstürzen. Sie sah mit riesigen Augen die Frau vom Ordnungsamt an, die immer noch Emily kraulte.

„Wie Sie aussagten, dieser Mischling ist nie auffällig geworden und wollte Sie wohl beschützen. In diesem Falle habe ich einen gewissen Spielraum. Ich sehe von einer Tötung des Tieres ab. Allerdings muss sie in ein Tierheim überliefert werden. Dort wird Emily über einen gewissen Zeitraum überwacht. Wird sie in der Zeit nicht auffällig, kann ihr Hund wieder an Sie übergeben werden. Allerdings mit der Auflage, dass Sie mit Emily nie ohne Leine und Maulkorb das Haus verlassen dürfen. Bei Zuwiderhandlung wird das Tier umgehend getötet. Haben Sie mich verstanden?"

Sabrinas Gefühlswelt schwankte zwischen Freude, Traurigkeit und Entsetzen hin und her. Emily durfte leben, aber im Tierheim. Sie ließ ihren aufgestauten Tränen freien Lauf, Emily begann sofort, sich an ihre Beine zu schmiegen und die Hände zu lecken. Frauchen brauchte offensichtlich Trost. Frau Rotbaum legte die Stirn mitfühlend in Falten.

„Ich sehe gute Möglichkeiten, dass Sie Ihren Hund bald wiederbekommen. Morgen lasse ich die Hündin abholen. Bis dahin haben Sie Gelegenheit, sich voneinander zu verabschieden. Aber es ist Ihnen untersagt, mit dem Hund das Haus zu verlassen", fand Frau Rotbaum zu ihrer Strenge zurück und stand auf.

„Ich danke Ihnen trotz allem. Ich wünschte, das wäre nie passiert."

„Ich auch, Frau Gärtler. Mein Job ist nicht sehr einfach, aber er muss gemacht werden. Sie können Emily übrigens täglich besuchen. Die Zeiten können Sie mit dem Tierheim ausmachen." Sie beugte sich zum Mischling hinab, kraulte ihm das Kinn und sagte: „Halt die Ohren steif, kleines Mädchen." Emily leckte ihr blitzartig über das Gesicht, Frau Rotbaum lachte auf.

Sabrina und Frau Rotbaum gaben sich zum Abschied die Hand: „Mehr kann ich nicht für Sie tun, Frau Gärtler. Es tut mir leid."

„Danke", wiederholte sie, schloss die Tür, setzte sich auf den Boden und heulte Rotz und Wasser. Emily gab sich Mühe, ihr Frauchen zu trösten.

Zweiter Teil

Das Tänzelfest
Juli 2018

Kapitel 11

Den Bürgern von Kaufbeuren wurde jedes Jahr spätestens dann freudig bewusst, dass ihr Fest kurz bevorstand, wenn Mitarbeiter der Stadt an den Hauptstraßen die 15 Meter hohen Pylonen aufstellten, die mit braungelben, viereckigen Stoffummantelungen geschmückt waren und darunter ein Schild, das die Besucher zum Fest willkommen hieß.

Schon eine Woche vor der Eröffnung des Tänzelfestes waren die Schausteller auf dem Platz und bauten ihre Geschäfte auf. Die meiste Arbeit hatten verständlicherweise die Fahrgeschäfte. Allen voran das knapp 30 Meter hohe Riesenrad benötigte einige Tage, bis es in voller Pracht dastehen würde und schon bald die Menschen von weitem das Rad bewundern konnten. Das war die Zeit, in der die letzten Tage bis zum Beginn des alljährlichen Festes sehnlich heruntergezählt wurden. Passanten blieben gerne stehen und sahen von außerhalb des Zaunes zu, wie mit geübten Handgriffen die Attraktionen immer mehr Gestalt annahmen. Jahr für Jahr standen die Buden und Fahrgeschäfte an den gleichen Stellen. Die Kommunikation zwischen Stadt, Tänzelfestverein und Schaustellern verlief hervorragend, ein eingespieltes Team.

Mitte Juli war es naturgemäß sehr heiß, wenn die Sonne schien und kaum ein Wind für Kühlung sorgte. In der prallen Sonne arbeiteten drahtige, muskulöse Männer mit freien, gebräunten Oberkörpern. An verschlissenen Jeanshosen hatten sie Werkzeugtaschen angelegt und machten lässig ihre Arbeit, während ihnen der Schweiß vom glänzenden Körper lief. Offensichtlich machte den Männern die Hitze nichts aus. Im Gegenteil, anscheinend genossen sie die hohen Temperaturen. Es wurden zotige Witze gerissen, der Schweiß von der Stirn gewischt und regelmäßig aus Wasserflaschen getrunken. Den meist jungen Männern war durchaus bewusst, dass sie von jenseits des Zaunes von Mädchen und Frauen mit leuchtenden Augen bewundert wurden. Dementsprechend cool und verwegen gaben sie sich auch.

Die Wohnwägen der Schausteller wurden hinter einer langen, bunten Holzwand abgestellt. Wenn das Publikum den Vergnügungspark besuchte, sollte kein mobiles Heim direkt gesehen werden. Den Schaustellern sollte ihre Privatsphäre zugesichert werden.

Gegen 13 Uhr legten die Arbeiter ihre Werkzeuge nieder. Ohne dass jemand in ihren Reihen eine Anweisung gegeben hatte, wurde Mittagspause gemacht. Um der größten Hitze zu entgehen, würde erst wieder gegen 17 Uhr die Arbeit aufgenommen werden. Dafür würden dann die Hämmer bis zum Einbruch der Dunkelheit geschwungen werden.

Santiago Herbes schlenderte lässig die knappen 150 Meter vom Autoscooter zum Wohnwagen seiner Familie, das weiße T-Shirt achtlos über die Schulter gelegt. Auch wenn er glücklich mit Antonia verheiratet war, genoss er die schmachtenden Blicke der Frauen. Doch der gebürtige Spanier hatte nur Augen für seine rassige Frau. Im Alter von 16 Jahren floh Santi, wie er genannt wurde, aus seiner katalonischen Heimat, schlug sich mit Gelegenheitsjobs durch und landete irgendwann bei der großen Schaustellergemeinschaft. Ursprünglich hatte er vor, nur so lange bei diesen Leuten zu bleiben, bis er wieder genug Geld zusammen hatte, um weiterzureisen, aber er fühlte sich schnell in deren Mitte zugehörig. Die Arbeit machte ihm Spaß; er war immer auf Reisen und lernte immer wieder neue Städte und Menschen kennen. Dadurch, dass Santi anpacken konnte und keiner Arbeit aus dem Wege ging, stieg er rasch in der Hierarchie auf und bekam bald eine Festanstellung. 15 Jahre war das nun schon her und jedes Jahr davon hatte er auch Station in Kaufbeuren gemacht.

Santi betrat den Wohnwagen, wischte sich mit dem Shirt über das verschwitzte Gesicht und küsste erst dann seine Frau. Er bückte sich zu seiner vierjährigen Tochter hinab, die mit lachendem Mund die Arme ausgebreitet hatte und ihren Vati umarmen wollte.

„Papa schwitzt ganz arg, Natalie. Papa muss sich erst abtrocknen."

Das fröhliche Kind drehte sich zum kleinen Bad um, zauberte Sekunden später ein Frotteehandtuch hervor und begann Daddys Schultern zu trocknen. Sie befand nach kurzer Zeit, dass er trocken genug war, und umarmte ihren Vater. Die rechte Wange hatte sie an seine starke Schulter gelehnt, die Augen genießerisch geschlossen.

„Ach. Süße, das ist aber lieb von dir." Er entwand seiner Tochter das Tuch und rieb sich selbst noch den Schweiß ab.

„Ich hab dich lieb, Papi."

„Ich dich auch, meine Kleine." Santi küsste die Kleine auf die Wangen.

„Ich hoffe, du magst mich auch ein bisschen?", fragte Antonia neckisch.

„Ein bisschen ist noch übrig, ja."

„Schuft!" Seine Frau mit den langen schwarzen Haaren, schlug ihren Mann spielerisch auf den Oberarm. Santi wehrte den Schlag ab und rächte sich, indem er sie festhielt und auf den sinnlichen Mund küsste.

„Was riecht da eigentlich so lecker? Ich hab mächtig Kohldampf", fragte er, als er von ihr abließ.

„Du bekommst ein Reisgericht in einer Kokosnusssauce mit Huhn."

„Klingt fast so gut wie Steak." Santi grinste.

Antonia häufte eine ordentliche Portion in eine grüne Keramikschüssel und stellte sie vor ihren Mann, der sich bereits auf die Eckbank gesetzt hatte. Er wartete höflich ab, bis seine Frau für sich selbst und das Kind aufgetischt hatte, ehe er sich hungrig über das Mahl hermachte.

„Sehr lecker war das, kannst du öfter machen", befand Santi lobend.

„Auch wenn es kein Steak war?" Sie sah ihren Mann frech an.

„Das wird schon mal gehen, aber ich fürchte, meine Manneskraft leidet massiv darunter." Santi blickte sehr tief in die dunklen Augen seiner Frau.

„Das bildest du dir doch bloß ein, ich kann dir beweisen, dass das Quatsch ist." Antonia hob den Kopf und sah Santi lüstern an. Er zeigte auf ihrer beider Tochter.

„Natalie, magst du draußen ein bisschen spielen? Nimm dir doch dein Laufrad und saus ein bisschen über den Platz, ja? ... Aber!", Antonia hob den mahnenden Zeigefinger, „du gehst nicht in die Nähe des Zaunes und bleib in Rufweite. Haben wir uns verstanden?"

Die Vierjährige quietschte vor Freude, küsste kurz angebunden ihre Eltern und hopste in ihrem türkisfarbenen Lieblingskleidchen, das mit einer blauen Schleife geschnürt war, aus dem Wagen.

„Ich sollte vielleicht erst noch duschen" gab Santi zu bedenken und wandte sich in Richtung des Bades.

„Kannst du hinterher. Ich mag diesen männlichen Geruch an dir." Antonia stellte sich ihm in den Weg und öffnete mit geschickten Fingern die Jeans ihres Gatten.

„Bist du des Wahnsinns", meinte Santiago mit einem befriedigten Seufzer.

„Man tut, was man kann. Du kannst jetzt duschen gehen."

„Du bist so ein verdorbenes Luder."

„Schlimm?" Antonia klimperte mit den Augen.

„Oh ja, fürchterlich. Du, Süße, ich geh jetzt aber ins Bad und hau mich dann ein bisschen aufs Ohr, ist das okay?"

„Klar, ich räum die Küche auf, dann geh ich zu Natalie raus und spiel mit ihr. Ich weck dich später", sie grinste, „aber ich verrate dir nicht wie."

„Ich sag's ja – Luder." Santi küsste Antonia innig und stieg in die Nasszelle.

Antonia sah sich mit gerunzelter Stirn auf dem Tänzelfestplatz um, die Augen wegen der Sonne zusammengekniffen, und hielt Ausschau nach ihrer Tochter.

Rufen wollte sie nicht, wusste sie doch, dass auch viele der anderen Arbeiter ein Nachmittagsschläfchen hielten. Die Temperaturen waren jenseits der 30°-Marke, die Luft flirrte und nur die Grillen am Wertachufer waren zu hören. Doch keine Spur von Natalie. Leicht beunruhigt machte sich Antonia auf die Suche. Eigentlich konnte sie sich auf das Mädchen verlassen. Sie war nie weit entfernt. Antonia umrundete die Wohnwagen und blickte auch unter die Wägen. Nichts. Sie legte die Hand über die Augen als Blendschutz und sah über den weitläufigen Platz, konnte aber kein kleines Mädchen auf einem Laufrad erblicken.

„Natalie!", rief sie nun doch. Es war ihr jetzt egal, ob sie andere Arbeiter störte. Sie drehte sich im Kreis, und langsam spürte sie einen Anflug von Angst. „Natalie!", rief sie erneut. Sie blickte sich hektisch um.

„Mama, hier!", hörte sie die Stimme ihrer Tochter, und ein ganzer Sack Steine fiel ihr vom Herzen. Natalie hatte sich hinter einem Wohnwagen, den Antonia noch nicht kontrolliert hatte, im Schatten in den Kies gesetzt. Das Laufrad lag einige Meter achtlos daneben.

„Hab ich dir nicht gesagt, du sollst in der Nähe bleiben?" Antonia maßregelte vor Angst ihre Tochter viel zu laut. Das Gesichtchen des Mädchens bewölkte sich.

„Ich war doch nicht weit weg", rechtfertigte sie sich mit weinerlicher Stimme.

„Tut mir leid, mein Schatz. Ich hab mir doch bloß Sorgen gemacht." Sie ging in die Hocke und umarmte ihre kleine Tochter.

„Aber das brauchst du doch nicht. Es ist so schlimm warm und da hab ich mich in den Schatten gesetzt. Guck mal, Mami."

Natalie zeigte auf eine Stelle im Kies, Antonia sah dem Finger entlang nach, schaute angestrengt und sah gezeichnete Buchstaben.

„Hast du das geschrieben?", fragte Antonia erstaunt.

„Aber Mami", sagte Natalie, als hätte sie es mit einer Begriffsstutzigen zu tun und haute sich mit ihrem Patschhändchen auf die Stirn, „ich kann doch noch gar nicht schreiben."

„Wer war das dann?" Sie zog nachdenklich die Augenbrauen zusammen, dass sich dazwischen eine Falte bildete.

„Weiß nicht, das war schon da, als ich mich hergesetzt habe. Aber ich glaub, da hat jemand AA gemacht, da riechts nach Bäh." Natalie hielt sich mit Zeigefinger und Daumen die Stupsnase zu.

Die Buchstaben, die auf dem Kiesboden zu erkennen waren, ergaben das Wort *HILFE*. Antonia schüttelte den Kopf und verwischte mit dem Fuß das Wort.

„Dann schauen wir, dass wir verschwinden. Nimm dein Rad, wir suchen uns eine Eisdiele in der Nähe. Wär das was?"

„Au ja!" Das Mädchen sprang hoch, hopste aufgeregt auf der Stelle und klatschte in die Hände. „Ich will Erdbeere und Schoko."

„Ich nehme Zitrone und Kirsche. Dann lass uns gehen."

Kapitel 12

Das größte Kinderfest Bayerns stand vor der offiziellen Eröffnung. Am frühen Donnerstagabend nahmen die Zuschauer die Plätze auf den Tribünen ein. Wer einen Platz ergattern wollte, musste zeitig am Rondell sein, das am äußersten Rand des Festplatzes war. Die Menschen nahmen gerne in Kauf, in der Gluthitze zu schwitzen. Hauptsache, sie hatten ihre Position sicher. Sehr viele Bürger mussten enttäuscht werden, weil schlicht die Tribünen voll waren und sie dadurch keinen Zugang erhielten. Mit Zeitungen fächelten sich die Menschen frische Luft zu, bis endlich die offizielle Eröffnung stattfand.

Oberbürgermeister Zauner begrüßte die zahlreichen Zuschauer und fand die richtigen Worte, um die Menschen mit seiner Begeisterung anzustecken. Zwölf Tage lang würde die Stadt wieder ganz im Zeichen des Tänzelfestes stehen, das seinen eigentlichen Ursprung Ende des 15. Jahrhunderts hatte, als der damalige Kaiser Maximilian für die Kinder den Dänzeltag ausrief.

So feiern die Wertachstädter alljährlich die Geschichte ihrer Stadt. Der Beginn sind Tänze und Reigen von verschiedenen Grundschulklassen auf dem Rondell, bei dem die Kinder mittelalterliche Kleider tragen und zu Ehren ihres Kaisers unter den Augen der stolzen Eltern und der begeisterten Zuschauer ihr erlerntes Können vorführen. Mit viel Musik und Tanz wurde auf das Fest eingestimmt.

Der Freitag und Samstag wurde vom historischen Lagerleben in der Innenstadt beherrscht. Tausende von Menschen aus nah und fern zwängten sich an den lauen Abenden durch die Straßen und Gassen der Altstadt. Jede Lokalität hatte ihren Stand aufgebaut, fantasievoll im Mittelalterlook dekoriert, und bot historische Waren feil, die hauptsächlich aus Speisen und Getränken bestanden. Gaukler, Feuerschlucker, Jongleure, Trommelgruppen und Fahnenschwenker ließen mittelalterliche Stimmung aufkommen. Vorzugsweise wurde dem dunklen Gerstensaft zugesprochen, und sehr viele Menschen hatten zu später Stunde Schwierigkeiten, den direkten Weg zum Ausgang zu nehmen.

Das Hauptfest wurde jedoch auf dem Tänzelfestplatz an der Wertach abgehalten. Das große Bierzelt nahm die größte Fläche davon ein. Wenn die Abenddämmerung heraufzog und die Lichter aller Geschäfte in sämtlichen Farben leuchteten und blinkten, war die Stimmung eine besondere. In dem Vergnügungspark reihten sich allerlei Stände aneinander. Von gebrannten Mandeln, Liebesäpfeln, Bratwürsten bis gebutterten Maiskolben wurde man jedem Geschmack gerecht. Schießbuden, der Glückshafen vom Roten Kreuz, Hau den Lukas fand man wie jedes Jahr an den gleichen Stellen vor. Am Autoscooter war immer am meisten geboten. Es wurde die neueste angesagte Musik in unglaublicher Lautstärke gespielt. Ein Treffpunkt der Jugendlichen, die sich präsentierten und mit dem anderen Geschlecht flirteten. Jungs spielten die Coolen und versuchten, die junge Damenwelt zu beeindrucken. Giggeln und Lachen der heranwachsenden Mädchen zeugten dann davon, dass ihr betont lässiges Gehabe Erfolg versprach.

Durchsagen der Fahrgeschäftinhaber über Lautsprecher versprachen unfassbaren Spaß zu sagenhaft günstigen Preisen. Das Kreischen von Mädchen und Frauen in den herumwirbelnden, schaukelnden oder hüpfenden Attraktionen bestätigte offensichtlich die herbeigesehnte, angenehme Angst. Kam man dem Riesenrad näher, wurden die Menschen ruhiger. Das Rad flößte den Besuchern so einen Respekt ein, dass die Leute sich gedämpft unterhielten, den Kopf in den Nacken legten und mit demütigen Augen hoch zur Spitze blickten. Männer versuchten oft, ihre Frauen davon zu überzeugen, dass die Gefahr überschaubar war in dem Riesenrad und man bestimmt eine tolle Aussicht über das nächtliche Kaufbeuren und den hell erleuchteten Platz hätte. Dass mancher Frischverliebte die Hoffnung hegte, seinem Schatz in der Einsamkeit der Gondeln näher zu kommen, war augenscheinlich.

Die Stadtbewohner waren im freudigen Ausnahmezustand und dachten, dass alle Sorgen und Nöte für diese Zeit ruhen würden.

Kapitel 13

15. Juli 2018

Das Bierzelt kochte. Die Menschen, sehr häufig in traditioneller bayrischer Tracht, standen auf den Bänken, später gar auf den Tischen, und tanzten zu den stimmungssteigernden Klängen der Musikkapelle. Keine zwei Lieder, Märsche, Schlager wurden am Stück gespielt, ohne dass das obligatorische *Prosit der Gemütlichkeit* angesungen wurde. Das Bier floss in Strömen. Die strammen Bedienungen und Kellner hatten alle Hände voll zu tun mit den schweren Krügen, um die durstigen Kehlen mit Gerstensaft zu versorgen. Schnell und routiniert wurden die Gäste abgefertigt, die restlichen Maßkrüge wieder hochgewuchtet und zum nächsten Tisch getragen, bis alle Getränke verkauft waren und die Bedienungen an der Schänke die nächste Fuhre entgegennahmen. Wer weniger als zehn der großen Biergläser tragen konnte, den bestrafte das geringere Trinkgeld, das ansonsten gerne und reichlich gegeben wurde. Schnelligkeit und Effektivität zählten. Das Bier, die schwitzenden Körper der Besucher und Angestellten ließen das Kondensat vom Zeltdach tropfen. Der Stimmung tat das jedoch keinen Abbruch. Im Gegenteil, man war berauscht, nicht nur vom Alkohol, sondern von der Gemeinschaft, die lautstark alte Schlager mitsang, die im normalen Leben eher peinlich wirkten. Doch im Bierzelt schürte es nur die prächtige Laune.

Wieder erklang nach einem schmissigen Marsch ein Prosit, gefolgt von einem *Oans, zwoa, gsuffa*, woraufhin der Dirigent eine halbstündige Pause verkündete. Die gut gelaunte Gemeinschaft scherte sich nicht weiter darum und feierte sich eben ohne Musikunterstützung selbst. Schief gesungene Töne, die dafür umso lauter waren, krakeelten etwas von einer gewissen *Sweet Caroline*.

Der beleibte Dirigent in den Fünfzigern ging von der Bühne und strebte mit eiligen Schritten dem Ausgang des Zeltes entgegen. Er brauchte unbedingt frische Luft, außerdem musste er dringend eine Stange Wasser in die Ecke stellen. Seine Blase war zum Bersten voll.

Endlich hatte er das Freigelände erreicht und ging schnurstracks zur Sanitäreinrichtung. Er traute seinen Augen nicht. Vor dem niedrigen Bau stand eine meterlange Schlange an gutgelaunten Männern und Frauen, die darauf warteten, ihre Notdurft verrichten zu können. Diese Zeit hatte Günther Plederle nicht. Er würde nicht die kurze Pause dafür verschwenden, nur damit er pinkeln konnte. Zielstrebig marschierte er in südliche Richtung, vorbei an den blinkenden Fahrgeschäften mit den unterschiedlichsten Geräuschen und Musikuntermalungen, die ineinander verflossen zu einem undefinierbaren Popmatsch. Es roch nach gebrannten Mandeln und Bratwürsten. Er hoffte, ungesehen in der Nähe des Flusses seine schmerzende Blase erleichtern zu können. Bei den Schaustellerwohnwägen angekommen, verschwand er hinter einer Holzvertäfelung, sah sich noch einmal um, ob ihn jemand beobachtet hatte, was scheinbar nicht der Fall war, und holte seinen Penis aus der Hirschlederhose, um einen Augenblick später mit zum

Himmel gerichtetem Kopf, lächelnd und mit verdrehten Augen, Erleichterung zu verspüren. Sein Strahl ließ nach, er schüttelte die restlichen Tropfen ab und verstaute sein bestes Stück wieder in der Krachledernen. Er runzelte die Stirn, hob einen Arm und schnupperte darunter. Stellte nur den nicht zu vermeidenden Schweißgeruch fest und sah sich die Sohlen seiner schwarzen Haferlschuhe an, da er vermutete, dass er irgendwo reingetreten war. Doch auch das war nicht der Fall. Wahrscheinlich hatte ein Vorgänger an dieser Stelle ein fieses Darmproblem und möglicherweise nicht die Zeit, sich am Toilettenhaus anzustellen. *War wohl dringend,* befand der Dirigent und ging zurück zum Festzelt, um den zweiten Teil des Abends über die Bühne zu bringen. Ihm grauste davor, in das stickige Zelt zurückzugehen, so ging er gemächlichen Schrittes und atmete tief die frische Luft ein. Er hatte das Gefühl, dass er den Gestank immer noch in der Nase hatte, aber das war nur Einbildung, meinte er. Drei Minuten vor dem Ende der Pause betrat er wieder das laute Zelt, das ihm nun gehörig auf den Zeiger ging. Dieses saufende, plärrende Gesindel kotzte ihn einfach nur an. Grimmig betrat er die Bühne und wartete, bis der letzte Musikant endlich seinen Platz eingenommen hatte.

Egerland – Heimatland, #324 machte er die knappe Ansage und die Musiker raschelten in ihren dicken Ordnern nach den Noten von Ernst Mosch, um sie auf dem Pult auszubreiten. Sekunden später gab Günther den Takt an, die Kapelle begann zu spielen, das Publikum sang selig mit. Günther gab mit einem Arm den Takt vor. Die Kapelle hatte die Stücke schon hunderte Male gespielt. Die einzelnen Register wussten, wann sie aufzustehen hatten, um die

Stimmung noch etwas mehr auszureizen. Im Laufe der Jahre oder Jahrzehnte wusste der Musikverein, wie sie aufzutreten hatten. Den Wirten war es nur recht, und solche Kapellen, die es verstanden, ihr Publikum anzuheizen, wurden öfter gebucht. Es kam mehr Geld in die Vereinskasse, was dem Vereinsleben nur zugutekam. Lieder von Ernst Mosch und seinen Original Egerländer Musikanten wurden sehr gerne gespielt und vom Kaufbeurer Publikum angenommen. Lebte er doch viele Jahre im Nachbarort in einer großen Villa nebst eigenem Musikverlag.

Nach dem Ende des Liedes erwarteten die Zeltbesucher dennoch etwas mit mehr Schmackes. Die Musiker tranken einen Schluck aus ihren Krügen und erwarteten die nächste Ansage des Dirigenten.

„Ich hatt' einen Kameraden, #775", ordnete Günther an.

Die Musiker lachten über den Witz, nur einer nicht, der Dirigent selbst. „Was ist so lustig? Wird's bald, die Leute warten!" Die Kapellenmitglieder grinsten, aber nun doch etwas verunsichert, da sie des ernsten Gesichtsausdrucks gewahr wurden, und blätterten in ihren Ordnern, um das gewünschte Notenblatt auf das Pult zu legen. Trompeter und andere Blechspieler bliesen das kondensierte Wasser aus den Instrumenten und setzten es an die Lippen. Plederle hob die Arme, die rechte Hand hielt den Dirigentenstab, die Kapelle spielte die ersten Töne des tragischen Friedhofsliedes.

Abrupt änderte sich die Stimmung im Festzelt. Nahezu jeder Besucher sah entgeistert auf die Bühne, wo statt eines erwarteten Marsches diese Beerdigungsweise von den Zeltwänden widerhallte. Die Bedienungen verharrten in ihrer Schaffenskraft und schauten ebenso perplex die Bühne an. Der Schankwirt merkte nicht, dass ihm das Bier über den Krug lief und auf dem Boden verschwendet wurde.

Sekunden später hatte sich die Gesellschaft wieder gefangen und grölte mehr oder weniger textsicher mit. So einen Gag hatte noch keiner erlebt; das musste unbedingt weitererzählt werden. Frauen und Männer hakten sich auf den orangenen Bierbänken ein und schunkelten im Rhythmus mit. Krüge wurden in die Luft gehalten und lachend der toten Kameraden gedacht. Nach dem Ende des Liedes jubelte das ganze Zelt.

Plederle drehte sich zum Volk um, nicht um sich zu verbeugen oder für den Applaus zu bedanken, er verzog angewidert das Gesicht, widmete sich wieder den Musikanten und sagte schlicht: „Näher mein Gott zu dir, #883."

Christian an der großen Trommel äußerte seine Bedenken. „Sag mal, meinst du nicht, dass so ein Späßle einmal reicht? Das war jetzt zwar ganz witzig, aber jetzt sollten wir wieder Stimmungsmusik machen." Die anderen Musikanten nickten zustimmend, murmelten und sahen ihren Dirigenten erwartungsvoll an.

„883 hab ich gesagt." Günther hob die Arme, einige Mitglieder der Kapelle schüttelten den Kopf und legten das verlangte Papier auf den Notenständer. Kurz darauf fühlte sich das ganze Zelt wie im falschen Film, der da hieß *Titanic*.

War die Stimmung beim vorigen Lied noch prächtig, kühlte sie nun merklich ab. Einzelne bierselige Gestalten sangen zwar noch ein paar Zeilen mit, der Großteil jedoch hatte sich auf die Bierbänke gesetzt und schaute fassungslos auf die Bühne, zu der Musikkapelle, die sich offensichtlich auf einer Beerdigung wähnte. Einzelne Personen standen auf und verließen das Zelt. Der Abend war gelaufen. Der Wirt des Festzeltes schaute verunsichert das Publikum an und überschlug im Geiste den Umsatzeinbruch, den der Musikverein gerade zu verantworten hatte und schritt mit wuchtigen Schritten zur Bühne. Er ging wutentbrannt die Stufen hoch und erreichte Plederle in dem Moment, als das Lied zu Ende war.

„Kannst du mir erklären, was das bitte soll? Du vergraulst uns die ganzen Gäste, spinnst du, oder was?", spie der Festwirt dem Dirigenten entgegen.

„Ich mache hier die Musik, ist das klar? Ich mach diesen Scheißjob schon seit ein paar Jahren, da braucht mir keiner reinzureden. Ich weiß ganz gut, wie man die Leute animiert." Er wandte sich an seine Musikanten und zeigte drohend mit seinem Stab: „Und ihr bereitet schon mal die Nummer 814 vor!"

Die Musiker dachten, sie hätten sich verhört und rührten sich nicht. Einige wenige, die die Nummern nicht auswendig kannten, stöberten im Notenordner und sahen perplex, was der Plederle befohlen hatte.

Christian ergriff wieder das Wort. „Das kannst du nicht bringen, Günther. Wir sind hier in einem Festzelt."

„Willst du mir sagen, was ich zu tun hab, du Kasper?", rief er dem Trommler zu.

„Ich weigere mich, das zu spielen, alles, was recht ist, aber das geht zu weit." Die meisten Musikanten nickten und diskutierten empört untereinander.

„Was soll denn gespielt werden?", fragte der Festwirt.

„Tears in heaven von Eric Clapton", antwortete Christian.

Ruckartig sah der Festwirt zu Günther. „Ich glaub, ihr packt jetzt euer Zeug ein und verschwindet aus meinem

Zelt. Das ist doch wohl zum Kotzen. Willst du mich ruinieren, oder was bezweckst du damit?" Der Festwirt war auf 180, sein Kopf gefährlich gerötet und er wedelte drohend mit dem Zeigefinger vor Plederle herum, der diesen in einer blitzartigen Bewegung ergriff und diesen umbog, dass der Festwirt vor Schmerzen aufheulte, sich dem Griff beugte und sich Richtung Boden wenden musste, wenn er nicht einen gebrochenen Finger riskieren wollte.

„Verpiss dich von der Bühne, du Trottel", spie Plederle ihm ins Gesicht und widmete sich wieder seinen Musikern, die den Dirigenten ungläubig ansahen. Günther nahm wieder die Anfangsstellung ein, doch keiner nahm das Instrument an die Lippen.

„Was ist los? Auf geht's, die Leute schauen schon, weil die Stimmung Scheiße ist."

„Nö, echt nicht", meinte die 18-jährige Evi von der 1. Klarinette, stand auf, strich ihr schwarzrotes Dirndl glatt, legte ihr Instrument auf den Stuhl und ging mit stolz erhobenem Kopf von der Bühne.

„Ja dann hau doch ab, wir brauchen dich nicht." Günther war im Zelt gut zu hören, da das Publikum gespannt dem Disput folgte.

Weitere Musikanten standen auf und wollten gehen. Der Festwirt machte einen fassungslosen Eindruck und schaute hektisch zwischen den Musikern und dem anscheinend übergeschnappten Dirigenten hin und her.

„Ihr bleibt, wo ihr seid, sonst wart ihr die längste Zeit in der Kapelle, das sag ich euch!", brüllte Plederle und drohte mit seinem ausgestreckten Stab.

„Ich glaub, du tickst nicht ganz richtig", begehrte nun der Posaunist Helmut Hubermayer auf, der erste Vorstand des

Vereins. „Wenn hier einer geht, dann bist *du* das. Wir werden dafür sorgen, dass du als Dirigent abgesetzt wirst!"

„Ach ja? Und wer zum Geier soll dann meine Arbeit bitte machen? Der Wicht von Josef?"

„Der Josef ist der zweite Dirigent, ja. Du wirst heute auf jeden Fall nichts mehr machen. Geh heim und schlaf deinen Rausch aus, oder was auch immer du genommen hast."

Günther und Helmut starrten sich über die Notenständer hinweg in die Augen, bis Plederle den Blick senkte, seinen Stab nahm, ihn in zwei Teile brach und dem Vorstand entgegenwarf. „Du kannst mich am Arsch lecken." Er stierte die anderen Mitglieder reihum an und wiederholte: „Ihr könnt mich alle kreuzweise!" Er wandte sich dem interessierten Publikum zu und brüllte, während er in einem Halbkreis auf die Leute zeigte und sein Kopf dunkelrot anlief: „Ihr versoffenen Idioten könnt mich alle dermaßen am Arsch lecken!" Er stampfte wutentbrannt zur hölzernen Treppe, stieß mit Absicht den Festwirt mit seiner Schulter an, dass dieser taumelte, und polterte die Stufen hinab. Unter dem Johlen und Klatschen der verbliebenen Gäste verließ Günther Plederle mit hochgezogenen Schultern und geballten Fäusten das Festzelt.

Die Stimmung im Zelt war jedoch nicht mehr zu retten; auch wenn sich der Vizedirigent nach dem Tumult alle Mühe gab, leerte sich das Zelt zusehends. Die Angestellten konnten sich nicht erinnern, jemals so früh Feierabend gehabt zu haben wie an diesem Abend.

Kapitel 14

Dienstag, 17. Juli 2018

Aniela Prokowski war schon um kurz nach sieben am Festplatz eingetroffen. Am ersten Tag, als sie damals den Job angenommen hatte, nahm sie sich vor, dass sie das genau eine Stunde lang schaffen würde, um dann den Schrubber in die Ecke zu werfen. Wer war sie denn, dass sie so eine Arbeit machte, die im Berufsprestige im tiefsten Untergeschoß angesiedelt war. Aber nun machte sie diese Arbeit seit zwei Jahren. Was blieb ihr auch übrig? Sie war damals mit Sack und Pack und ihrer damals zweijährigen Tochter über die polnische Grenze geflüchtet, um sich in Deutschland ein neues Leben aufzubauen. Aber sie lief nicht vor dem Staat Polen davon, sondern vor ihrem Freund. Sie hielt es nicht mehr aus bei ihm. Er war arbeitslos, lag Aniela auf der Tasche, verlangte Wodka und Bier. Schon am Vormittag hörte sie das vertraute Zischen, das eine Flasche machte, wenn der Kronkorken abgenommen wurde. Am Nachmittag war es für ihn bereits Zeit für den Kartoffelschnaps. Das Saufen machte ihn regelmäßig aggressiv. Er nörgelte an Aniela herum, betitelte sie mit diversen Schimpfwörtern, fand das Essen grundsätzlich ekelhaft und war der Meinung, dass seine *Alte* eine fürchterliche Köchin war. Was sollte sie auch machen, mit dem wenigen Geld, das sie zur Verfügung hatte. Priorität hatte nun mal der Alkohol für den unrasierten und in der Regel ungewaschenen Feinrippträger. Wenn sich Robert an seinem Gemächt kratzte, dann schrillten in Aniela immer die Alarmglocken. Das hieß, die kleine Sonja würde demnächst ins Bett gebracht, die 25-Jährige musste ins Schlafzimmer und ihre Beine breitmachen. Natürlich ging Robert davon aus, dass er ein toller Liebhaber war, der es seiner Freundin so richtig besorgte. Doch das Stöhnen Anielas war zum Teil gespielt, zum anderen Teil von Schmerzen herrührend, nicht von Ekstase. Rollte sich ihr Freund schließlich von ihr runter, schlief er Sekunden später ein und gab Geräusche wie ein Sägewerk von sich. Nicht nur einmal hegte Aniela den Gedanken, diesem Scheusal die Kehle durchzuschneiden oder das größte Küchenmesser in sein kaltes Herz zu stoßen. Sie wäre frei, auch wenn sie im Gefängnis landen würde. Doch sie wählte den Weg der Flucht, als Robert wieder einmal penetrant nach Schweiß stank, besoffen war, ihr erst ein paar Backpfeifen verabreichte, weil der *Fraß* wieder mal ungenießbar war und sie dann rücksichtslos bestieg. Nach dem Ritual, als wieder die Sägearbeiten eingesetzt hatten, packte Aniela die längst bereitstehende Tasche, nahm ihre schlafende Tochter aus dem Bettchen und verließ für immer die winzige Zwei-Zimmer-Wohnung. Ein LKW-Fahrer nahm die beiden mit, sein Ziel war das Allgäu. Aniela war es nur recht, je weiter weg von ihrem nun Ex-Freund, umso besser. Sie stieg in Kaufbeuren aus dem Lastwagen und begann ihr neues Leben.

Von der Reinigungsfirma war sie für die Zeit des Tänzelfestes für die Sanitäranlagen auf dem Platz abgestellt worden. Die Arbeit war so ziemlich das Schlimmste, was die Firma zu bieten hatte, aber jemand musste es schließlich machen. Sie starrte nur mit großen Augen ihre Vorgesetzte an, fügte sich aber, ohne dagegen aufzubegehren. Die Firma rundete freiwillig auf und bezahlte Aniela statt des üblichen Mindestlohnes zehn Euro. Ein kleines Trostpflaster, das sie aber gut gebrauchen konnte.

Mit Gummihandschuhen und einem großen, schwarzen Müllsack sammelte sie zunächst den ganzen Unrat aus den Toiletten zusammen. Zigarettenkippen, die auf dem nassen Boden lagen, Toilettenpapier, halbe Semmeln mit Bratwurstresten, Erbrochenes und in den Damentoiletten natürlich die sogenannten Hygieneartikel. Aniela war sich nach zwei Jahren im Reinigungsunternehmen immer noch nicht sicher, wer mehr Sauerei hinterließ, Männchen oder Weibchen. Bei jedem Teil, das sie in den stabilen Müllsack warf, hielt sie den Atem an. Als der Unflat gesammelt war, schaufelte sie die organischen Dinge, sprich, Erbrochenes in eine Toilettenschüssel und spülte großzügig. Dann schloss sie einen Schlauch an den Wasserhahn in Kniehöhe an. Mit ihrem eigenen Schlüssel öffnete sie das Wasser und betätigte die Düse. Mit dem starken Strahl spritzte sie die Toiletten durch und bugsierte das Wasser geschickt zum Abfluss. Das heiße Wasser dampfte und ließ einen Nebel im Sanitärhaus entstehen, der die Spiegel anlaufen ließ.

Nachdem der meiste Schmutz im Gully versickert war, machte sich Aniela mit etwas weniger Ekel an die Reinigung der sanitären Einrichtungen. Von oben nach unten, wie es ihr beigebracht wurde, am Schluss kämen die Toilettenschüsseln dran. Beim Reinigen der Waschbecken wischte sich Aniela immer wieder den Schweiß von der Stirn. Die feuchte Luft wirkte wie eine Sauna. Eine widerspenstige Strähne fiel ihr immer wieder ins Gesicht, was sie fürchterlich nervte. Sie musste erst ihre Frisur richten und machte einen Kontrollblick im Spiegel, doch dieser war angelaufen. Nicht ganz, denn zwei Worte waren auf dem Spiegel ausgespart. HILF GRETI, las die Polin. Sie runzelte die Stirn und wischte mit dem Gummihandschuh darüber. Sie glaubt nicht wirklich, dass diese Greti heute Morgen noch Hilfe benötigte. Wahrscheinlich hatte sie Krach mit ihrem Freund und hat mit einem blassen Lippenstift die Worte auf dem Spiegel hinterlassen. Sie zog die widerspenstigen Handschuhe aus und konnte nun im dunstfreien Spiegel ihre Frisur richten. Anschließend machte sie sich wieder an die Arbeit. Sie putzte, schrubbte, reinigte, desinfizierte und polierte mit Scheibenklar die Spiegel streifenfrei. Nach etwa zwei Stunden glänzte das ganze Haus der Notdurft wie am ersten Tag. Die junge Frau packte ihre Utensilien zusammen, warf den Müllsack in den Container und freute sich auf ihre Tochter, mit der sie sich einen schönen Tag im Freibad machen wollte.

Am folgenden Mittwoch stutzte Aniela. Ein eisiger Schauer rann über ihren Rücken, als sie beim Reinigen des Klohauses auf einem Spiegel die Worte HILF GRETI vorfand.

Kapitel 15

Mittwoch, 18. Juli 2018

Gut gelaunt flanierte die Clique über den Tänzelfestplatz. Die sechs Freunde im frühen Twenalter hatten sich eingehakt, abwechselnd eine Frau im feschen Dirndl und ein flotter junger Mann in einer knielangen Lederhose. Während Holger die Strümpfe hoch bis unter den Kniebund gezogen hatte, wählte Reinhard die Variante mit den runtergeschobenen Socken, in der Hoffnung, dass er verwegen wirkte. Zwei der jungen Frauen hatten die Schleife ihrer Schürze auf der rechten Seite gebunden, die dritte auf der linken, zum Zeichen, dass Nele noch Single war, während die Rechtsbinderinnen Joline und Petra klar machten, dass sie eine Beziehung führten. Die braunhaarige Joline war schon vier Jahre mit Reinhard befreundet, die dunkelblonde Petra zwar erst seit anderthalb Jahren mit Holger, doch waren deren Zukunftspläne schon weiter fortgeschritten. Sie hatten einen klaren Plan, was ihre baldige Hochzeit betraf und auch, was den Nachwuchs anging. Nele hingegen genoss das Leben in vollen Zügen und liebte ihr Singledasein. Der 25-jährige Armin neben ihr war zwar äußerst gutaussehend, aber für kein Geld der Welt würde Nele mit ihm etwas anfangen. Er war ihr schlicht zu selbstbewusst in Bezug auf sein Aussehen und man musste stets achtgeben, dass man nicht auf seiner Schleimspur ausrutschte, wenn er seine Aufrissmasche durchzog. Sie mochte den durchtrainierten Armin dennoch, aber eben nur auf Kumpelbasis.

Dass das Sextett auf dem Platz nebeneinander gehend viel Platz in Anspruch nahm, war ihnen egal. Die anderen Besucher würden schon ausweichen, und so war es auch. Doch niemand störte sich daran; die Menge war gut gelaunt an diesem lauen Sommerabend und genoss die Atmosphäre, die bei einem Rummel so speziell war.

Erschwerend für den „Gegenverkehr" war, dass die jungen Leute nun einen schiefen Gesang anstimmten. „Links, rechts, vooor, zurück, das macht Spaß, das bringt Glück" und die Bewegungen gemeinsam direkt umsetzten. Die meisten Rummelbesucher lächelten beim Anblick der fröhlichen Gruppe, einigen war es egal, sie umkurvten einfach das wankende Hindernis, ein paar wenige waren genervt. Aber es blieb bei einem missbilligenden Blick, der aber vom Sextett kaum wahrgenommen wurde.

Wie auch einige andere Tänzelfestbesucher hatten die jungen Menschen erst zu Hause vorgeglüht. Die Männer mit Bier, die Frauen mit zwei, drei Flaschen Hugo, bis sie sich gerüstet fühlten für den Trubel. Die Geldbörsen blieben geschont, es gab dieselbe Stimmung, nur für schmaleres Geld. Natürlich sorgte das Sextett dennoch für Umsatz auf dem Platz, denn Singen machte die Kehlen trocken. Zum Glück war für jeden Geschmack ein Wagen auf den Platz gestellt worden, den die lustige Gemeinschaft ansteuerte und so ihr Promilledepot auf Niveau halten, gegebenenfalls erhöhen konnte.

Die Ü20-Leute gaben ihre Order auf, die Männer bezahlten für die Frauen und stellten sich an einen Tisch, um sich zuzuprosten. Von hier aus ließ sich wunderbar beobachten und lästern. Die Frauen nahmen ihre Geschlechtsgenossinnen ins Visier und mäkelten hauptsächlich an deren Figur herum. Entweder waren die vermeintlichen Kontrahentinnen zu dick, zu dünn, zu hässlich. Oder, traf nichts davon zu, war diejenige bestimmt aufgespritzt oder operiert. Die Blicke der Männer stimmten nicht immer mit der Kritik ihrer Begleiterinnen überein. Es wurde durchaus bei einigen Frauen länger als notwendig das vielversprechende Dekolleté des Dirndls bewundert. Joline bemerkte einmal den intensiven Blick von Reinhard auf die festen Rundungen einer Rummelschönheit und knuffte ihn schmerzhaft mit ihrer kleinen Faust.

„Aua", sagte der Geschlagene mit einem erstaunten Ausruf. „Hast du sie noch alle?"

„Ich wollte nur verhindern, dass dir wegen dieser Trulla die Augen aus dem Kopf fallen."

„Ich hab doch nur Augen für dich, Mäuschen. Die ist doch überhaupt nicht mein Typ", behauptete Reinhard, nahm sein Bierglas und starrte, während er einen Schluck nahm, wieder auf die Rundungen der Unbekannten.

Joline hob einen Zeigefinger unter die Nase ihres Freundes. „Aufpassen, Bursche, ich sehe alles. Es wird daheim gegessen."

Die Freunde lachten über den Dialog der beiden und johlten gutmütig.

„Zeig's dem Lustmolch", sagte Armin und stieß lachend mit dem Bierglas von Holger an.

„Aber Appetit darf ich mir doch holen, davon profitierst du doch auch", sagte Reinhard mit Überzeugung.

„Ja, wahrscheinlich. Du legst dich dann auf mich und denkst im Rhythmus an die Tussi."

Holger schaffte es nicht mehr, seinen Schluck aus dem Bierglas zu bremsen, und hustete hinein, dass er vom Schaum besprenkelt wurde. Die anderen sahen das, und das Lachen, das losbrach, steigerte sich in ein Fortissimo, so dass sich die Freunde die Bäuche hielten und Tränen in die Augen bekamen. Holger wischte sich grinsend das Bier aus dem Gesicht, fasste in seine Lederhose und fischte ein knallrotes Taschentuch hervor. Beim Anblick des Tuches prusteten nun auch noch Reinhard und Joline los. Der Spott war jetzt Holger sicher. Der aber schnaubte sich noch die Nase, legte sein Tüchlein akkurat und theatralisch zusammen und steckte es mit einer überzogen lässigen Bewegung in seine Tasche zurück. Er nahm sein Bierglas, als wäre nichts vorgefallen, und schaute seine Freunde trinkend unbedarft an. Die Mimik war so komisch, dass die fünf Freunde wieder lachen mussten und daraufhin Holger seine Maskerade nicht mehr aufrechthalten konnte und schallend mitlachte. Armin nutzte die Gelegenheit und legte seinen Arm um Neles Schultern, die aber, ohne in ihrem Gelächter innezuhalten, dessen Hand ergriff und sie zurück zum Besitzer schob. Armin grinste Nele an, sie jedoch hob nur eine Augenbraue, was ihm bedeuten sollte, dass sie auch im betüdelten Zustand nicht auf seine Avancen einging.

Nach einem weiteren Kaltgetränk für die Runde fragte Holger: „Und was passiert jetzt? Sollen wir noch a bissle über den Platz stiefeln und schau'n, was noch so los ist?"

„Antrag angenommen", sagte Joline, „gibt ja noch andere Stände zum Bechern." Fröhlich, mit glasigem Blick, hängte sie sich an den kräftigen Arm ihres Freundes, der mit der freien Hand das Glas hielt und sein Bier austrank.

Das Sextett machte sich wieder ineinander gehakt auf den Weg über den Vergnügungspark. Ein Aussteller versprach lautstark über große Lautsprecher: „Kommen Sie näher, kommen Sie ran, bei mir gibt es keine Nieten." Petra schaute mit großen Augen einen Teddybären in der obersten Reihe an, in den sie sich spontan verliebte, und zog energisch an den Lederhosenträgern von Holger. Sie klimperte ihn mit den Wimpern an und zeigte gleichzeitig auf den tiefschwarzen Teddy mit den so süßen Knopfaugen.

„Neee, Petra, das kannst du vergessen. Das ist der Hauptpreis und dafür brauchst du 2.500 Punkte."

„Biiittteee. Du hast doch gesagt, dass du mich liebst, also musst du mir das jetzt beweisen." Petra klimperte weiter und sah ihren Freund mit ihren Rehaugen an.

Nach Sekunden war Holger weichgekocht. „Na gut, ich kauf ein paar Lose." Etwas mürrisch zog er seine Geldbörse aus der Hose und gab einem Losverkäufer einen Schein. Mit einer Handvoll gelben Rechtecken kam er zurück und verteilte die Lose an die Freunde, damit sie halfen, diese zu öffnen. Aus der anfänglichen Freude auf den Hauptpreis verdüsterte sich immer mehr die Miene von Petra. Und als alle Lose geöffnet waren und die Punkte zusammengezählt, gab es zwar einen Bären, aber wesentlich kleiner und längst nicht so lieb guckend wie der, den Petra gerne gehabt hätte. Mit Zurückhaltung nahm sie den Preis entgegen, musterte das Stofftier und befand, dass er ja doch ganz niedlich und auch viel besser zu tragen wäre. Holger atmete auf, dass Petra nicht auf den Trichter kam, so lange Lose zu kaufen, bis der große Teddy erspielt gewesen wäre, und küsste seine Freundin, um ihr zum sooo tollen Bären zu gratulieren.

„Der passt auch viel besser in den Autoscooter rein", sagte Reinhard und nickte zur von Ansagen und Musik dröhnenden Fahrattraktion hinüber.

Nele hüpfte auf der Stelle und klatschte kindlich in die Hände. „Au ja, Autoscooter ist geil. Jedes Paar nimmt sich einen Wagen, und dann lassen wir es krachen." Zur Unterstreichung ihrer Worte hieb sie eine Faust in die geöffnete Hand, dass es klatschte. Im Vertrauen darauf, dass ihre Freunde folgen würden, ging sie schnurstracks zur Lärmquelle, die wie üblich von gefühlt allen Jugendlichen der Stadt belagert wurde. An der Kasse musste man hingegen kaum anstehen, die Jugend saß nur um die Fahrfläche auf den Treppen, um zu sehen und gesehen zu werden. Nele fragte sich nicht zum ersten Mal, wann die Jugendlichen endlich einsahen, dass die schief aufgesetzten Baseballkappen einfach nur peinlich aussahen.

Nachdem die laufende Runde zu Ende war und die Fahrer aufgekratzt die Wagen verließen, schnappten sich die drei Paare je ein Fahrzeug, legten den Plastikchip schon mal auf den Einwurfschlitz und warteten auf die Hupe, die eine neue Runde signalisierte. Als das Horn erklang, steckten alle gleichzeitig den Chip hinein und räuberten los. Nun galt es den ‚Gegner‘ zu jagen und zu vermeiden, selbst abgeschossen zu werden. Petra und Holger fuhren Joline und Reinhard in ihrem glitzernden dunkelgrünen Auto hinterher und versuchten sinnlos, durch Hin- und Herschaukeln das Fahrzeug schneller zu machen. Sie kamen den beiden einfach nicht näher und versuchten es durch Abkürzen in der Kurve. Das schien zu funktionieren. Ihr Versuch wurde aber jäh unterbrochen, als sie ohne Vorwarnung zur Seite geschleudert wurden, dass Reinhards

Knie schmerzhaft am Wagenrahmen anschlug. Joline gab einen überraschten Aufschrei von sich, der aber in Lachen überging, als sie gewahr wurde, dass sie von Nele und Armin gerammt worden waren, die ihrerseits das überraschte Paar auslachten. Reinhard zeigte dem Übeltäter mit einem gequälten Grinsen den Mittelfinger und rieb sich gleich danach sein schmerzendes Knie.

„Rache ist Blutwurst, du Heini", sagte Reinhard und versuchte eine Taktik, um das Auto von Armin und Nele abzuschießen. Joline gab ihre Anweisung gestikulierend weiter, was Armin aber ignorierte.

Petra sah sich aus sicherer Entfernung albern quietschend das Duell ihrer Freunde an, rempelte Holger an, der aber offensichtlich in seine Art des Fahrens vertieft war und keinen Blick für die Krieger in ihren stoßgedämpften Kisten hatte. Er fuhr an das Ende der Metallfläche, auf denen die Autos fuhren, drehte am Lenkrad und fuhr in der Mitte der Bahn schnurstracks weiter. Er machte keinerlei Anstalten, andere Fahrzeuge zu jagen und Zusammenstöße zu suchen. Petra zeigte Holger die Richtung, in die er fahren sollte, um Opfer zu finden und wegzustoßen. Hätte sie ihrem Piloten in die Augen gesehen, wäre ihr aufgefallen, dass sein Blick seltsam leer war. Es war verwunderlich, dass Holger mit dem glitzernd blauen Scooter nicht selbst getroffen wurde, so hielt er unbedrängt seinen Kurs bei, immer schnurgeradeaus. Fast wäre das Auto doch noch abgedrängt worden, aber ein vielleicht 13-Jähriger, der lässig mit der rechten Hand lenkte und den linken Arm um seine gleichaltrige Begleitung gelegt hatte, verfehlte Holger und Petra, doch er musste coole Contenance bewahren und hielt auf das nächste Auto zu. Einige wenige Meter vor dem Ende der Bahn bemerkte Petra, dass Holger eine für Autoscooterverhältnisse merkwürdige Route eingeschlagen hatte, sah mit Schrecken vor sich das Ende der Fahrfläche näherkommen und konnte sich gerade noch festhalten, ehe Holger, ohne dass er eine Regung zeigte, in die Bande krachte, sodass es das Fahrzeug von hinten leicht anhob. Petras Kopf folgte den physikalischen Gesetzen und sie machte einen heftigen Nicker. Ihre langen Haare wehten durch den abrupten Halt nach vorne und bedeckten eine Sekunde später ihr Gesicht. Erschrocken strich sie das Haar zurück und sah Holger an, der das Lenkrad steif festhielt und auf dem Gaspedal stehenblieb, so dass der Scooter noch zwei Mal gegen die Bande bollerte, ehe es an der Umrandung entlang radierend allmählich nach links abdriftete, kurz Fahrt aufnahm und endgültig zum Stehen kam, als es in die geparkten Fahrzeuge stieß. Sekunden später blieben alle Fahrzeuge stehen, die Runde war beendet.

„Sag mal, hackt es bei dir im Kopf, oder was? Du kannst doch nicht so in die Bande reindonnern", entrüstete sich Petra. „Du warst schon immer ein Depp, das hast du ja jetzt wieder bewiesen."

Holger hatte das Lenkrad so fest umklammert, dass seine Fingerknöchel weiß hervortraten. Er wendete langsam den Kopf zu Petra und fragte: „Was?"

„Ist da jemand zu Hause in der Birne? Das ist doch total krank, mit Karacho in die Wand zu kacheln."

„Hab ich? Tsch… tschuldige."

Petra sah ihren Begleiter an, als säße ein Alien mit ihr im Wagen, sie schüttelte den Kopf und stieg aus. Holger ließ endlich das Lenkrad los und schüttelte mit Falten auf der

Stirn die schmerzenden Hände, ehe er selbst ausstieg. Kurz darauf waren die sechs jungen Leute wieder vereint. Zwei Paare plauderten aufgeregt über ihre Jagdszenen, während Petra schlecht gelaunt und Holger verwirrt danebenstanden.

Nele klatschte in die Hände und rief gegen den Lärm an. „Okay, Leute, was jetzt? Sollen wir mit dem *Breakdancer* eine Runde drehen?"

Alle blickten zu der wilden Fahrattraktion. Joline winkte ab. „Nee, echt nicht, da muss ich kotzen. Mir wird ja schon schlecht, wenn ich da zusehe." Sie machte zum Unterstreichen ihrer Worte ein Würgegeräusch.

„Was meint ihr denn, ihr Spaßbremsen?", fragte Reinhard die zwei Schweigsamen.

„Weiß nicht, noch was trinken vielleicht?", meinte Holger nicht sonderlich begeistert.

„Wir könnten ja an den Schießstand gehen und ein paar Rosen oder so Zeugs abgrasen." Petras Laune besserte sich langsam wieder.

„Okay", stimmte Armin zu und nickte. „Dann zeig ich euch mal, was so ein ehemaliges Schützenvereinmitglied draufhat."

Die Gruppe verließ den lärmenden Autoscooter und strebte zum *Jagdhaus*. Reinhard studierte die Preisliste und schlug vor: „Jeder von uns macht fünf Schuss. Wie beim Biathlon, und wer am besten trifft, bekommt von mir ein Wunschgetränk."

„Alles klar, ich trink noch einen Prosecco", sagte Nele grinsend. Sie warfen Geld zusammen, um die nötige Anzahl an Kupferkügelchen zu bekommen, die geschickt von der etwa 40-jährigen Betreiberin in drei kleine Magazine gedrückt und auf die Gewehre verteilt wurden. Die Männer begannen die Challenge. Mit schnalzenden Geräuschen wurden die Schüsse abgegeben, die idealerweise die weißen Kunststoffröhrchen zerplatzen lassen sollten. Das Repetieren machte fast noch mehr Spaß als das Schießen selbst. Hier zeigte sich, dass Reinhard der beste Schütze des Trios war, sodass die dunkelhaarige Betreiberin mit einem professionellen Lächeln ein paar Kunstrosen und bunte Federn am Holzstiel über den Tresen reichte. Galant überreichten die Herren den Damen die Preise.

Nele sagte selbstbewusst: „Kennt ihr Schrottwichteln? Ihr müsst jetzt die Preise annehmen, die wir für euch schießen, ob es euch passt oder nicht." Die beiden anderen Mädels stimmten begeistert zu und nahmen ihre Gewehre zur Hand. Sie suchten sich die kitschigsten und hässlichsten Preise aus und zielten darauf. Tatsächlich stellte sich heraus, dass Nele nicht zu viel versprochen hatte und alle fünf Röhrchen in Windeseile zu Klump geschossen waren. Sie überreichte ihrem Freund eine froschgrüne Trillerpfeife, einen Kugelschreiber in rosa mit einer Feder obenauf und ähnlichen Tinnef. Die jungen Frauen grölten vor Lachen und schlugen sich auf die Schenkel vor Schadenfreude. Die Männer spielten ihre Rolle mit und mimten den enttäuschten Freund.

„Ich krieg ´nen Prosecco, Reini", erinnerte sie.

„Sollst du haben, Lady Lara Croft zu Buron."

„Oh, Maschinengewehrschießen." Armin zeigte auf den rechten Bereich des Ausstellerwagens. „100 Schuss für 5 Euro. Das würd ich gerne mal machen. Sollen wir?"

„Ich wär dabei", sagte Holger.

Außer den beiden hatte offensichtlich niemand sonst Lust mitzumachen. Holger und Armin erklärten der Betreiberin ihren Wunsch und ließen sich einweisen, wie das Gewehr funktionierte. Ein vorbereitetes, langes Magazin wurde von ihr in die Waffe eingeführt und gespannt. Holger nahm das Gewehr auf und zielte auf ein rotes Herz auf einem dünnen Karton, das komplett mit dem Magazininhalt entfernt werden musste. Er setzte an und gab den ersten Feuerstoß ab. Es erklang ein überraschend leises Drrrrd, als die ersten Schüsse das Ziel trafen. Holger visierte den rechten oberen Bogen des Herzens an, drückte ab, drrrrd. Er drehte sich zu seinen Freunden um und grinste. Er hatte richtig Spaß am MG-Schießen. Wieder nahm er Stellung ein, suchte das Herz über Kimme und Korn und für einen Sekundenbruchteil bildete er sich ein, dass er eine Frau oder ein Mädchen in einem dunklen Kleid vor sich sah. Erschrocken setzte er ab, rieb sich die Augen mit Daumen und Zeigefinger und schüttelte den Kopf.

„Alles klar?", fragte Joline mit etwas Besorgnis in der Stimme.

„Passt schon. Eine Wimper oder so etwas im Auge." Holger blickte ohne Gewehr das bereits zu einem Viertel zerstörte Herzziel an und wollte gerade ansetzen, als die Besitzerin der Bude ein ruppiges „Wird's bald?" rüberrief. Holger folgte mit dem Kopf der Richtung, aus der die Stimme kam und sah statt der Betreiberin dieses Mädchen in einem grünen Kleid. Das Kleid war verschlissen und schmutzig. Die langen schwarzen Haare hingen fettig und ungepflegt an ihr herunter. Doch dann war da dieses Gesicht, völlig blass stand sie da, die Arme hatte sie unterhalb des Bauches ineinander verschränkt. Doch das Erschreckendste an dem Anblick waren die Augen. Wie schwarze, kalte Glaskugeln starrten ihn diese Augen an.

Kein Leben war darin zu erkennen und doch stand sie seelenruhig da. Holger spürte einen eiskalten Schauer über den Kopf streichen, der sich seinen Weg den Hals nach unten, das Rückenmark hinab schlich und sich in seiner Ritze am Hintern konzentrierte. Er hatte das Gefühl, dass diese toten Augen in das Tiefste seiner Seele blickten. In plötzlicher Todesangst riss er das Maschinengewehr nach oben und zielte auf die Erscheinung. Er drückte den Abzug durch und leerte das Magazin in einem Zug. Die Betreiberin schrie überrascht und schmerzerfüllt, als die Metallkugeln auf sie einprasselten. Mit einem Arm schützte sie ihr Gesicht und ging schutzsuchend in die Hocke. Sie kreischte laut, bis das Drrrrd aufgehört hatte. Holger zog, obwohl das Magazin bereits leer war, immer wieder am Abzug und zielte weiterhin auf die Betreiberin. Einige Sekunden später wurde Holger auf den Boden geworfen. In einem Moment stand er noch da, im nächsten befand er sich bäuchlings auf dem staubigen Boden und ihm wurden die Arme schmerzhaft auf den Rücken gerissen. Die fünf Freunde waren wie gelähmt und konnten nur mit großen, geschockten Augen zusehen, was hier vor sich ging. Zwei kräftige Männer in schwarzen Jacken, auf denen auf dem Rücken und den Ärmeln *Security Allgäu* stand, hatten Holger auf den Boden gerungen und unschädlich gemacht. Ein Mann im mittleren Alter wuchtete sich über den Tresen des *Jagdhauses* und sah nach der Frau, die immer noch kauernd auf dem Boden saß, die Hände schützend über den Kopf haltend, und zitternd wimmerte. Die Kupferkugeln hatten zum Glück keine offenen Wunden verursacht, aber es bildeten sich bereits blaue Flecken, dort, wo die Kugeln, vor allem an den Armen, auf nackte Haut trafen. Der sportliche Mann kümmerte sich fürsorglich um die Getroffene, sprach beruhigend auf sie ein und tätschelte tröstend die Betreiberin.

Menschen blieben stehen und schauten auf das ungewöhnliche Ereignis. Nicht nur ein Neugieriger zückte das Smartphone, um die Szenerie als Video festzuhalten.

„Was denkst du Arschloch, wer du hier bist? Der Scheiß-Rambo, oder was?", sagte einer der Männer mit Stiernacken und rasiertem Schädel.

„Auaaa", war die Antwort von Holger, der seine Pein laut herausheulte.

„Ja, aua, du Trottel. Du bleibst hier schön liegen, bis die Bullen da sind! Ansage verstanden?"

Holger nickte bestätigend ruckartig in seinem Schmerz und wiederholte laufend seinen Aufschrei. Der zweite Mann, nicht minder kräftig und selbstbewusst, zückte sein Funkgerät und sprach knisternd mit dem Vorgesetzten oder einer Zentrale. Das war nicht ganz verständlich. Anschließend nahm er sein Handy und tippte eine Nummer ein.

„Ja, hier Security Allgäu, wir haben hier einen Vorfall. Es hat jemand wie ein Gestörter mit einem Maschinengewehr herumgeballert." Kurz herrschte Pause, während der Securitymann lauschte, ehe er eine beschwichtigende sinnlose Geste zum Telefon machte, die ja sein Gegenpart nicht sehen konnte. „Nein nein, kein Attentat", sagte der Sicherheitsmann schnell und errötete. „Es hat jemand mit so einer Budenknarre auf die Besitzerin geschossen. Den Angreifer haben wir flachgelegt und warten jetzt, bis ihr von den Bul… von der Polizei kommt und den Arsch abholt." Wieder lauschte der Stiernacken und nickte am Telefon. „Klar, die vom Roten Kreuz brauchen wir, es hat da wohl eine Verletzte … Nö, kein Blut oder so. Sie flennt halt jetzt da rum. Tut wohl scheißweh … Ja, das ist super, sollen rüberkommen zum Jagdhaus, zwischen Autoscooter und Bierzelt. Alles klar, Chef." Er beendete das Gespräch und sagte zu seinem Kompagnon, der Holger bewachte: „Die Grünen kommen gleich, sind in der Nähe."

Der Aufruhr hatte einiges an Interesse ausgelöst. Aus der zunächst überschaubaren Gruppe wurde ein ganzer Pulk, der wogend hin- und herschaukelte, damit die Teilnehmer einen möglichst guten Blick erhaschen konnten. Handys wurden in die Luft gehalten, um dem Freundeskreis ein beeindruckendes Video vorführen zu können.

„Einmal durchlassen, bitte, die Polizei!", erklang eine resolute Stimme, und ein Beamter mit seiner streng dreinblickenden Partnerin bahnte sich mit den Ellbogen und ihrer Autorität einen Weg durch die Menschenansammlung.

„Und wenn ich in zehn Sekunden noch einen sehe, der hier filmt, der kann sich mit dem Gedanken anfreunden, eine Anzeige zu kassieren!" Schnell gingen die meisten Lichter der Mobilgeräte aus, nur ein paar Unbelehrbare meinten, sich über die Warnung hinwegsetzen zu können. „Hauptmeisterin Sperber, nehmen sie den Herren dort fest!" Er zeigte auf einen jungen Mann, der kaum 20 Jahre alt war. Ruckartig nahm dieser sein Gerät herunter und gab Fersengeld. Zufrieden nickte Polizeihauptmeister Kleinfeld seiner Partnerin zu und zeigte ein leichtes Grinsen.

„Hier ist die Sau", sagte der Stiernacken und Kleinfeld schüttelte den Kopf.

„Das mit dem gewählt Ausdrücken, das üben wir aber noch!", rügte er den Sicherheitsmann, der etwas dümmlich aus seiner schwarzen Uniform glotzte. Der Hauptmeister kniete sich zum zweiten Mann der Security und ließ sich auf den Stand der Dinge bringen.

Holger lag immer noch im Staub und wagte nicht, sich zu bewegen. Seine Augen waren weit aufgerissen, weil er immer noch nicht realisierte, was hier eigentlich gerade vor sich ging. Plötzlich wurde er unsanft von dem bulligen schwarzen Mann auf die Beine gerissen, so dass er auf Augenhöhe mit den Polizisten war, die er unsicher abwechselnd ansah.

„Sie sind vorläufig festgenommen, wir nehmen Sie jetzt aufs Revier mit", erläuterte Hauptmeisterin Sperber und klärte ihn über seine Rechte auf, dass er nichts zur Sachlage sagen musste etc.

„Gibt es Zeugen dazu?", fragte Kleinfeld in die Ruhe. Einige Personen standen in der Nähe; eine der Frauen, es war die Freundin des mutmaßlichen Täters, weinte bitterlich in ein rotes Taschentuch. Joline hob ihren Zeigefinger wie eine Schülerin, die etwas zu sagen wusste.

„Das ist unser Freund, der Holger Mähder. Wir waren alle hier, um Spaß zu haben, und plötzlich schießt er in der Gegend rum. Einfach so." Joline schluchzte und hob ihre Hand entsetzt von den Eindrücken vor den Mund.

„Kam etwas in der Art schon öfter vor? Hat er psychische Probleme oder Ähnliches?", fragte Sperber.

„Nee, überhaupt nicht", übernahm Reinhard das Gespräch. „Der Holgi ist total nett eigentlich. Keine Ahnung, was ihn geritten hat."

„Ich schlage vor, dass jemand von Ihnen den Freund aufs Präsidium begleitet. Wir werden dort eine Anzeige aufnehmen."

Die fünf Freunde blickten sich an, Petra schüttelte nur weinend den Kopf, um diesen schließlich zu senken.

„Ich komm mit!", sagte Reinhard entschlossen.

„Alles klar, begleiten Sie uns." Kleinfeld legte Holger Handschellen an, der keinen Widerstand leistete und kraftlos darauf wartete, was nun passieren würde.

Die Betreiberin war mittlerweile durch einen Arzt des Roten Kreuzes versorgt worden. Eine Kugel hatte ihre Schläfe getroffen, hatte aber keinen Schaden verursacht. Nur ein paar Zentimeter, und ein Auge wäre in Mitleidenschaft gezogen worden. Sie konnte aus eigener Kraft ihren Stand für diesen Tag schließen und ließ sich auf Anraten des Arztes im Krankenhaus untersuchen. Die Menschenmenge löste sich auf und diskutierte, zum Teil lachend, über das Ereignis auf dem Rummelplatz.

Kapitel 16

Hauptkommissar Vincent Zeller und sein Kollege Carlo Genocci sahen sich im Lichte der Leuchtstoffröhren ihr Gegenüber im einfach gehaltenen Verhörraum an. Ein in die Tage gekommener Resopaltisch, zwei unwesentlich gepolsterte Stühle mit Rollen für die Beamten und abgenutzte Holzstühle für die beiden Herren, einer mit besorgtem Blick, der andere mit purer Angst. Aber beide mit großen Augen harrten sie der Dinge, die auf sie zukommen mochten. Jung und fesch sahen sie aus in ihren Lederhosen und dem roten beziehungsweise blauen Trachtenhemd. Der Hirschfänger, den die beiden in ihren Lederhosen dabeihatten, wurde ihnen abgenommen, auch wenn diese Messerart in der Regel nur als Dekoration diente und zur Vollständigkeit der Tracht dazugehört. Aber der Hirschfänger konnte natürlich als Waffe benutzt werden, und logischerweise hatte er in einem Verhörraum nichts zu suchen.

Carlo und Vincent sahen sich den Auszug aus dem Vorstrafenregister an und stellten fest, dass weder vom Tatverdächtigen noch von dessen Begleiter ein Eintrag zu finden war. Völlig unbescholtene Bürger in festen, jahrelangen Arbeitsverhältnissen saßen auf den Stühlen, die Beine parallel aneinandergestellt, der Rücken unentspannt gerade und aufrecht. Bis auf Gemurmel auf den Gängen und Schritten von irgendwelchen Personen war nichts zu hören, während sich die Kommissare berieten.

Vincent holte tief Luft und atmete lange aus. „Herr Mähder, Vorname Holger, geboren am 18.05.1991 in Kaufbeuren. Ist das richtig?"

Holger nickte.

„Es wäre angenehmer, wenn Sie mit mir sprechen, anstatt dass ich Ihre Gestik und Mimik deuten muss", sagte Vincent leicht sarkastisch.

Holger versuchte ein Wort, brachte aber nur ein Krächzen zustande, räusperte sich daraufhin und bestätigte die Angaben. „Ja, das stimmt alles so." Er vermied es, die Kommissare anzusehen, und starrte stattdessen seine feuchten Hände an, die er nervös knetete.

„Ihr Begleiter ist ihr Freund Reinhard Haberle, 17.11.1990 geboren in Stuttgart." Vincent sah den Genannten an, der den Blick offen erwiderte und die Richtigkeit bestätigte.

Wieder herrschte sekundenlanges Schweigen, ehe Vincent fortfuhr. „Herr Mähder, wir haben Sie über Ihre Rechte aufgeklärt, Sie müssen nichts sagen, was Sie selbst belasten könnte."

„Ist klar", sagte Holger bedrückt.

„Ihnen wird zur Last gelegt, dass sie heute gegen 20:30 mit einem Maschinenluftgewehr auf die Betreiberin des Jagdhauses, Frau Canelle Furgazzi, auf dem Tänzelfestplatz etwa 80 Schüsse im Feuerstoß abgegeben haben. Frau Furgazzi erlitt dabei etliche Hämatome an den Armen und im Gesicht. Hierbei wird der § 226 StGB, schwere Körperverletzung, zum Tragen kommen. Das entscheidet letztlich der Staatsanwalt. Sie können sich nun dazu äußern, Herr Mähder." Vincent nahm einen Schluck Wasser und sah den Beschuldigten erwartungsvoll an.

Holger druckste eine Weile herum, nahm mit zitternden Händen den Pappbecher, der auf dem Tisch stand, und trank einen Schluck Wasser, bevor er sich erneut höflich in die Faust räusperte. „Ich weiß nicht, warum ich das gemacht hab. Wir hatten eine Mordsgaudi und haben ein bisschen gebechert. Wir sind über den Platz und haben einfach Spaß gehabt. Dann ging es zum Autoscooter, und da sind wir alle sechs rumgeheizt mit den Wagen. Kurz bevor die Fahrt zu Ende war, soll ich mit Absicht in die Bande gefahren sein." Hierzu zuckte er mit den Schultern. „Dann ging es rüber zum Schießstand, wir haben da so einen Wettbewerb gemacht, und dann wollten wir eine Runde mit dem Maschinengewehr ballern. Ich hab angefangen, und ganz plötzlich steht da eine junge Frau oder ein Mädchen vor mir und bedroht mich …"

„Wie meinen Sie das, da steht jemand und bedroht sie, das ist doch Quatsch", warf Vincent ein.

„Ja, keine Ahnung, ich mache die Augen zu, weil mir das komisch vorkam, als ich sie wieder aufmach, ist das Mädchen links von mir. Ich hatte wieder das Gefühl, dass ich bedroht werde. Ich hab so dermaßen Angst bekommen, so richtige Todesangst, und hab mich gewehrt und auf sie geschossen." Die Stimme von Holger wurde von Sekunde zu Sekunde lauter und verzweifelter, bis er das letzte Wort ausspie und den Kommissar mit großen Augen anstarrte. Holger zitterte unkontrolliert, als er seine Erinnerungen wieder durchgespielt hatte, danach fiel er erschöpft in sich zusammen, nahm sein Gesicht in die Hände und schluchzte laut auf. Sein Freund Reinhard legte unbeholfen seine Hand auf den gebeugten Rücken von Holger und strich ihm darüber. Vincent und Carlo sahen sich ernst und fragend an und warteten ab, bis sich Holger Mähder wieder einigermaßen gefangen hatte.

„Geht's wieder?", fragte Vincent nach einigen Minuten dosiert mitfühlend.

Holger schnäuzte sich in sein rotes Stofftaschentuch, das er aus der Lederhose gekramt hatte und nickte, besann sich aber und legte ein „Ja" nach.

„Wie soll das Mädchen, beziehungsweise die Frau, ausgesehen haben? Beschreiben Sie uns die Person", verlangte der Hauptkommissar.

„Sie hatte lange dunkle Haare, fast schwarz, die fettig und ungepflegt waren. Die hingen einfach so an ihr herab. Sie trug ein dreckiges altes Kleid, dunkelgrün, mit so Trägern. Das zieht keine Frau an, das war ein Kind, da bin ich mir jetzt sehr sicher."

„Die Frau Furgazzi hat heute ein grünes Oberteil über einer normalen, blauen Jeans getragen. Die Haarfarbe ist mit ihrer Beschreibung auch ähnlich, sie hat ganz schwarze Haare, die nur halblang sind, aber nicht fettig oder ungepflegt. Haben Sie schon sehr viel getrunken gehabt? Da kann es durchaus sein, dass durch übermäßigen Alkoholkonsum die Wahrnehmungen verwischen. Dann wird eben aus einer erwachsenen Frau ein Mädchen, aus dem Kleid wird eine Bluse mit Hose und so weiter."

„Du hast dir die Alte schön gesoffen, Holgi", Reinhards Witz fand nur er selbst für Sekunden lustig, bis er in die strengen Augen der Kommissare blickte und Holger nur verständnislos seinen Freund ansah.

„Tschuldigung", meinte Reinhard kleinlaut und wurde sogleich wieder ernst, als er die verärgerten, ernsten Gesichter der Kommissare bemerkte.

Vincent nahm den Faden der Vernehmung wieder auf. „Nahmen Sie kürzlich bewusstseinsverändernde Substanzen zu sich? An LSD geleckt, Pflaster geklebt, Pillen geschluckt, Pilze et cetera?"

Holger sah unsicher zu Reinhard und räumte mit leiser Stimme ein: „Wir kiffen hin und wieder. Das letzte Mal ist aber schon ein paar Wochen her. Sonst nix, ehrlich, Herr Kommissar." Holgers Augen wurden feucht.

„Doch so ein harter Junkie", sagte Vincent mit ernster Stimme, aber Carlo neben ihm musste grinsen, als er das entsetzte Gesicht des jungen Mannes sah. „Wie sollen wir das dann verstehen, dass Sie sich bedroht gefühlt haben, dass Sie Todesangst verspürten?" Der Hauptkommissar hatte Mühe, keinen Sarkasmus in die Stimme zu legen. „Sie sagten etwas von einem ungepflegten Mädchen in einem Kleid. Wie kann ein Mädchen Sie in solch einen Schrecken versetzen, wenn nicht durch Drogen?" Vincent trommelte erwartungsvoll mit den Fingern auf den Schreibtisch.

Holger schaute den Kommissar voller Pein an. „Sie hat mich angesehen. Sie hat mich nur angestarrt, und dieser Blick, der war", er suchte in seinem Kopf nach dem richtigen Wort, „dämonisch, vielleicht. Als würde ich durch ihre Augen in den dunklen Abgrund ihrer Seele blicken."

Vincent hätte die Aussage als lächerlich empfunden, wenn ihn nicht dieser junge Mann mit so bänglich verzerrtem Gesicht angesehen hätte. Dieser Mann in der Lederhose und dem Trachtenhemd glaubte tatsächlich an das, was er meinte, gesehen zu haben.

„Haben Sie das Mädchen auch gesehen?", stellte Vincent die Frage an Reinhard, der seinen Freund mit offenem Mund gemustert hatte und ein paar Sekunden benötigte, um zu realisieren, dass Hauptkommissar Zeller zu ihm sprach.

„Ich hab gar nix gesehen. Ich habe beobachtet, wie Holgi auf die Scheibe schoss und plötzlich schwenkt er die Knarre rum und knallt durch die Gegend. Ich konnte gar nicht so schnell reagieren, da war das Gewehr schon leergeschossen, die Frau Gazzi kauerte am Boden und versuchte, sich zu schützen. Und Holgi zog immer wieder am Abzug, obwohl das Magazin schon leer war. Total scary. Sekunden später lag so ein Schrank auf ihm, der Sicherheitsmann, den Rest wissen Sie ja.“

„Furgazzi heißt die arme Frau, die er über den Haufen geschossen hat.“ Carlo hatte sich seitlich des Tisches zu den jungen Männern hinübergebeugt, schaute den beiden, die scheinbar ohne Arg dasaßen, abwechselnd tief in die Augen und sagte: „Und ihr wollt behaupten, da sind keine Drogen im Spiel? Entschuldigung, Leute, aber da muss ich herzlich lachen. Gebt es doch einfach zu, irgendjemand von eurer Truppe hat dem Herrn Mähder ein Pillchen oder Tröpfchen ins Bierglas getan und deswegen war er einfach drauf. Das Ganze war etwas überdimensioniert und Ihr Freund hat seinen eigenen Film gedreht. Tarantino wäre stolz auf euch.“

Vincent legte seinem Kompagnon eine Hand auf den Unterarm, um ihn zu besänftigen. Die Herren vor ihnen konnten ja nicht wissen, dass diese Taktik abgesprochen war. Der Oberkommissar sollte den provokanten Part übernehmen, während Vincent den verständnisvollen Bullen gab.

„Carlo, lass das bitte. Du siehst doch, dass die beiden völlig konsterniert sind.“ Vincent nickte entschuldigend zu den Lederhosenträgern.

„Aber wir haben doch nix mit Drogen am Hut!", insistierte Reinhard.

„Kiffen ist ja auch so etwas wie Kuchen essen, klaaaar", wurde Carlo laut und beugte sich noch weiter über den Tisch, näher an die Gesichter der Freunde heran.

„Ja, ein bisschen Gras, aber das ist doch schon lang her, haben wir doch schon zugegeben." Holger tupfte sich mit seinem roten Taschentuch die Tränen aus den Augen.

„Und wenn wir weiterbohren, dann ist noch ein kleines bisschen Koks mit drin und ein kleines bisschen ..."

„Carlo, lass gut sein", beschwichtigte der Hauptkommissar seinen Kollegen. Der die beiden drohend fixiert hatte, sich aber gemäß seiner Rolle beruhigte.

„Das kriegen wir raus. Was jetzt passiert: Wir übergeben Sie dem Amtsarzt, der wird eine Blutentnahme vornehmen, um die Alkoholkonzentration zu messen, daneben gibt es einen Urin- und Wischtest, um eventuellen Drogenkonsum festzustellen. Ihre Zustimmung vorausgesetzt."

„Sind Sie nicht damit einverstanden, wird der Staatsanwalt die Tests anordnen, klar?" Carlo ließ weiterhin den harten Cop raushängen.

„Dass wir gesoffen haben, das geb ich ja zu, aber klar, machen Sie die Tests, ich hab nix genommen, also nicht wissentlich. Wenn da was gefunden wird, dann kann ich auch nichts dafür."

„Na, das sind ja einlenkende Töne. Fühlt sich da jemand nun doch ertappt?", meinte Carlo zufrieden, verschränkte langsam die Arme und lehnte sich mit erhobenem Kopf zurück.

„Nein, eben nicht. Bitte, ich mache jeden Drogentest, Alkitest, was Sie auch wollen", sagte Holger verzweifelt an

Vincent gewandt, den scheinbar bösen Polizisten ignorierend.

„Okay, dann folgen Sie uns." Die Kommissare standen auf und führten die jungen Männer aus dem Verhörraum.

Beim Drogenschnelltest konnten bei Holger Mähder keine verbotenen Substanzen festgestellt werden. Der Blutalkoholwert wurde auf 1,14 Promille zum Zeitpunkt der Tat festgelegt.

Der Staatsanwalt sah keinen Grund für das Beantragen eines Haftbefehles. Zugute kam Holger, dass er bisher nie polizeidienstlich in Erscheinung getreten war. Mähder wurde angewiesen, dass er sich für weitere Rückfragen bereithalten sollte. Aber er konnte das Präsidium in der fortgeschrittenen Nacht als vorläufig freier Mann verlassen. Für das Tänzelfest wurde Holger Mähder für den restlichen Abend ein Platzverbot ausgesprochen.

Kapitel 17

Freitag, 20. Juli 2018

Viele Bürger Kaufbeurens nahmen sich wie jedes Jahr vor, dem Tänzelfest einen Besuch abzustatten. Das Fest dauerte ja insgesamt zehn Tage, und doch, ehe man sich umsah, war schon wieder eine Woche vorbei. Am folgenden zweiten Wochenende wurden traditionell mehr Besucher erwartet, aber noch nicht an diesem Nachmittag. Die Menschen tummelten sich lieber in den Freibädern oder den unzähligen Badeseen im Allgäu. Erst nach der Erfrischung und wenn man sich für den Abend schick gemacht hatte, würden die Allgäuer beim Fest erscheinen.

So flanierte ein Polizistenduett gemächlich über den Tänzelfestplatz, sah sich entspannt um und zeigte, dass sie präsent waren und alles in bester Ordnung war. Der Sicherheitsdienst war auf ein Minimum reduziert worden. Diejenigen, die Dienst schieben mussten, schauten grimmig aus ihren dunklen Uniformen und schwitzten ihre Hemden nass. Zwei Mitarbeiter des Roten Kreuzes hatten sich einen Liegestuhl geschnappt, legten sich vor den deutlich markierten Container, der Erste Hilfe versprach, in den Schatten und beobachteten das träge Treiben in der flirrenden Hitze. Der 25-jährige Achim befand, dass der Anblick wenig Spannung bot, nahm seinen E-Book-Reader und tippte in regelmäßigem Tempo auf das Display. Tobias, sein Kollege, sah einige Minuten mit den verschränkten

Händen auf dem Kopf dabei zu, wie sein Freund ständig *umblätterte.*

„Was liest 'n da?", fragte er nur halb interessiert.

„Den neuen Thriller von Andrew Holland. Spannend, packend, rasant", sagte Achim, ohne aufzublicken, und tippte aufs Display.

„Du kannst holländisch?" Tobias schaute mit erhobenen Augenbrauen beeindruckt zu Achim rüber.

„Nein, der heißt so. Das ist schon deutsch, was da geschrieben steht."

„Ach so. Kenn ich ned", sagte der 27-Jährige einfach und sah wieder über den Platz.

„Würdest du kennen, wenn es das Buch als Playstationversion gäb, gell?"

Kurz blickte Tobias wieder zu seinem Freund rüber, der das Lesen unterbrochen hatte und frech grinste. „Du Arsch, stellst mich hier als ungebildeten Proll hin. Pass bloß auf, dass ich dich nicht gleich erstversorge."

Achim lachte, legte seinen Reader auf den Boden und stand auf. „Ich hol ein Eis, magst auch eins?"

„Logo, Eis geht immer", sagte Tobias, lehnte sich zurück und schloss die Augen.

Kurze Zeit später, nachdem das Eis von der Verpackung befreit war, leckten die beiden zufrieden die willkommene Abkühlung.

„Die Russin hat dir schon gefallen, stimmt's?", fragte Tobias wie beiläufig.

„Das war keine Russin. Eher Polen oder Rumänien, würd ich sagen."

„Auf jeden Fall hast du mehr die Mutti angesehen als das Kind."

Viel hatten die Ersthelfer bisher nicht zu tun gehabt. Eine Bedienung hatte sich an einem kaputten Maßkrug in den Finger geschnitten, und ein kleines Mädchen, so um die vier Jahre alt, hatte sich das Knie bei einem Sturz aufgeschrammt. Das Kind weinte herzerweichend, doch tapfer ließ sie sich das Knie desinfizieren und durfte sich ein lustiges Pflasterbild aussuchen. Zur Belohnung bekam das nun strahlende Mädchen noch einen kleinen Teddybären im Rotkreuz-Outfit geschenkt. Die hübsche Mutter bedankte sich für die nette Behandlung und ging zufrieden mit ihrer Tochter über den Platz, um sich zu amüsieren.

Aniela hatte sich, nachdem sie wie jeden Vormittag das Sanitärgebäude auf dem Platz gereinigt hatte, von Sonja breitschlagen lassen. Sie hatte so sehr gebettelt, auf den Rummel zu dürfen. Die junge Mutter überschlug ihr Budget und gab irgendwann dem Quengeln nach. Der Besuch würde ein empfindliches Loch in ihre Geldbörse reißen, aber man muss sich auch mal etwas gönnen, befand schließlich auch die 27-Jährige und willigte ein.

Das kleine Mädchen staunte über den Lärm der Buden und Fahrgeschäfte. Über das Tempo der sausenden, bunten Wägen, die laute Musik, und überall roch es nach leckeren Dingen. Sie hatte große Augen gemacht und sah trotzdem nicht den kleinen Absatz von Kies zu Asphalt und stürzte auf das rechte Knie. Ein, zwei Sekunden passierte gar nichts, Sonja lag auf dem Boden, doch plötzlich kam der erwartete Schrei, zunächst leise, der aber sogleich in einem raschen Crescendo anschwoll. In den Schreck gesellte sich umgehend der Schmerz im Knie und ließ Sonja noch lauter weinen. Schnell bückte sich Aniela zu ihrer Tochter hinab und sah sich das Malheur an. Das Knie blutete, kleine Kieskörner waren in der Wunde. Zum Glück war der Container vom Roten Kreuz in der Nähe und die jungen Männer konnten Trost und Pflaster spenden.

Petra musste eine ganze Weile auf Holger einreden, dass er mit ihr nochmal auf den Tänzelfestplatz ging. Es ging ihr nicht um den Rummel. Joline gab ihr den Tipp, dass kurzfristig eine zuverlässige Aushilfe für eine Süßigkeitenbude gesucht wurde. Vielleicht war der Job für die kommenden drei Tage noch zu haben. Ein bisschen zusätzliches Geld konnte sie durchaus gebrauchen. Holger wollte den Platz für dieses Jahr auf keinen Fall mehr betreten; der Vorfall vom Mittwoch hatte ihm völlig gereicht. Doch irgendwann gab er nach und begleitete seine Freundin zum *Zuckerhäusl*. Die Tracht hatten sie ausgetauscht gegen kurze Klamotten. Petra hatte ihre extraknackige Jeans an, die sie selbst sehr knapp abgeschnitten hatte. Vielleicht zu kurz, denn eine ihrer Pofalten am Übergang vom Oberschenkel präsentierte sie der Öffentlichkeit. Ein ärmelloses Leibchen ließ der Fantasie von männlichen schmachtenden Blicken kaum noch Arbeit. Holger hatte seine Bedenken, ob ihr Outfit optimal für ein Bewerbungsgespräch war, aber Petra war taub auf diesem Ohr. Holger hatte dagegen eine vernünftige, helle kurze Stoffhose an und ein T-Shirt von einer wenig bekannten Rockband.

„Mir ist echt nicht wohl, wieder hier zu sein. Was ist, wenn mich jemand erkennt?"

„Was soll dann sein? Du kannst doch machen, was du willst, sonst hätte man dich doch einsitzen lassen." Petra gab sich unbeschwert. Ob sie es auch war, wusste nur sie.

„Aber trotzdem, wenn wir an dem Schießstand vorbeikommen und die Betreiberin mich sieht?"

„Wir haben auf der anderen Seite des Durchganges so viel Platz, wir kommen da gar nicht direkt dran vorbei. Wir halten uns an die Autoscooterseite. Da wirst du nicht so schnell gesehen und bist ein ganzes Stück weg."

„Na okay, wenn du meinst", sagte Holger bedrückt.

„Sie ist gar nicht da, schau." Petra nickte mit dem Kopf in die Richtung der Schießbude, um nicht auffällig hinzeigen zu müssen.

Holger linste aus den Augenwinkeln zum Stand „Ich bin da echt froh darüber. Ich hoff, es geht ihr gut."

„Ein Strauß Blumen und ein ehrliches Entschuldigen wäre vielleicht nicht die schlechteste Option."

„Ich weiß ja gar nicht, wo sie ist, ob im Krankenhaus oder sonst wo."

„Frag doch die Polente, ob sie mehr wissen, das würde nicht schlecht ankommen, wenn du echte Reue zeigst."

„Hm, ja, könnte ich machen. Aber ich weiß auch nicht."

„Angst?", fragte Petra ohne Spott.

Gereizt antwortete er: „Ja, ich hab Schiss, das darf ich ja wohl auch haben, oder?"

Petra blieb stehen und sah ihren Freund an. „Du musst mich nicht gleich anblaffen, ich bin auf deiner Seite, klar?"

„Tschuldige." Holger zog seine schlanke Freundin zu sich heran und küsste sie auf den Haaransatz.

„Alles gut, du Verbrecher." Petra lächelte ihren Freund an, der betroffen das Gesicht verzog.

„Da vorne ist das *Zuckerhäusl*. Kommst du mit? Die Hand halten zum Beispiel."

„Nee, geh du da hin, ich warte so lange hier und hol uns zwei gebutterte Maiskolben."

„Au ja, gute Idee. Dann mach mal Butter bei die Kolben." Petra lachte ihren Freund an, dessen Herz einen Liebessprung machte bei ihrem fröhlichen Anblick.

„Bis gleich." Holger küsste Petra fest auf den Mund und gab ihr noch einen Klaps auf den knapp behosten Hintern, sah noch ein paar Sekunden stolz ihrer tollen Figur hinterher, ehe er das Maiskolbenhäuschen ansteuerte.

Am gelben Stand, der aussah wie ein missratener Maiskolben, orderte er zwei Maiskolben, die der Verkäufer mit einer Zange aus dem Dünster holte. Er legte sie in ein Kartonschälchen und schob es seinem Kunden rüber. Holger bezahlte und salzte die dampfende Köstlichkeit. Das Wasser lief ihm im Mund zusammen bei dem Geruch. Er nahm die Schälchen und legte sie auf einen Stehtisch. Mit Genuss schlug er seine Zähne in den Kolben und nagte die weichen Körner ab. Immer wieder musste er pusten, um den Mais zu kühlen. Die Butter lief an seinen Mundwinkeln herab, die er immer wieder mit einer Papierserviette abwischen musste. Zwischen den Bissen blickte er zufrieden über den Platz und wartete darauf, dass seine Freundin wieder zurückkehrte. Idealerweise mit einem Drei-Tages-Job in der Tasche und noch solange der Maiskolben heiß war. Lauwarm schmeckte er einfach nicht mehr so gut. Er überblickte die wenigen Menschen, die den Platz besuchten und erstarrte, als er gerade wieder in seinen Mais beißen wollte. Er fixierte mit seinem Blick eine etwa 30-jährige Frau, die ein schlichtes blaues Kleid trug, das ihre Schultern bedeckte und bis zu den Knien reichte. Sie hatte ihre dunkelbraunen Haare zu einem Zopf gebunden und schlenderte mit ihrer etwa gleichaltrigen Freundin vor sich hin. Diese hatte ein Dirndl an und offene blonde, lange Haare. Beide hielten eine rotweiße kegelförmige Tüte in den Händen und steckten sich hin und wieder gebrannte Nüsse in den Mund. Sie waren offensichtlich in ein ernstes Gespräch vertieft, hatten keine Augen für den Rummel und waren nur auf sich konzentriert.

Holger nahm seine Schale und schritt mit energischen Schritten auf die Frauen zu. Erst als Holger zwei Meter vor den Frauen stand, registrierten sie, dass da ein Mann auf sie zukam und bekamen bei dessen Anblick sofort Angst. Die pure Wut verzerrte sein Gesicht. Abrupt blieb Holger stehen, zeigte mit dem freien Zeigefinger auf die Zopfträgerin und sagte mit gefährlich leiser Stimme: „Wie konntest du nur, wie konntest du nur?" Der Finger begann zu zittern.

„Was, wie, was willst du Spinner denn von mir?", fragte sie ängstlich, aber empört und sah hilfesuchend ihre Freundin an, die ratlos zurückblickte.

„Warum hast du das gemacht?", wurde Holger nun lauter. „Du gehörst eingesperrt für das, was du gemacht hast. Hast du denn überhaupt kein Gewissen?"

„Hey, du spinnst doch total, du Arsch. Verpiss dich, sonst setzt es was", sagte sie bestimmt, aber das Zittern in ihrer Stimme strafte ihr mutiges Entgegentreten Lügen.

„Und dann hast du nicht mal den Mut, etwas zuzugeben", wurde Holger noch lauter. Die umstehenden Menschen blieben stehen und schauten überrascht auf die Szene. Eine junge Frau zog ihr etwa vierjähriges Mädchen zu sich heran, um es instinktiv zu schützen.

„Du bist ein böses Weib", rief er noch, dann schlug er ihr das Schälchen mit dem fettigen, noch heißen Maiskolben mitten ins Gesicht. Gebrannte Nüsse flogen durch die Luft, als die Getroffene die Arme hochwarf. Der Angriff war so plötzlich gekommen, dass sie keine Chance hatte, sich zu schützen. Sie schrie vor Schmerz und Überraschung. Ihre Freundin versuchte, den Angreifer zurückzuhalten, was ihr aber gründlich misslang. Die Schale mit dem Maiskolben fiel auf den Boden. Blut lief aus der verletzten Nase und vermischte sich mit dem Fett, das als Emulsion an ihrem Kinn hinablief. Mit der Faust schlug er sie in das Gesicht, ihr Kopf ruckte herum, das Gesicht verzerrte sich und ihre Knie knickten ein. Ihre Freundin schaffte es gerade noch, deren Sturz abzubremsen, bevor sie auf dem gekiesten Boden zum Liegen kam. Holger war nicht zu bremsen; er kniete sich mit einem Bein nieder, packte die unglückselige Frau über der Brust an ihrem Kleid, die Faust weit zum Schlag ausgeholt, und brüllte sie an: „Warum zum Teufel hast du das Greti angetan, warum, frag ich! Gib mir eine Antwort oder ich schlag dich hier und jetzt tot, du Mist…!"

Er konnte seinen Satz nicht beenden. Holger spürte einen stechenden Schmerz in der Schulter und bekam im nächsten Moment keine Luft mehr. Ein Hüne von einem Mann in einer dunklen Uniform hatte ihm den Arm auf den Rücken gedreht und ihn gleichzeitig mit der Armbeuge von hinten an der Kehle in den Schwitzkasten genommen. Nur wenige Sekunden später lag Holger mit Kabelbindern als Handfesseln auf dem Kiesboden und schrie seine Wut und die Schmerzen heraus. Seine Füße trommelten wie bei einem Kind im Trotzalter auf den Boden. Zwei junge Männer in Rotkreuzmontur kamen über den Platz angejoggt. Einer hatte einen orangefarbenen Erste-Hilfe-Koffer in der Hand. Sie überholten Petra, die gerade von ihrem

Vorstellungsgespräch zurückkam. Mit Entsetzen bemerkte sie, dass ihr Freund schon wieder gefesselt auf dem Boden lag, und eilte den Ersthelfern hinterher.

„Was ist denn hier los?", fragte Petra, als sie am Ort des Geschehens ankam.

„Dieser Wichser hat die Frau geschlagen, das ist los", sagte der Securitymann.

Achim kümmerte sich um die blutende, ohnmächtige Frau und prüfte die Vitalfunktionen. Langsam kam sie wieder zu sich und blickte verwirrt um sich. Beruhigend sprach Tobias auf sie ein, dass alles in Ordnung käme und sie sich zurücklegen solle. Sie begannen vorsichtig, das Fett aus dem Gesicht zu tupfen, um anschließend die Blutung der Nase zu stoppen.

„Holger, was hast du gemacht!", rief Petra ihrem Freund zu. Die Antwort bestand nur aus einem schmerzhaften „Aaaahhhuuuu."

„Müssen Sie so grob zu ihm sein?", fragte sie den Sicherheitsmann.

„Musste dieser Gestörte so grob zu dieser Frau sein, hä? Der darf ruhig etwas spüren, damit er etwas zum Nachdenken hat."

Petra traten Tränen in die schreckgeweiteten Augen. So hatte sie sich den Tag nicht vorgestellt. Warum tickte ihr Freund schon wieder so aus? Natürlich fand sie keine Erklärung dafür.

„In fünf Minuten sind die Bullen da, dann fährst du ein, du Arschloch."

„Aaauuuaaaa!", antwortete Holger.

„Lassen Sie das, Sie tun ihm unnötig weh, das sag ich der Polizei!"

„Ja klar, sagen Sie das. Aber sagen Sie alles!", gab sich der Mann hart, ließ aber doch merklich lockerer, so dass Holger nicht mehr schrie und nun zu schluchzen begann.

Die Freundin der angegriffenen Frau hielt tröstend die Hand der verunstalteten Frau und sah voller Hass den Übeltäter an. Noch vor wenigen Minuten hatten sie sich noch über ihre Arbeit als Grundschullehrerinnen unterhalten, und nun lag ihre Freundin am Boden, geschockt, mit offensichtlich gebrochener Nase.

Man hörte das Martinshorn, das schnell näherkam und auf den Platz einschwenkte. Zwei Beamte stiegen aus und machten sich ein Bild von der Lage. Holger wurde gefesselt in den grünsilbernen Wagen verfrachtet, die Tür geschlossen. Dank Kindersicherung konnte er den BMW nicht verlassen. Die Polizisten befragten Augenzeugen und schrieben sich Kontaktdaten auf. Petra konnte mit aufs Präsidium kommen und setzte sich auf den Beifahrersitz, während ein Beamter neben Holger auf der Rückbank Platz genommen hatte.

Keine 16 Stunden lagen zwischen seinem ersten und zweiten unfreiwilligen Besuch auf dem Polizeirevier.

Aniela, die immer noch ihre Tochter festhielt, blickte nachdenklich dem Wagen hinterher, der längst nicht mehr zu sehen war.

Kapitel 18

„Das glaub ich jetzt aber nicht." Vincent blieb an der Türschwelle stehen, als er sah, wer da im Vernehmungsraum auf dem Stuhl saß. Carlo versuchte, von hinten über die Schulter seines Vorgesetzten zu blicken, und musste sich ordentlich strecken. Er zog erstaunt die Augenbrauen hoch und schob Vincent weiter.

„Der Herr Mähder. Sie hatten Sehnsucht nach uns?"

Holger sah nur hoch und sagte nichts. Petra saß mit parallel gestellten Beinen und kerzengerade auf dem anderen Stuhl und schaute die Kommissare an. Sie rieb nervös ihre Hände im Schoß.

Carlo, der in der Sommerhitze ein paar Knöpfe seines weißen Hemdes geöffnet hatte, dass ein Gutteil seiner behaarten Brust zu sehen war, stützte sich mit den Fingerknöcheln auf dem Tisch ab und sagte zum Festgenommenen: „Egal, was Sie einwerfen, nehmen Sie weniger davon. Sie sehen ja, das ist nicht gesund."

Vincent und Carlo nahmen ihre Plätze auf den Sesseln ein und sahen einige Zeit wortlos den jungen Mann an.

„Und? Wieder Schiss vor kleinen Mädchen gehabt?" Carlo legte eine ordentliche Portion Sarkasmus in seine Stimme.

„Herr Mähder, Sie wurden festgenommen, weil sie eine Frau verprügelt haben. Haben Sie dazu etwas zu sagen? Sie kennen das ja schon. Sie müssen nichts sagen, was Sie selbst belasten würde."

„Ich möchte bitte einen Rechtsanwalt haben. Ich sag nix dazu", sagte er zum Parkettboden.

„Haben Sie einen Anwalt?"

Holger schüttelte den Kopf.

„Sollen wir für Sie einen Pflichtverteidiger einbestellen?"

„Ach egal, fangen Sie an. Ich bin eh im Arsch."

„Wie Sie meinen. Zeugen zufolge haben Sie die Frau Keinzle übel beschimpft und mehrere Male geschlagen. Trifft das zu?"

„Hab ich wohl gemacht, ja. Kann ich schlecht bestreiten, wenn es so viele Leute gesehen haben." Holger schaute immer noch den spannenden Boden an.

„Warum?" Vincent hatte die Ellbogen auf den Tisch aufgestützt und die Fingerspitzen aneinandergelegt, in Erwartung einer Antwort.

„Ich hab die gesehen und dann rastete da was in mir aus. Ich weiß nicht, warum. Eigentlich war sie doch ganz hübsch, das weiß ich noch. Ich kann es mir nicht erklären, Herr Kommissar."

„Blödsinn!", kam laut von Carlo. „Die *Ich-kann-mich-nicht-erinnern-Masche* kannst du hier knicken. Damit kommst du nicht davon, junger Mann."

Holger schaute überrascht hoch zum Oberkommissar, weil der ihn nun duzte. Carlo blickte ihn mit seinen dunklen, italienischen Augen eiskalt an.

„Ich hab Maiskolben gekauft, ich sah die Frau, und dann bekam ich wie eine Riesenwelle eine Wahnsinnswut und dann weiß ich nur noch, wie ich auf dem Kies lag und konnte mich nicht mehr bewegen, weil der Typ auf mir lag."

„Der war ganz schön grob zu Holger", warf Petra dazwischen und unterstützte ihre Worte durch Nicken.

„Die Verhältnismäßigkeit war anscheinend gegeben, aber Ihnen steht natürlich frei, Anzeige zu erstatten."

„Nee, nicht noch mehr Ärger. Mir reicht das."

„Herr Mähder. Diesmal können wir Sie leider nicht mehr aus dem Gewahrsam entlassen. Sie sind vorläufig festgenommen, und ich fürchte, der Staatsanwalt wird Untersuchungshaft beantragen."

„Was? Aber ..." Holger und Petra sahen Hauptkommissar Zeller entsetzt an.

„Gefängnis? Muss das sein?", fragte Petra. Ihr lief es kalt den Rücken runter. Instinktiv krallte sie sich in die Hand ihres Freundes.

„Es tut mir leid, ihr Freund hat innerhalb von wenigen Stunden zwei schwere Straftaten begangen. Ich kann ihn nicht auf freiem Fuß lassen, tut mir leid."

Man konnte zusehen, wie aus Holgers Körper sämtliche Kraft wich. Petra schmiegte sich an ihn. Holger wollte sie in die Arme nehmen, scheiterte aber, da seine Hände immer noch gefesselt waren.

„Herr Mähder. Ich lege Ihnen nahe, einen Anwalt zu nehmen. Kann Ihre Freundin das für Sie erledigen?"

Petra antwortete statt ihm. „Mach ich, klar. Ich find schon einen." Sie wandte sich an ihren Freund. „Es wird alles gut, ja? Ich bin bei dir, das stehen wir durch." Sie strich ihm über die Haare. Sein Rücken bebte, als er immer wieder von Schluchzern geschüttelt wurde.

„Es tut mir so leid, wirklich. Ich will doch niemandem wehtun."

Carlo sagte von der Seite: „Haben Sie aber, das ist Fakt und gehört bestraft."

Vincent wandte sich an die Freundin. „Wie heißen Sie eigentlich?"

„Petra", sagte sie mit schwacher Stimme.

„Gut, Frau Petra. Kümmern Sie sich um einen Anwalt und packen Sie Bedarfsartikel für Herrn Mähder zusammen. Zahnbürste, Duschgel, Wechselwäsche und so weiter."

„Dauert das denn länger, dass man ihn hier festhält?"

„Das kann ich Ihnen so nicht beantworten, Frau Petra, das liegt im Ermessen des Staatsanwaltes und wie der Richter entscheidet."

„Oh, mein Gott. Ja, okay, ich packe ihm Sachen zusammen und komme wieder." Sie nahm Holger in die Arme. „Ich liebe dich, Schatzi. Das stehen wir zusammen durch."

Holger schaute mit feuchten Augen hoch und erwiderte den Liebesschwur, bevor er endgültig in sich zusammensackte.

Vincent rief nach einem Beamtenkollegen, der den Beschuldigten in eine Arrestzelle brachte. Er fühlte sich bei Mähder an Doktor Jekyll und Mister Hyde erinnert. Auf dem Tänzelfestplatz wurde er zur Furie und im Revier saß dann nur ein Häufchen Elend. Nachdenklich schüttelte er den Kopf und kontaktierte den diensthabenden Staatsanwalt, Rüdiger Möller. Wie prophezeit beantragte Möller Haftbefehl gegen Holger Mähder.

Vincent wollte eigentlich früher Feierabend machen, aber gerade, als er seiner Freundin Vanessa Vauban schreiben wollte, dass er gleich auf dem Weg in ihre offenen Arme wäre, meldete sich eine Zeugin zum Vorfall auf dem Tänzelfestplatz.

„Frau Prokowski, schön, dass Sie hergekommen sind, wenn Sie mir bitte folgen wollen", sagte Vincent zu Aniela und schüttelte auch dem kleinen Mädchen das Patschhändchen.

Sonja sah den Kommissar mit riesigen, ernsten Augen an. „Sie wollen eine Aussage im Falle des Tatverdächtigen vom Rummelplatz machen?"

„Ja, das will ich." Bei ihrem charmanten, typischen polnischen Dialekt musste Vincent unwillkürlich lächeln.

„Also, ich habe ja nicht direkt gesehen, wie dieser Mann die Frau geschlagen hat. Als ich mit Sonja zu der Stelle kam, hatte er die Faust erhoben und wollte ihr ins Gesicht hauen, aber dann kam der Mann von der Sicherheit dazwischen."

„So weit wissen wir das von anderen Zeugenaussagen. Kommt noch etwas dazu?", fragte Vincent interessiert.

„Ja. Also. Der Mann sagte einen Satz, der mich nicht mehr losgelassen hat, bis ich draufgekommen bin, was es war."

„Ich höre?"

„Er sagte: ,Warum hast du das Greti angetan' und es hat eine Weile gedauert, bis mir das klar war."

„Greti? Daran können Sie sich erinnern?"

„Ja, denn mir ist da auch was passiert", druckste sie etwas herum. „Ich bin ja Putzfrau für das Klohaus. Ich mach jeden Vormittag die Toiletten sauber. Und vor ein paar Tagen, als ich da so sauber gemacht habe, stand da im Dunst auf einem Spiegel ,Hilf Greti'. Ich hab mir da nicht viel dabei gedacht und hab das weggewischt. Es steht immer mal was auf Spiegeln, mal mit Lippenstift, Eddingschreibern und so."

„Ach so, ja."

„Das war noch nicht alles. Denn am nächsten Tag stand am gleichen Spiegel wieder dasselbe geschrieben."

„Hilf Greti?", kam Vincent ihr zuvor.

„Ja, richtig. Da stellten sich mir die Nackenhaare auf und trotz der Wärme hatte ich, wie heißt das auf Deutsch? Hühnerhaut?"

„Gänsehaut", korrigierte Vincent sie. „Uns ist nichts bekannt, dass eine Greti seit Tagen bedroht wird, oder dass einer Frau mit diesem Namen etwas geschehen ist. Aber stimmt, es ist seltsam, dass der Täter vom Tänzelfest auch diesen Namen erwähnt hat. Der ist ja nicht gerade geläufig."

„Ja, das wollte ich Ihnen eben sagen. Wenn Sie meinen, dass ich Unsinn rede, dann entschuldigen Sie bitte, dass ich Ihre Zeit gestohlen habe."

„Wir bei der Polizei gehen jedem Hinweis nach. Und wir sind genau auf solche Bürger wie Sie angewiesen, die mit offenen Augen durch die Welt gehen. Ich danke Ihnen, wenn Ihnen noch etwas einfällt, rufen Sie mich gerne an." Vincent klaubte aus seinem Ausweismäppchen eine Visitenkarte hervor und gab sie statt der Mutter dem Mädchen.

„Ich bin der Polizist Zeller, und wer bist du, junge Dame?"

„Sonja. Aber ich darf nicht mit fremden Männern reden, sagt meine Mama."

‚Sonja Säubertochter', dachte Vincent kindisch und musste unwillkürlich über sein gedachtes Wortspiel lächeln. „Deine Mama ist sehr klug." Vincent wuschelte durch ihre dunkelblonden Haare, was das Mädchen mit einem empörten „Hey" quittierte.

„Wie heißt dein Bärli denn?", fragte er die Kleine.

„Aber du Dummerle, der ist noch ganz neu, der hat doch noch gar keinen Namen!", sagte das Mädchen altklug.

„Sonja!!!", rief ihre Mutter entsetzt.

Vincent grinste breit. „Ist schon gut, das war ja mein Fehler. Wenn der Bär neu ist, dann müssen wir ihn taufen."

„Den hab ich bekriegt, weil mein Fuß aua hat." Sie zeigte auf ihr lädiertes Knie.

„Ach, dann muss ich mir auch Knieweh machen, dass ich so ein schönes Bärli kriege. Aber da hab ich zu viel Angst. Du bist bestimmt sehr tapfer, kleines Mädchen." Vincent schaute gespielt angsterfüllt auf die Heldin hinab.

Sonja nickte heftig und schaute sehr ernst. „Ja, ich bin ein Tapfa." Aniela und Vincent mussten lachen.

Die Vierjährige drehte den Rotkreuzbären zu sich herum und sagte in sein pelziges Gesicht: „Du heißt jetzt Petzi, wie der im Fernseher." Sie wackelte mit dem Bären, um sich die Bestätigung des Stofftieres zu holen.

„Ein wunderbarer Name. Dann nimm deinen Petzi, und dann kannst du mit deiner Mutter noch ein Eis essen gehen, oder was kleine Tapfas so machen."

„Au ja, Eis essen. Petzi? Magst du auch eins?" Der Bär wurde von einer kleinen Hand zum Nicken genötigt.

„Ich geleite Sie noch nach draußen, Frau Prokowski." Mit einer höflich weisenden Handbewegung deutete Vincent zur Bürotür.

Nachdem er die Polin verabschiedet hatte, freute er sich auf den Feierabend und den restlichen Tag mit Vanessa. Das süße Mädchen hatte sein Herz angerührt. Er fragte sich, warum er sich bisher nie wirklich Gedanken über ein eigenes Kind gemacht hatte. Mit 47 Jahren war er eigentlich noch nicht zu alt dafür, befand er.

Kapitel 19

Vincent hatte die Musikanlage laut gestellt, damit Vanessa und er auf der überdachten Terrasse die Rockmusik in angemessener Lautstärke hören konnten. In der Playlist hatte er eine schöne Mischung aus Black Sabbath, Queen, Iron Maiden und natürlich AC/DC eingestellt. Die Köpfe wippten automatisch mit bei den harten Songs. Auf der wetterfesten Sitzgruppe hatte es sich das Paar gemütlich gemacht. Vincent schenkte seiner blonden Freundin ein leichtes Weißbier ein, er selbst nahm lieber die dunkle Version mit regulären Umdrehungen. Vincent fand Wiwi, wie sie gern genannt werden wollte, noch schöner, seit sie sich die Haare wachsen ließ. Der neue helle Blondton gefiel ihm ausgesprochen gut. Sie waren mittlerweile seit über einem Jahr ein Paar. Vanessa leitete in Kempten die Forensik und hatte wie Vincent den Rang des Hauptkommissars inne. Die meisten Menschen unterschätzten bei der ersten Begegnung die zarte Person, die knapp an den 1,60 Metern scheiterte. Schnell wurde klar, dass dieses kleine Energiebündel äußerst resolut war und mit strenger Hand ihre Abteilung leitete. Nicht selten kam es vor, dass sie den Kopf in den Nacken legte und ihr Gegenüber zur Schnecke machte, dass er nur noch in Habacht-Stellung zu ihr runterblicken konnte.

Der Größenunterschied von knapp 30 cm war für die Verliebten nie ein Problem gewesen. War Bedarf zum Küssen da, wurde ein extra gekaufter Kunststoffhocker genommen, auf den sich Vanessa stellte. Vincent war schon bei ihrem ersten Zusammentreffen hin und weg von ihr gewesen. Er genoss im letzten Jahr bei einem gemeinsamen Fall jede Minute, die er mit ihr verbringen konnte, und lange, bevor der Fall, es ging um einen eskalierenden Fall von Rassismus und Erpressung, aufgeklärt war, waren die zwei ein Liebespaar.

Das größte Problem stellten die unregelmäßigen Arbeitszeiten dar und die Pendelei zwischen Kaufbeuren und Kempten. Auch wenn die Strecke zum größten Teil auf der B12 entlangführte, die über 40 km nervten vom Zeit- und Finanzaufwand. Beide hatten ihre eigene Wohnung, doch es gab durchaus Überlegungen, aus zwei Haushalten einen zu machen. Über eine eventuelle Versetzung hatten sie auch des Öfteren gesprochen, doch sie liebten ihren jeweiligen Job zu sehr, um eine neue Herausforderung anzunehmen.

Vanessa hatte ihre modische Sonnenbrille aufgesetzt und wollte mit Vincent anstoßen. Der aber zog das Glas zurück, mit Zeige- und Mittelfinger bildete er ein V, zeigte auf die Augen seiner Frau und dann auf seine eigenen. „Beim Anstoßen immer in die Augen blicken, sonst gibt's sieben Jahre schlechten Sex."

„Das wäre das erste Mal, dass der Sex mit dir schlecht wäre." Vanessa grinste frech durch ihre Brille. „Aber lieber nichts riskieren, großer Mann." Sie sah ihrem Freund betont tief in die Augen und stieß mit einem harten *Klock* mit seinem Glas an.

„Ich hoff, es gibt zur Belohnung nun sieben Jahre sensationellen Sex."

„Zählt das letzte Jahr schon dazu?"

„Bitte? Das nennst du sensationell? Pah!"

„Freches Luder, dir gehört der Bobbes versohlt."

„Mach doch." Vanessa reckte herausfordernd das Kinn.

„Später, wenn es nicht mehr so warm ist."

„Merk ich mir. Prost." Mit tiefen Schlucken tranken die beiden aus ihren Weißbiergläsern, um zeitgleich ein langes „Aaahhh" von sich zu geben. Synchron wischte sie sich mit dem Unterarm den Schaum vom Mund. Vanessa konnte einen Rülpser nicht unterdrücken, woraufhin beide herzhaft lachten.

„Tut gut, mal ein bisschen weniger zu tun zu haben", sagte sie. „Wie läuft es bei dir?", fragte Vanessa interessiert.

„Das glaubst du nicht. Gestern Abend wurde ich doch ins Präsidium gerufen, wegen dem Typen, der an der Schießbude ausgerastet ist."

„Ja, das hast du erzählt. Wie geht's der Frau eigentlich?"

„Sie wird keinen bleibenden Schaden davontragen, sie ist okay. Aber sie wird dieses Jahr nicht mehr auf den Platz gehen, sie hat verständlicherweise eine Heidenangst." Vincent schüttelte den Kopf. „So etwas in der Art hatten wir noch nie. Aber jetzt pass auf." Vincent setzte sich etwas nach vorne, um ihre ganze Aufmerksamkeit zu haben. „Heute war der junge Mann wieder auf dem Platz mit seiner Freundin."

„Hatte der nicht Verbot, den zu betreten?"

„Nur gestern, bis zum Zapfenstreich. Heute durfte er wieder. Also, er war auf dem Platz und schlägt aus heiterem Himmel eine Frau ins Gesicht. Als sie umkippt, schlägt er weiter. Erst ein Sicherheitsmann konnte den Mann schließlich überwältigen."

„Das ist ja total krank. Der war ja total voll mit Drogen, oder?"

„Nein, keine Spur davon. Er war gestern ordentlich betrunken, aber alle anderen Tests waren negativ."

„Seltsam. Man sollte meinen, dass solche Psychos unter Beobachtung stehen irgendwie."

„Das kommt ja noch dazu. Der Mann wurde zuvor nie auffällig. Keine Schlägerei, unbeschriebenes Blatt im Straßenverkehr, nicht mal etwas geklaut, und dann rastet er in zwei Tagen so aus. Das erklär mal dem Richter. Der schickt dich heim und sagt zu dir, dass du deine Arbeit richtig machen sollst. Übrigens hat der Richter auch entschieden, dass der Mähder vorläufig in Haft bleibt."

„Das versteh, wer will, was in dem vorging." Vanessa hatte die Beine übereinander geschlagen und wippte mit einem Fuß, während sie nachdenklich über den Garten sah.

„Überhaupt sind in letzter Zeit sehr viele Dinge auf dem Tänzelfestplatz geschehen. Als würde dem einen oder andern das Wetter aufs Gemüt schlagen. Wir kennen das ja von Autofahrern. Es gibt Tage, da glaubst du, es haben überproportional viele Leute das Fahren verlernt. Oft passiert das vor Feiertagen. Da schwirrt vielen alles Mögliche im Kopf herum, sodass die Konzentration im Verkehr nachlässt. Die Menschen werden aggressiv oder machen Fahrfehler, dass es einem die Tränen in die Augen treibt."

„Was hat er denn für Aussagen gemacht, warum er so ausgetickt ist?"

„Naja, gestern hat er angeblich in der Standbetreiberin ein Mädchen gesehen, das ihn bedroht hat." Vincent lachte humorlos auf. Vanessa hob lediglich die Augenbrauen.

„Und heute schreit er die Frau an, die er geschlagen hat, warum sie *das* getan hat. Immer und immer wieder schrie er ihr das ins Gesicht."

„Das wird ja immer komischer."

„Wird es, ja. Er hat einen Namen genannt." Vincent zog nachdenklich die Augenbrauen zusammen und suchte sein Gehirn ab. „Greti! Genau. Aber das ist noch nicht alles."

„Na, du erlebst ja mal schräge Sachen. Ich höre gespannt."

„Als wir den Mähder, so heißt er, verhört und eingesperrt hatten, meldete sich eine weitere Zeugin im Präsidium. Sie hatte ihr Kind dabei." Bei dem Gedanken an das Mädchen lächelte Vincent kurz, was Vanessas professionellem Blick nicht entging. „Die Frau hatte mit angehört, wie Mähder die Frau anschrie. Sie sagte zu mir, dass sie im Sanitärhaus täglich sauber macht und dass dabei zwei Mal am beschlagenen Spiegel ‚Hilf Greti' geschrieben stand. Wir haben natürlich nachgesehen, ob da irgendein Fall mit dem oder ähnlichem Namen aktuell ist, aber es wurde nichts gefunden zu Greta, Greti, Margarete oder ähnlichem."

Vanessa schaute ihren Freund mit zusammengekniffenen Augen an und überlegte. „Was noch? Erzähl mehr Details. Das Mädchen, das ihm Angst gemacht hat, was ist mit ihr? Es kann ja kein Flashback gewesen sein, wenn der Mähder nichts mit Drogen zu tun hat."

„Er war am Jagdhaus mit seinen Freunden, sie machen ein Wettschießen, und dann taucht das Mädchen vor seinen Augen auf. Ungepflegt, ein altes Kleid hatte sie an und einen Blick, der ihm tief in die Seele schauen würde. Todesangst soll er gehabt haben, er glaubte, einer bösen Hexe begegnet zu sein, die ihn anstierte. Gebrüder Grimms Hänsel und

Gretl goes Allgäu." Vincent lachte über seinen Witz, Vanessa starrte ihn nur an.

„Hexe." Vanessa schaute in die Ferne, ohne etwas zu sehen. Vincent beobachtete sie.

„Kannst du dich an den Geocache bei dem ehemaligen Dorf im Sachsenrieder Forst erinnern? Der mit dem Brunnen."

„Sicher, der hieß Froschkönig. Der war echt super gemacht. Man musste einen Magneten an einer Schnur suchen und dann die goldene Kugel aus dem Brunnen mit einem Magneten angeln und hochziehen. Drei Mal ist die wieder runtergefallen, bis wir sie in der Hand hatten." Vincent runzelte die Stirn. „Du meinst wegen dem Märchen?"

„Zumindest hat mich das drauf gebracht. Weißt du eigentlich, wo wir da waren? Während du mit Angeln beschäftigt warst, hab ich mich an einem Schild informiert. Da an der Stelle im Wald stand bis 1845 das Dorf Haberatshofen. Die drei Familien, mehr waren es nicht, litten schon immer dort oben unter Wasserknappheit. Der Brunnen war meist trocken, die Einwohner mussten mühsam das Wasser vom nächsten Dorf hochholen. Irgendwann siedelten die Familien nach Schwabsoien um, das ist bei Schongau. Seitdem ist der Weiler verlassen und die Natur holte sich nach und nach ihr Terrain zurück. Übrig blieb nur dieser Brunnen und die Grundmauern einer Kapelle."

„Ich hab davon gehört, ja. Da ging bis vor 30 Jahren noch eine Zuglinie daran vorbei. Jetzt ist es ein toller Radweg. Ich bin einmal mit dem Rad die komplette Runde gefahren. Das waren 82 km. Das müssen wir mal gemeinsam machen."

„Ja, können wir", sagte Vanessa beiläufig. Sie kaute auf der Unterlippe. „Wie realistisch ist eigentlich der Herr Hauptkommissar?"

„Ich geb mich gern mit Fakten ab, Frau Forensikchefin, warum?"

„Okay, dann tu mir einen Gefallen: Hör einfach zu, ohne dass du albern wirst."

„Ich versuch's."

Vanessa begann zu erzählen. „Es gibt da eine Sage aus jüngerer Vergangenheit um die Hexe von Haberatshofen."

Vincent stöhnte auf und lehnte sich in Abwehrhaltung zurück. „Hab ich auf DVD, Blair Witch Projekt."

„Bitte, Vince. Einfach zuhören", sagte sie etwas genervt.

„Okay", sagte er ernst.

„Im Sachsenrieder Forst soll eine Hexe ihr Unwesen treiben. So war es vor nicht allzu langer Zeit, dass ein junger Mann auf der Straße durch den Forst fuhr und seine Notdurft verrichten musste. Er stieg aus und erleichterte sich. Plötzlich hörte er einen schrillen Schrei aus dem Wald. Dieser Schrei ging ihm durch Mark und Bein. Er lief zu seinem Auto und entdeckte auf der Heckscheibe einen schlammigen Handabdruck. Obwohl er gerade das Wasser abgeschlagen hatte, hat er sich fast in die Hosen gemacht und ist so schnell wie möglich aus dem Wald gefahren. Mitten in der Nacht hat er noch den Schlammabdruck vom Auto gewaschen. Es war Hochsommer, es hatte wochenlang nicht mehr geregnet. Woher der Schlamm kommen sollte, das konnte keiner erklären."

„Lass mich raten. Außer ihm hat keiner den Abdruck gesehen."

„Das stimmt wohl, ja. Aber es geht ja noch weiter. Jahre später suchte ein Liebespaar einen ruhigen Ort und stellte das Auto auf dem Feldweg nach Haberatshofen ab, um sich seiner Lust hinzugeben. Plötzlich hörte das Paar Schreie, die durch den Wald hallten. Die beiden bekommen es mit der Angst zu tun. Der junge Mann will den Wagen starten, aber er will nicht anspringen. Immer wieder versucht er es, die Batterie wird schon langsam schwächer, als sie einen Schlag am Auto hören und auch spüren. Der Jüngling steigt aus dem Wagen und beschwört seine Freundin, im Auto zu bleiben und von innen zu verschließen. Es ist fast völlig dunkel, man konnte kaum die Hand vor Augen sehen, aber er glaubt, zwischen den Bäumen eine alte, zerlumpte Frau zu sehen. Er bekommt es mit der Angst zu tun, schnell dreht er sich um und sieht an der Heckscheibe einen schlammigen Abdruck einer Hand. Er reißt am Türgriff, seine Freundin will das Auto öffnen, aber in Panik arbeiten die beiden gegeneinander. Sie versucht den Knopf zu ziehen, aber weil er an der Türklinke reißt, kann sie den Schließknopf nicht ziehen. Der Mann glaubt, einen leichten Windstoß zu spüren und denkt im nächsten Moment, dass eine eisige Hand sein Herz berührt. Endlich schafft er es, die Tür zu öffnen. Er springt in den Wagen, schließt die Tür und verriegelt sie. Er dreht am Zündschloss und sofort springt der Wagen an. Mit durchdrehenden Rädern rast das Auto davon, nur mit einem Ziel; hinaus aus dem Wald."

„Das ist jetzt verdammt gruslig, das muss ich zugeben." Vincent verspürte echten Schauder.

„Das sind nicht die beiden einzigen Geschichten. Es gibt noch einen ähnlichen Fall, dass jemandem an etwa derselben Stelle das Auto nicht mehr angesprungen ist. Es handelte sich dabei um einen Jäger, der nach getaner Arbeit heimfahren wollte."

„Ich hab dort nichts gespürt. Für mich war das einfach ein Brunnen und Grundmauern und ein schön gemachter Cache. Wahrscheinlich ist das alles nachvollziehbar zu erklären."

„Na ja, manche sind empfindsamer als andere. Einen hätt ich noch. Hast du noch Nerven?"

„Wie Drahtseile, Süße. Lass hören."

„Es gab da eine Taxifahrerin, die meinte, sie findet durch den Forst eine Abkürzung nach Hause. Als sie in der Nähe von Haberatshofen war, hörte sie plötzlich einen Schrei. Sie erschrak bis ins Mark. Als sie in den Rückspiegel blickt, sieht sie für den Bruchteil einer Sekunde auf der Rückbank ein Mädchen in einem weißen Kleid sitzen."

„Und Mähder hat auch ganz kurz, seinen Angaben zufolge, ein Mädchen gesehen. Aber das weiße Kleid stimmt nicht. Er sprach von einem grünen. Vielleicht hat sie sich im Wald umgezogen und ist mit dem Taxi nach Kaufbeuren mitgefahren", probierte Vincent einen Witz.

„Ja, merkst du selber, gell?", rüffelte Vanessa Vincent, ihre Augen blitzten ärgerlich. „Die Sage hat sich natürlich rumgesprochen. Mittlerweile gibt es sogar Videos auf Youtube. Da sind junge Männer mit Autos, die in den Wald fahren und ein Video nach Blair Witch Art machen. Runen finden sie auf der dreckigen Heckscheibe, einen Handabdruck noch dazu und keiner will es gewesen sein. Alle haben saubere Hände. Das ist so armselig gemacht, das ist einfach nur albern. Die haben sich gedacht, wenn man ordentlich mit dem Handy wackelt, gruselt sich jeder vor der Hexe im Sachsenrieder Forst. Das klappte dann wohl nicht ganz so gut." Vanessa atmete durch und trank ihr leichtes Weißbier aus. „Jetzt hast du es überstanden."

„Interessant ist so eine Sage ja schon. Aber ich glaube immer noch, dass die Dinge fantasiert waren oder logisch zu erklären sind. Es gibt Autos, da muss man die Kupplung ganz durchdrücken, damit sie zu starten sind", dachte Vincent laut nach.

„Ja, in modernen Autos durchaus, aber die Sage geht zumindest auf die 1980er Jahre zurück, da gab es diese Technik noch nicht. Hast du nie irgendwann mal bei irgendetwas ein ganz komisches Gefühl gehabt, weil du gedacht hast, da ist was?"

„Kann ich nicht behaupten."

„Schade."

Vincent überlegte. „Doch, da war tatsächlich mal etwas, Wiwi."

„Dann lass es raus." Vanessa war gespannt.

„Ich war 20 Jahre alt. Mein Großvater ist zwei Monate zuvor gestorben. Ich war in meinem Zimmer und saß auf dem Bett. Dann spürte ich plötzlich, wie ich mich nach rechts neigte, als hätte sich neben mich jemand hingesetzt. Ich schaue rüber, sehe aber nichts. Ich hatte aber das Gefühl, dass mein Großvater neben mir sitzt. Vielleicht eine Minute später neigte sich mein Körper wieder zurück, als wäre er aufgestanden. Ich hatte aber überhaupt keine Angst, keinen Grusel, nix." Vincent hatte nachdenklich die Stirn gerunzelt. „Als wollte er sich von mir verabschieden."

„Du bist dann offensichtlich nicht der knallharte Realist. Ein wenig bist du also doch offen für Mysteriöses." Vanessa nahm die Hände ihres Freundes. „Macht dich nur noch attraktiver." Sie lächelte Vincent verliebt an.

„Ja und nun? Was sollen wir jetzt machen? Eine Hexe auf dem Tänzelfestplatz suchen, mit einem Ouja-Brett mit ihr kommunzieren und einen Exorzisten holen? Ich bin Polizist und kein Dämonenjäger. Unser Polizeipräsident würde mir direkt das Ausweismäppchen abnehmen und mit einem Locher Konfetti daraus machen."

„Das weiß ich doch auch, ich habe dir halt etwas von der Sage erzählt, dass in beiden Fällen für einen Moment ein Mädchen erschien, mehr nicht. Natürlich kann sich der junge Mann das zusammenfantasiert haben. Der muss ja einen triftigen Grund gehabt haben, dass er die Frau so dermaßen angegangen ist."

„Und was machen wir jetzt mit unseren Informationen und unseren Hexen? Ob es über den Tänzelfestplatz so eine Sage gibt, das weißt du nicht zufällig?" Vincent ließ seinen Zeigefinger geistesabwesend kreisförmig um das Weißbierglas streichen.

„Ich kann die bekanntesten Sagen über diese Gegend ja mal studieren. Im Regionalradio werden nachts immer Sagen abgespielt. Vielleicht haben die was im Archiv."

„Wenn uns jemand zuhört, dann sind wir geliefert. Wir wollen einen Fall klären und reden über Hexen und Sagen. Wir können nur hoffen, dass wir eine gemeinsame Zelle oben im Bezirkskrankenhaus bekommen. Mit dir zusammen in der geschlossenen Abteilung sitzen, das hätte doch was." Vincent grinste Vanessa an.

„Du bist echt unmöglich." Vanessa schlug mit ihrer kleinen Faust auf den trainierten Oberarm von Vincent. Trotzdem kippte er gespielt um und rieb seinen Arm, als wäre er von einem Lastwagen gestreift worden.

„Du Lusche", zog sie ihn auf.

„Ich geb dir gleich Lusche." Vincent hatte sich blitzschnell wieder aufgesetzt. Er hielt die Hände von Vanessa fest und kitzelte sie ordentlich durch, dass sie sich kreischend wand und um Gnade flehte.

„Ach, jetzt ist die Wiwi gar nicht mehr so frech wie gerade noch? Na, dir werde ich helfen." Vincent erhöhte noch einmal den Kitzellevel. Ihr Lachen und Kreischen ließ seine Ohren klingeln. Nur langsam ließ er von seiner Freundin ab, die eine gesunde Rotfärbung vor Anstrengung hatte. Sie brachte ihre Haare wieder in Ordnung, die in sämtliche Richtungen hingen und in Strähnen ihr Gesicht bedeckten. Nur langsam beruhigte sich ihr schwerer Atem.

„Ich schau dir in Zukunft beim Anstoßen nicht mehr in die Augen." Vanessa streckte die Zunge heraus.

Vincent sprang auf, hob mit Leichtigkeit seine zartgebaute Freundin vom Terrassenmöbel hoch und schwang sie sich im nächsten Moment wie einen Sack Mehl über die Schulter.

„Dann muss ich den guten Sex wenigstens heute noch ausnutzen." Vincent strebte mit ausgreifenden Schritten dem Schlafzimmer entgegen. Vanessa hieb spielerisch auf den Hintern ihres Freundes ein, wehrte sich zum Schein, lächelte aber in Vorfreude vor sich hin und ließ sich ins Schlafgemach tragen.

Kapitel 20

Sonntag, 22. Juli 2018

Schon einige Stunden vorher waren die besten Plätze belegt. Junge Leute hatten es sich auf den Anhöhen über der Stadt gemütlich gemacht. Im Westen war gegenüber des Waldfriedhofs ein Parkplatz, der an diesem Tag rappelvoll war mit Autos. Bier in Kästen und Sixpacks standen auf dem angrenzenden Grasstück. Klappstühle waren mitgebracht worden. Die Aussichtsbänke waren schon seit dem Nachmittag belagert. Es herrschte eine ausgelassene, fröhliche Stimmung. Junge Männer versuchten, die Gunst von Mädchen und jungen Frauen zu erringen, indem sie mit dem üblichen Imponiergehabe ihre Coolness und vermeintliche Stärke zur Schau stellten. Um das zu unterstreichen, mussten Automotoren immer wieder zum Aufheulen gebracht werden. Die holde Weiblichkeit ließ sich auch auf dieses Balzwerben ein und bekundete ihr Interesse am anderen Geschlecht durch infantiles Kichern mit der Freundin oder durch betontes Nichtbeachten. Doch aus den Augenwinkeln wurden die Männer der Begierde beobachtet. Nichts konnte enttäuschender sein, wenn man so tat, als beachtete man den Jüngling nicht, dieser aber von der heimlich Schmachtenden tatsächlich nichts wissen wollte und sein Augenmerk im schlimmsten Falle noch der Freundin des Mädchens galt.

Wie jedes Jahr konnte man die Dunkelheit nicht erwarten. Praktisch minütlich wurde auf die Uhr gesehen und dem letzten großen Highlight des Tänzelfestes entgegengefiebert. Die Menschen konnten über die ganze Stadt blicken, bis hinüber zur östlichen Erhöhung des Moränentales, in dem das malerische Städtchen im Allgäu angesiedelt war. Dort drüben am Fünfknopfturm konnten die Besucher das anstehende Feuerwerk genauso gut genießen. Der Vorteil war, dass am Wahrzeichen Kaufbeurens bewirtet wurde. Auch hier an der östlichen Stadtmauer entlang war die Stimmung blendend. Gelächter war zu hören, Witze wurden gemacht und immer wieder über die Stadt geblickt, ob nicht doch schon das Feuerwerk zu sehen war. Doch vor 22 Uhr würde keine Rakete im Abendhimmel explodieren. In die gute Laune mischte sich jedoch auch wie jedes Jahr Wehmut. Ihr Volksfest, das doch gerade erst begonnen hatte, war nun fast schon wieder vorbei. Als Bonustag gab es seit langer Zeit noch den Montag als Familientag, mit reduzierten Preisen bei allen Fahrgeschäften. Eine letzte Gelegenheit, um noch einmal auf den Rummel zu gehen und das Fest bis zum nächsten Jahr zu verabschieden.

Eine kleine Gruppe mit älteren Damen und Herren in Allgäuer Tracht, die je ein Bier- oder Weinglas in der Hand hielten, resümierten gerade laut lachend über jenen Tag, als der Dirigent einer Blaskapelle seine Musiker seine eigene Vorstellung von Stimmungsmusik anstimmen ließ, bis er letztendlich wütend davongestapft war. Diejenigen, die davon bisher nichts wussten, schüttelten mit erstauntem Gesicht und offenen Mündern die Köpfe und gaben belustigte *Ach*-Laute von sich. Der Erzähler schmückte, angespornt von dem großen Interesse, seine Geschichte bunt aus. Der Festwirt habe den Dirigenten wild mit einem Maßkrug fuchtelnd aus dem Zelt verbannt. Wie ein geprügelter Hund sollte der Dirigent fluchtartig verschwunden sein. Diese Sichtweise hatte der Berichterstatter jedoch exklusiv. Aber aufgrund des Unterhaltungswertes wurde dem Erzähler gerne geglaubt.

Vanessa und Vincent hatten sich eine ruhige Stelle abseits der traditionell stark frequentierten Treffpunkte gesucht. Vincent kannte einen Platz in der Nähe des Waldfriedhofes, von der die Stadt überblickt werden konnte. Man musste ein paar Minuten lang gehen, aber seltsamerweise kam niemand sonst hierher. So hatte das Paar die Bank für sich alleine und Vanessa legte verträumt ihren Kopf an die Schulter von Vincent. Keiner der beiden sprach ein Wort. Sie waren sich der Anwesenheit des anderen bewusst und genossen die Stille, die nur durch das Zirpen von Grillen gestört wurde. Sie waren sich einig, dass das nun die schönste Zeit des Jahres war. Der Sommer war schon seit Wochen in Hochform. Die Luft roch nach Gras und Heu. Eine leichte Brise ließ das zitronengelbe Kleid von Vanessa leicht im Wind spielen. Nur ein leichtes Jäckchen hatte sie sich an diesem lauen Abend umgelegt. Vincent hatte den Arm um seine Freundin gelegt und streichelte sie zart. Sie hatten eine Flasche Rotwein mit zur Anhöhe gebracht, dazu zwei Gläser, und tranken mit kleinen Schlucken, aber stetig die Flasche leer.

Sie hatten völlig vergessen, warum sie hier saßen, als plötzlich vor ihnen ein weißer Strich in den Himmel fuhr und sich in einen Lichtblitz verwandelte. Der Knall war erst wenige Sekunden später zu hören. Der Vorgang wiederholte sich noch zwei Mal. Dann war wieder Stille. Das Paar hatte sich aufgesetzt und wartete, wie zigtausende Einwohner und Besucher der Stadt auch, dass es losging.

Dann ein roter Strich, der gen Himmel fuhr und in weit über hundert Metern Höhe eine rotweiße, feurige Blume entwickelte, die sich kurz darauf in Wohlgefallen auflöste. Doch kaum war die erste Feuerwerksblume gestorben, leuchtete die nächste auf, um ebenfalls schnell wieder zu vergehen. Zunächst in regelmäßigen, langsamen Intervallen wurde der Himmel von Explosionen erleuchtet, die jedoch immer kürzer wurden, und Rakete nach Rakete erstrahlte im abendlichen Himmel auf. Aus der Ferne hörte man die *Aaahhh*- und *Ooohhh*-Rufe der Zuschauer. Nach vielfarbigen Erscheinungen am Himmel änderte sich der Anblick. Die nächsten Feuerwerkskörper ließen den Eindruck entstehen, als flössen feurige Wasserfälle gen Boden, nachdem sie ihre Pracht entfaltet hatten. Doch auch diese Illusionen verblassten immer wieder, wenn die Brennmittel verbraucht waren.

Es gab Phasen, an denen Tempo gemacht wurde. Der Zuschauer wusste nicht, welchem Gebilde er nachschauen sollte. Sobald er eines fixierte, verglühte es und neue Bilder entstanden.

Nach fünfzehn Minuten Choreografie wurde der Himmel wieder dunkel. Doch die Augen wandten sich noch nicht ab, denn nach mehreren Sekunden schien der Himmel in eine Farbextase zu geraten. Das große Finale wurde in die Luft geschossen. Alle Arten von Raketen waren zu sehen, die Luft war geschwängert von Licht und dem Wummern der explodierenden Feuerwerkskörper. Im Sekundenrhythmus schaute das Publikum von einer Attraktion zur nächsten, bis die letzten Raketen entflammten und sich ein Glitzerregen in Gold und Rot auf die Stadt zu legen schien.

Kurz darauf zischten wieder drei weiße Raketen in die Luft, drei Lichtblitze waren zu sehen, drei Explosionen zu hören. Das Zeichen, dass das alljährliche Abschlussfeuerwerk des Kaufbeurer Tänzelfestes zu Ende war.

Vanessa und Vincent sahen aneinandergeschmiegt, immer noch beeindruckt, in den nun wieder dunklen Himmel. Vincent nahm sein Glas und stieß mit seiner Freundin an. Er räusperte sich.

„Du, Wiwi", sagte er mit belegter Stimme.

„Ja, mein großer Vince?"

Sekundenlange Stille. Ein Räuspern.

„Du, Wiwi, ich glaub, ich …"

Vanessa sah Vincent ins Gesicht. Trotz der Dunkelheit konnte sie seinen sehr ernsten Gesichtsausdruck erkennen.

„Was ist los?" Sie hatte plötzlich ein mulmiges Gefühl. Würde er ihr jetzt und hier sagen, dass er sich in eine andere Frau verliebt hatte, oder dass ihre Beziehung keinen Sinn hatte, weil das Pendeln so eine Belastung war? Würde ihre Liebe jetzt wie eine große Rakete zerbersten und sterben? Hatte er deshalb dieses Ereignis gewählt, um sich zu trennen?

„Es fällt mir echt nicht leicht, Wiwi."

„Sag es einfach gerade heraus", antwortete Vanessa angespannt und mit so viel sachlicher Kühle in der Stimme, die sie aufzubringen im Stande war.

Ein Räuspern. „Vanessa." Sie bemerkte sofort, dass er sie nicht mehr mit ihrem Spitznamen ansprach und wäre fast weinend davongelaufen, war aber wie erstarrt.

„Vanessa, kannst du dir vorstellen, mit mir ein Kind zu haben?"

„Was?!", rief sie erstaunt aus.

„Tut mir leid, vergiss es einfach, ich hab nix gesagt." Vincent winkte mit den Händen schnell ab.

„Du spinnst doch total, Vince. Du Vollidiot." Vanessa schlug mit der flachen Hand immer wieder auf den Oberarm Vincents.

„Ich hab doch gesagt, es tut mir leid." An diesem fortgeschrittenen Abend konnte sie wenigstens nicht seine roten Wangen der Scham sehen. Er versuchte nicht, ihre Schläge abzuwehren.

„Erschreck mich bitte nie wieder so! Mann o Mann." Vanessa warf sich an den Hals von Vincent und sagte an sein stoppeliges Kinn: „Oh, Vince, ich kann mir nichts Schöneres vorstellen, als mit dir zusammen ein Kind zu haben." Vanessa konnte und wollte ihre Tränen nicht zurückhalten. Vincent glaubte, sich verhört zu haben, aber ihre Anhänglichkeit zeigte ihm, dass er offensichtlich doch keinen Ohrenarzt aufsuchen musste. Glücklich umarmte er seine Wiwi, drückte sie an sich. Kurz darauf küssten sie sich heiß und innig. Nach langen Minuten nahm Vincent Vanessa an die Hand, um mit ihr zu Hause ein privates, intimes Feuerwerk zu zünden.

Kapitel 21

Der letzte Tag des Tänzelfestes war angebrochen. Gegen Mittag öffneten die Buden mit den verschiedenen Leckereien, die feilgeboten wurden, die Betreiber der Losbuden, das Jagdhaus und die Fahrgeschäfte begannen ihre Arbeit. Dieser Tag versprach traditionell ein gutes Geschäft für die Schausteller. Die reduzierten Preise des sogenannten Familientages lockten, obwohl es ein normaler Werktag war, viele Besucher auf den Platz. Einige Fahrgeschäfte hatten Zettel angeheftet, dass Aushilfen zum Abbau gegen gute Bezahlung gesucht wurden. Schmerzlich wurde den Menschen gewahr, dass ihr geliebtes Tänzelfest zu Ende ging. 51 Wochen musste nun gewartet werden, bis das größte Kinderfest Bayerns wieder eröffnet wurde. Die mittelalterlichen Kleidungsstücke, die man sich vom Tänzelfestverein ausleihen konnte, würden wieder in den Schränken verstaut und bis zum nächsten Sommer vergessen werden. Doch noch schallte überlaute Popmusik vom Autoscooter heran, es roch immer noch nach gebrannten Mandeln und Bratwürsten. Am Abend im Bierzelt würde eine bekannte Coverband aktuelle Lieder und Stimmungsmusik zum Besten geben. Die Menschen lachten und tranken. Doch noch vor Mitternacht würden die Lichter erlöschen, die Musik würde verklingen, es würde Stille auf dem Tänzelfestplatz einkehren und die direkten

Anwohner würden endlich für die nächsten Monate ihre Ruhe haben.

Kerstin und Sebastian Weiler nutzten die letzte Gelegenheit, das Fest zu besuchen. Immer wieder kam etwas dazwischen, doch am letzten Tag hatte es am späten Nachmittag doch noch geklappt. Kein Jahr hatte es seit ihrer Jugendzeit gegeben, an dem sie das Tänzelfest verpasst hatten. Es war der Ort, an dem sie sich vor 24 Jahren näherkamen und sich — natürlich – am Autoscooter, welches damals schon an der exakt gleichen Stelle stand, zu den lauten Klängen des Songs *Zombie* von den *Cranberries* küssten. Es wurde ein Ritual daraus, dass sie Hand in Hand zum Autoscooter schlenderten und sich auf der Nordseite auf der zweiten Stufe wie damals küssten. Nach sechs Jahren Beziehung gingen die beiden zum ersten Mal als Ehepaar auf den Platz. Mit den gummigedämpften Wagen fuhren sie aber nicht mehr. Mit knapp vierzig Jahren musste man sich nicht mehr von übermütigen Jugendlichen wegrammen lassen, waren sie sich einig. Ein paar Euro am *Jagdhaus* hinterlassen, um ein paar Blümchen zu schießen, das musste immer sein. Eine große Tüte Magenbrot wurde gekauft und gemeinsam verputzt. Obligatorisch war auch immer die Fischsemmel mit viel Zwiebeln. Da beide das Gleiche aßen, war der anschließende Mundgeruch kein Thema. Wenn die Umstehenden damit ein Problem hatten, konnten sie es gern für sich behalten.

Fesch sahen sie aus. Kerstin hatte ihr Lieblingsdirndl an. Ein dunkles Grün, mit einer hellgrünen Schürze. Ihr Dekolleté sah sich Sebastian immer noch sehr gerne an. Als gebürtiger Kaufbeurer legte er sehr großen Wert darauf, dass er nur in einer echten Hirschlederhose auf dem Tänzelfest gesehen wurde. Zufrieden und glücklich mit sich und dem Fest flanierte das Paar über den Platz, um Ausschau nach bekannten Gesichtern zu halten. So manche Hände wurden geschüttelt, die Damen küssten sich über die Schulter hinweg in die Luft, und Smalltalk wurde gemacht. Man war sich einig, dass man in diesem Jahr so richtig Glück hatte mit dem Wetter. Lediglich ein Gewitter war zu verzeichnen, ansonsten waren die letzten zwei Wochen trocken und heiß. Über die jüngsten Ereignisse wurde natürlich auch gesprochen und synchron wurden die Köpfe geschüttelt, wenn über den jungen Mann gesprochen wurde, der erst mit einem Gewehr rumgeballert hatte und am nächsten Tag eine Frau verprügelte. Als man sich einig war, dass alles immer schlimmer wurde, trennten sich die Wege wieder.

Am Riesenrad angekommen, legten die beiden den Kopf in den Nacken und sahen die 30 Meter bis zum Scheitelpunkt nach oben. In gemächlichem Tempo stiegen die kleinen, runden Gondeln nach oben, um am Peaklevel scheinbar kurz zu verharren, um danach wieder nach unten zu gleiten. Ein beeindruckendes Bild von Mächtigkeit und doch auch von Ruhe.

„Sollen wir eine Runde drehen?", fragte Sebastian.

„Du weißt doch, dass ich Höhenangst habe." Kerstin sah ihren Mann mit einer Mischung aus Furcht und freudiger Erwartung an.

„Ich sehe es dir doch an, dass du damit fahren willst. Stimmt's?"

„Ich weiß nicht", sagte Kerstin unsicher.

„Stell dir mal den tollen Blick vor, den wir über den Platz und die Stadt haben werden."

„Hmja, okay. Aber bloß, wenn du nicht schaukelst."

„Versprochen, ich verhalte mich ganz ruhig und rühr mich nicht. Deine Hand halte ich auch. Dir wird nichts passieren. Außerdem ist das total sicher, da hat der TÜV die Hand drauf. Wenn da was nicht in Ordnung ist, dann darf das auch nicht betrieben werden", erläuterte Sebastian seine nachvollziehbaren Argumente.

„Komm, lass uns fahren, bevor ich es mir anders überlege." Kerstin ging voran und zog ihren Mann hinter sich her, der perplex grinsen musste.

Warum die Kassenhäuschen oft so Minifenster hatten, das war Kerstin nicht klar. Dazu kam noch, dass die Hälfte der Scheibe noch mit irgendwelchen Informationen zugeklebt war. Neben den Preisen für die Fahrchips hing auch hier ein Zettel, dass Helfer für den Abbau gesucht wurden. Kerstin sah von dem Gesicht im Kassenhäuschen nur Schemen. Lediglich die behaarten Hände konnte sie sehen, die ihren Geldschein nahmen und zwei rosarote rechteckige Plastikkärtchen durchreichten. Dass der Mann darin kein Wort sprach, weder ein *Hallo* noch bedankte er sich, ärgerte sie kurz. Aber sie waren ja nicht hier, um sich aufzuregen, sondern um sich zu amüsieren. Die Gondeln des Riesenrades leerten sich nach und nach. Fröhliche Menschen trampelten scheppernd die Blechstufen hinab, um ihrer Wege zu gehen. Zum nächsten Fahrgeschäft, zu einem Getränkestand oder wohin auch immer.

Der Einweiser war im Gegensatz zum Kassenmann umso netter. Höflich bot er der Dame zuerst einen Platz an und führte sie an der Hand hinein. Er verbeugte sich vor Sebastian und ließ ihn die Gondel besteigen. Er verriegelte den Eingang und nahm die beiden Chips entgegen. Er wünschte eine gute Fahrt, das Riesenrad drehte sich auf ein

Zeichen um ein paar Grad weiter, stoppte und der Einweiser ließ galant die nächsten Gäste einsteigen. Mehrere Male wiederholte sich das *Stop-and-go*, bis ein Großteil der Gondeln belegt war. Dann hupte es kurz und das Rad begann sich in regelmäßigem Tempo zu drehen. Je höher sie kamen, umso leiser wurden die Geräusche. Der Wind war stärker zu spüren und das Paar konnte wunderbar den belebten Rummelplatz überblicken. Es ging wieder abwärts, die Geräusche wurden lauter, einzelne Gespräche konnte man hören, bis sie fast bis auf Augenhöhe mit den wartenden Nachfolgegästen waren, ehe die Gondel wieder nach oben fuhr. Sebastian hatte Wort gehalten, bewegte sich nicht und hielt lächelnd die Hand seiner Frau, die sich mit einer Hand am Geländer festhielt, während sie mit der anderen die ihres Mannes quetschte.

„Schau mal, da drüben." Sebastian zeigte nach Osten, um seine Frau abzulenken. „Dort oben wohnt der Eric, da, das große Haus mit der blauen Markise."

„Stimmt. Toll, dass man das so gut erkennt von hier oben."

Immer wieder zeigte der 40-Jährige in verschiedene Richtungen, um zu erklären, was er sah. Lächelnd schaute er seiner Frau ins Gesicht, die trotz ihrer Furcht glücklich aussah. Sebastian blinzelte, sein Lächeln bestand noch, hatte aber etwas Maskenartiges. Er rieb sich mit Daumen und Zeigefinger die Augen und sah Kerstin wieder an. Ihr Gesicht schien zu verschwimmen. Sein Gehirn schien ihm einen Streich zu spielen. Die schönen schwarzen Haare seiner Frau schienen ihren natürlichen Glanz zu verlieren. Ihr Gesicht wirkte jünger, aber ihre Fröhlichkeit verschwand. Ihr Teint verblasste und wich einer ungesunden

Gesichtsfarbe. Erneut rieb er seine Augen, diesmal mit den beiden Handballen, da er sein Gegenüber nicht scharf fokussieren konnte. Eigentlich hatte er nie Probleme mit den Augen, und es gab keinen Grund, eine Sehhilfe zu tragen. Kurz sah er wieder das Gesicht seiner Frau, die nicht mehr lächelte, sondern ihn fragte, ob alles in Ordnung wäre. Doch die Frage hörte er, als hätte er Gehörschutz in den Ohren. Er nickte, war sich aber nicht sicher, ob es ihm tatsächlich gutging. Setzte ihm die Höhe so zu? Unwahrscheinlich. Vor großer Höhe hatte er nie sonderlich Angst gehabt. Ihr Dirndl war nicht mehr schön; er glaubte, ein altes, zerlumptes grünes Kleid zu sehen. Nie würde seine Frau mit so einem hässlichen schmutzigen Kleidungsstück unter die Leute gehen, geschweige denn, so etwas Unansehnliches überhaupt besitzen. Derartiges wäre längst im Altkleidercontainer verschwunden. Er fixierte mit den Augen seine Frau, doch wieder verschwamm ihr Gesicht. Der Blick von Kerstin kam ihm grotesk vor, sie starrte ihn an, ohne zu blinzeln, mit Augen, die ihm am ganzen Körper eine Gänsehaut verursachten. Die Höhe machte ihm keine Angst, aber diese schrecklichen Augen. Er sah eine Hand auf sich zukommen, die seinen Schenkel berühren wollte. Knöchern, wächsern, mit dünnen Fingern, bei denen die Fingernägel eingerissen waren.

„Was ist los mit dir, Basti?"

Undeutlich, wie unter Wasser, vernahm er die Stimme, die scheinbar von seiner Frau kam. Kurz bevor die Hand ihn berührte, sprang er auf, die Gondel schaukelte heftig von links nach rechts und wieder zurück.

„FASS MICH NICHT AN!" Das Gesicht von Sebastian hatte sich vor Pein verzogen. Ruckartig wurde die Hand zurückgezogen.

„Was hast du denn? Wackel nicht so, ich hab Angst!", rief eine zitternde Stimme, die aus dem verunstalteten Antlitz zu ihm durchdrang. Sebastian kauerte sich in eine Ecke seines Sitzplatzes und kreuzte die Arme schützend vor seinem Körper.

„Wer bist du?", fragte er in Agonie. Er hörte konzentriert der Stimme zu, die aber nur undeutlich zu vernehmen war. „Nein, das kann nicht sein!" Wieder hörte er angestrengt zu, obwohl seine Frau kein Wort gesagt hatte und vor Angst erstarrt war. „Wie soll ich dir denn helfen können?", fragte Sebastian sein Gegenüber. „Das kann ich nicht. Nein, sie kann doch nichts dafür, Greti."

Sebastian drückte sich noch weiter in seinen Sitz hinein, doch der Kunststoff gab nicht nach.

„Bleib wo du bist … BITTE!" In Abwehrhaltung streckte er seine Arme aus, die Handflächen nach außen. Von alldem bekamen die gut gelaunten Besucher nichts mit, die mit sich selbst beschäftigt waren und ungeduldig darauf warteten, bis sie an der Reihe waren, während die Gondel mit Kerstin und Sebastian wieder an Höhe gewann.

„Bitte, Greti. Ich würde dir helfen, wenn ich könnte. Aber das kann ich nicht. Bitte, tu mir nichts." Sebastian hatte die Augen weit aufgerissen. Seine Lederhose bekam am Eingriff einen dunklen Fleck, der langsam immer größer wurde. Sebastians Blase hatte sich geleert, doch merkte er davon nichts. Kerstin war immer noch zur Salzsäule erstarrt. Ihr Gehirn war mit der Situation überfordert.

Langsam näherte sich die Gondel wieder dem Scheitelpunkt. Sebastians Augen traten aus den Höhlen, er rief: „Komm nicht näher, lass mich in Ruhe. Geh weg!" Seine Füße kratzten über das Riffelblech des Aluminiumbodens, während er weiter versuchte, von der Gestalt/seiner Frau wegzukommen. Mit der Kraft seiner Beine schob er seinen Körper in die einzige Richtung, die noch möglich war: nach oben. Er drückte sich ab, stand nun auf der Sitzbank. Doch der Abstand wurde dadurch nicht größer. Sebastian zog sich mit den Händen das Geländer hoch und kletterte darauf und darüber. Kerstins Erstarrung löste sich im letzten Moment, als sie die Gefahr erkannte, in der Sebastian schwebte. Sie sprang von ihrem Sitz nach vorne und erwischte den Fuß ihres Mannes, der im gleichen Augenblick von ihr noch weiter zurückweichen wollte und über das Geländer kippte. Kerstin krallte sich in den Fuß und stürzte nach hinten, als sie mit dem Schuh in der Hand auf ihren Sitzplatz zurückfiel. Im Gegensatz zu den ungezählten Augenzeugen sah sie nicht, wie ihr Mann, ohne einen Laut von sich zu geben, der Erde entgegenstürzte und nach ewig erscheinenden Sekunden mit einem ohrenbetäubenden Scheppern auf das Bodenblech des Riesenrades aufschlug. Die Menschen riefen und kreischten entsetzt. Drei Meter entfernt von den Menschen, die darauf gewartet hatten, dass die Fahrt ihrer Vorgänger endete, lag Sebastian mit unnatürlich verrenkten Gliedmaßen auf zwei Stufen. Man musste kein Arzt sein, um festzustellen, dass er tot war. Zwei Frauen übergaben sich vor das Absperrgitter. Der Einweiser schaute fassungslos auf den leblosen Körper, der praktisch neben ihm aufgeschlagen war. Von oben herab schwebte die Gondel mit einer geschockt blickenden Frau, die mit verkrampften Händen einen Schuh festhielt und nicht verstand, was geschehen war, ehe das Riesenrad sie wieder nach oben brachte.

Kapitel 22

Das stroboszierende Blaulicht des Notarztes und der Polizei gab den Besuchern, die es noch nicht bemerkt hatten, die Information, dass es dort beim Riesenrad etwas Interessantes zu sehen gab. Wie Motten vom Licht wurden die Menschen davon angezogen, bis sich eine ordentliche Menschenmenge angesammelt hatte. Sie reckten die Köpfe, schaukelten hin und her, um einen Blick darauf werfen zu können, was dort geschehen war. Die Sanitäter hielten ausgebreitete Decken hoch, um den Unfallort nach Möglichkeit vor den neugierigen Blicken abzuschotten. Einige Personen, die hautnah mit ansehen mussten, wie das Opfer auf dem Boden aufschlug, mussten mit einem Schock in einem Rettungswagen behandelt werden. Einer der Schaulustigen hatte sein Smartphone hoch in die Luft gestreckt und schwenkte es hin und her, um ja nichts zu verpassen. Rücksichtslos schob er sich durch die Menge, um näher an den Ort des Geschehens zu gelangen. Ein resoluter, schmerbäuchiger Mann war so genervt von dessen Drängelei, dass er ihm das Telefon aus der Hand schlug, das im hohen Bogen über die Leute flog und auf dem Boden zerschellte. Ein empörter Ausruf des Filmers folgte, Beleidigungen wurden ausgetauscht, was in einem Handgemenge endete, das die Security unterband, indem sie sich zwischen die Streithähne stellte und sie trennte. Verbal wurde weitergeschimpft. Es wurde mit Anzeigen und Schadensersatzforderungen gedroht, bis beide in entgegengesetzte Richtungen davongezerrt wurden. Die restlichen Gaffer waren sich einig, dass das unerhört war, diese Szene hier zu filmen, und gaben dem dicken Mann recht. Sie reckten wieder die Hälse, um besser sehen zu können.

Nachdem endlich weitere polizeiliche Unterstützung eingetroffen war, wurden die Menschen höflich, aber bestimmt zurückgedrängt und der Bereich weiträumig abgesperrt. Da es nicht mehr allzu viel zu sehen gab, lichtete sich die Ansammlung. Es wurde viel spekuliert; von einem Unfall war die Rede, andere waren sich sicher, dass es ein Selbstmord war.

Hauptkommissar Zeller und Oberkommissar Genocci schritten zügig auf die Absperrung zu. Ein junger, vielleicht 20-jähriger Polizeikollege sah die beiden auf sich zukommen und versteifte sich.

„Es haben nur Befugte Zutritt", sagte der junge Mann mit aller Strenge, die er aufbringen konnte, und stellte sich breitbeinig in den Weg.

Vincent und Carlo klappten mit einer synchronen Handbewegung ihr Ausweismäppchen auf und klärten ihn über Name und Rang auf, woraufhin der diensteifrige Jüngling die Kommissare passieren ließ. Höflich bedankte sich Vincent und ging mit seinem Kollegen Carlo zum Unfallort.

„Hallo Wiwi", sagte er zur Forensikchefin, die schon einige Minuten in ihre Arbeit vertieft war und vor dem bereits abgedeckten Leichnam kniete. „Kannst du mir schon was sagen?"

Außerhalb ihres Privatlebens gingen die beiden sehr förmlich miteinander um.

„Hallo Vince und ciao Carlo", nickte sie dem Oberkommissar zu. „Die Identität des Opfers und die Todesursache sind schon mal klar. Er heißt Sebastian Weiler, 40 Jahre alt, aus Kaufbeuren. Gemäß Augenzeugen fiel er von fast ganz oben aus einer Riesenradgondel, schlug hier auf. Todesursächlich war der Genickbruch. Wobei du dir denken kannst, dass er noch weitere Knochenbrüche und innerliche Verletzungen erlitten hat, die er nicht überlebt hätte. Er dürfte aus mindestens 25 Metern gestürzt sein."

Vincent sah sich das Riesenrad und die Gondeln an. Jede war mit einem ein Meter hohen Gitter umrahmt. Ein Rausfallen war ausgeschlossen. Aber man konnte durchaus hinaufklettern und den Schutz überwinden. „Man stürzt doch nicht einfach aus einer Riesenradgondel. Hat jemand gesehen, dass er darauf rumgeklettert ist?"

„Nein, das hat keiner gesehen, es gab erst Zeugen, als er gefallen ist. Aber es gibt einen Zeugen, der ausgesagt hat, dass es in einer dieser Gondeln recht laut war, als würde sich jemand streiten. Er konnte aber nicht mit Bestimmtheit sagen, dass es aus jener Gondel kam."

„Er war wohl nicht alleine?"

„Nein, er war mit seiner Frau auf dem Riesenrad. Kerstin Weiler, so ihr Name, wurde mit einem schweren Schock bereits ins Bezirkskrankenhaus gebracht. Sie musste noch zwei Runden mit dem Riesenrad drehen, weil der Aussteller als Erster zu Hilfe geeilt ist. Erst dann konnten die Besucher die Gondeln verlassen, die natürlich auch von der Rolle sind, weil sie das mit ansehen mussten."

„Ja, das muss man auch erst verarbeiten. Unfall können wir ausschließen. Du denkst wahrscheinlich auch zunächst, dass es ein Suizid war." Vincent sah wieder nachdenklich das Riesenrad an. „Aber er konnte ja nicht aufstehen und sich aus der Gondel werfen. Er musste mit Sicherheit mehrere Sekunden rumkraxeln. Da frag ich mich, konnte ihn seine Frau nicht davon abhalten?"

„Doch, das hat sie anscheinend versucht. Als man sie aus dem Riesenrad geführt hat, klammerte sie sich an den Schuh ihres Mannes und ließ ihn nicht mehr los. Gesagt hat sie kein Wort und hat nur ins Leere geblickt."

„Unser wichtigster Zeuge. Ich muss unbedingt mit ihr reden."

„Ob du da etwas aus ihr herausbekommst? Solche Schockzustände können unterschiedlich lange dauern, Stunden, Tage, Wochen ..."

Vincent sah seinen Kollegen an und hatte eine Idee.

„Wiwi, wie lange dauert es, bis du hier fertig bist? Würdest du mit mir versuchen, die Frau Weiler zu befragen?"

„Eine Stunde, höchstens. Der Bericht muss auch noch gemacht werden."

„Warum soll ich nicht mit?", echauffierte sich der Oberkommissar Genocci beleidigt.

„Carlo, mein Freund. Du hast super Qualitäten, wenn es um Verhöre geht. Du und ich, wir haben schon so manchen Bösewicht weichgekocht. Aber in dem Fall brauch ich jemanden, der ultrasensibel ist. Und das bist du einfach nicht. Sorry." Vincent schaute zerknirscht seinen Kollegen an.

„Na, dann macht mal schön." Carlo wirkte nicht sonderlich versöhnt.

„Du verstehst das doch, oder?"

Carlo machte mit den Fingerspitzen von Daumen, Mittel- und Zeigefinger eine typische italienische Geste, die gerne unter den Südländern benutzt wurde, um ihre Argumentation zu unterstreichen. Er sagte aber nichts dazu und winkte dann ab. „Ist schon gut. Dann hab ich heute mehr Zeit für meine Freundin."

„Da wünsche ich dir einen wundervollen Abend, mein Freund." Vincent lächelte seinem Kollegen zu, der zunächst mit stoischer Miene seinen Vorgesetzten ansah, aber dann doch irgendwann über das Gesicht Vincents grinsen musste.

Kapitel 23

Jeder Kaufbeurer wusste, was es hieß, wenn vom *Bergle* die Rede war. Auch Vincent wusste lange Zeit nicht, dass die psychiatrische Klinik eigentlich Bezirkskrankenhaus hieß, es war für ihn immer das *Bergle*. Wenn jemandes Geisteszustand infrage gestellt wurde, meist am Stammtisch, dann hieß es: „Du kommsch zum Bergle nauf." Immer, wenn Vincent diese Straße hinauffuhr, musste er an das Lied vom *Goldenen Reiter* von Joachim Witt denken. Er stellte den Dienstwagen auf dem Parkplatz des Bezirkskrankenhauses ab und stieg mit Vanessa zusammen die Stufen zum Eingang hoch.

„Wir möchten bitte zu einem behandelnden Arzt von Frau Weiler", sagte Vincent nach einer freundlichen Begrüßung zu der Dame in den Fünfzigern an der Anmeldung. Früher wurde dieses Gebäude wenig sensibel Irrenanstalt genannt. Die Angesprochene sah hinter dem Tresen über ihre Brille hinweg und studierte, mit wem sie es zu tun hatte.

„Ich hätte gerne einen Sechser im Lotto und eine Handtasche von Versace", sagte die korpulente Frau mit den rot gefärbten, lockigen Haaren trocken und verzog keine Miene.

„Ich auch, also, ich mein jetzt den Lottogewinn, nicht die Handtasche", schob er schnell nach. Vanessa kicherte.

Vincent zeigte der Frau, die gemäß ihrem Namensschild Eder, Marianne, hieß, seinen Ausweis. Unbeeindruckt schaute sie Vanessa an und nickte ihr mit einer energischen

Kinnbewegung zu, woraufhin auch sie ihre Identifikation preisgab. Frau Eder nickte zufrieden, nahm den Telefonhörer und wählte, ohne auf einem Telefonregister nachzusehen, eine Nummer.

„Anmeldung, Eder", sprach sie in das Gerät, „da sind zwei Polizisten, die wollen zum Schockfall."

Einige Sekunden vergingen, ehe sie das Gespräch beendete und sich mit einem knappen: „Kommt jemand" wieder ihrem PC widmete. Vanessa und Vincent standen da wie bestellt und nicht abgeholt.

Einige Minuten vergingen, ehe sich eine Glastür öffnete und sich ein dynamischer junger Mann um die dreißig mit raumgreifenden Schritten auf die Polizisten zubewegte. Er begrüßte erst charmant die Dame, dann den Herrn und stellte sich als Oberarzt der Neurologie, Florian Stemmeisen, vor. Statt eines weißen Mantels, wie man es von einem Arzt erwarten würde, hatte Dr. Stemmeisen eine schwarze Stoffhose und ein hellgrünes Poloshirt an. Auf der Brust bestätigte ein Namensschild seinen Titel und den Namen.

„Sie sind wegen Frau Weiler hier? Folgen Sie mir bitte."

Mit einer Selbstverständlichkeit ging der Arzt davon aus, dass ihm die Besucher folgen würden. Er führte die Kommissare zu einem Stehtisch, der mit vier hohen weißen Stühlen mit Rückenlehne ausgestattet war, auf die sie sich setzten. Vanessa hatte etwas Mühe, den Stuhl zu besteigen.

„Nun, Frau Vauban, Herr Zeller, wie kann ich Ihnen helfen." Als erwarte er eine anspruchsvolle körperliche Arbeit, rieb Stemmeisen die gepflegten Hände aneinander, die Unterarme auf dem Tisch liegend. Sein ganzes Wesen und die Körperhaltung, sein interessierter Blick suggerierten, dass er den Beamten sehr gerne ihre Wünsche erfüllen wollte.

„Danke, Dr. Stemmeisen", sagte Vincent. „Es geht um die Frau Weiler, die vorhin in Ihrem Hause untergebracht wurde. Wir wissen natürlich, dass Frau Weiler einen heftigen Schock erlitten hat. Aber es ist für die Ermittlungen wichtig, dass wir eine Aussage von ihr bekommen. Wir müssen möglichst viel erfahren, was am Festplatz geschehen ist."

Dr. Stemmeisen schürzte nachdenklich die Lippen. „Wir mussten die Patientin ruhigstellen und gaben ihr entsprechende Medikamente. Es ist sehr wahrscheinlich, dass sie schläft. Ich verstehe Sie sehr gut, dass Sie Ihre Ermittlungsarbeit machen müssen. Von dem her schlage ich vor, dass ich nach dem Zustand von Frau Weiler sehe, und wenn ich es verantworten kann, dass mit ihr kurz", hier hob der Arzt abrupt den Zeigefinger und sah die Beamten streng an, „gesprochen werden kann, dann erlaube ich einige wenige Fragen. Ein guter Kompromiss, wie ich finde."

Das hatte Vincent gehofft, aber wahrlich nicht damit gerechnet. Normalerweise schotten Ärzte ihre Patienten gerne lange vor der Polizei oder der Öffentlichkeit ab.

„Ganz in unserem Sinne, Herr Doktor."

„Dann kommen Sie bitte mit." Mit Schwung federte der sportlich gebaute Arzt von seinem Stuhl und ging bereits wieder voraus, während Vanessa und Vincent noch ihre Körper von den Stühlen schoben und eilig hinterhergingen. Dr. Stemmeisen blieb vor einer Glastür stehen und legte eine Schlüsselkarte auf ein Lesegerät. Mit einem Summen wurde die Tür entriegelt und schwenkte selbsttätig auf. Das Trio schritt einen mit Teppichboden belegten Gang entlang, ehe der Arzt genauso plötzlich stehen blieb, wie er losgelaufen war.

„Hier in diesem Zimmer befindet sich die Frau Weiler. Wenn Sie bitte hier warten wollen." Stemmeisen ging in das Krankenzimmer und schloss leise die Tür. Die beiden Beamten sahen sich in dem Gang um, der mit freundlichen Farben gestrichen war. Naturbilder hingen zwischen den Zimmern, überwiegend mit dem Thema Frühling. Freundlich und positiv sollte der Gang wirken.

Nach einigen Minuten kam Dr. Stemmeisen wieder aus dem Zimmer, diesmal weniger behutsam, und verkündete seine Entscheidung.

„Frau Weiler ist wach und sie hat zugestimmt, dass sie kurz mit ihr reden können. Ich gebe Ihnen fünf Minuten." Anscheinend lief die Zeit bereits, denn der Arzt sagte kein weiteres Wort mehr und sah nur zwischen den Beamten hin und her.

„Danke", sagte Vanessa und ging voraus in das abgedunkelte Zimmer. In dem einzigen Bett im Raum erkannte man schemenhaft eine weibliche Person. Unbewusst schlichen die beiden so leise wie möglich zur Patientin. Sie erkannten, dass die Frau zur Decke hochblickte, aber offensichtlich in ihren Gedanken verweilend. Sie sah wesentlich älter aus als die 40 Jahre, die angegeben waren.

„Frau Weiler? Hauptkommissar Zeller, Hauptkommissarin Vauban. Wir kommen Ihres Gatten wegen. Mein herzliches Beileid", sagte er leise. Aus dem Augenwinkel von Kerstin Weiler löste sich eine Träne. Die einzige Reaktion darauf, dass sie wahrnahm, dass jemand mit ihr sprach.

Vanessa näherte sich der Frau. „Können Sie uns sagen, was sich zugetragen hat? Lassen Sie sich ruhig Zeit."

Kerstin Weiler starrte noch einige Sekunden an die Zimmerdecke, wandte schließlich den Kopf zu Vanessa herüber und sagte mit schwacher Stimme: „Wir hatten unseren Jahrestag, es war so ein schöner Tag." Sie schluckte trocken, Vanessa reagierte und reichte ihr einen Becher vom fahrbaren Beistelltischchen. Dem Geruch nach Pfefferminztee. Frau Weiler nahm den Becher, hob den Kopf, um besser trinken zu können, und gab nach ein paar kleinen Schlucken den Becher zurück.

„Dann sind wir mit dem Riesenrad gefahren. Ich habe doch solche Angst vor der Höhe. Aber Basti meinte, das wird schön, man kann so viel sehen von dort oben. Und er hatte recht, es war echt toll." Sie lächelte bei der Erinnerung. „Aber dann ..." sie schüttelte den Kopf, ihr Gesicht verdüsterte sich, sie zog die Augenbrauen zusammen. „Dann plötzlich schaute er mich an, er hatte offensichtlich Angst vor mir. Aber warum denn? Ich saß doch nur da auf der Sitzbank und hab die Fahrt genossen."

„Hat er etwas gesagt dabei? Was geschah weiter?", fragte Vanessa, ohne dass Frau Weiler das Gefühl haben sollte, dass sie bedrängt wurde.

„Er hat sich in eine Ecke gedrückt und wirres Zeug geredet. So habe ich seine Augen noch nie gesehen. Dieser Gesichtsausdruck, diese Angst darin! Er will immer weiter weg von mir. Er spricht mit mir, ich soll ihn nicht anfassen. Er sagt etwas von Hilfe holen und dann vergisst er meinen Namen."

Vanessa und Vincent strafften sich und sahen sich im Halbdunkel an. „Wie hat er Sie genannt?", fragte Vanessa einfühlsam, obwohl ihr Inneres brodelte und sie sofort eine Antwort wollte.

Kerstin Weiler sah mit gerunzelter Stirn zur Decke hoch und überlegte. „Es war ein Name, der gar nicht zu mir passt … Greti sagte er zu mir, genau. Wie kann ich dir helfen, Greti." Mit der rechten Hand bedeckte die Frau ihre Augen. Mit zitternden Lippen weinte sie lautlos. Die Tür wurde geöffnet und eine ruhige Stimme, die von Dr. Stemmeisen kam, sagte: „Die fünf Minuten wären dann vorbei."

„Alles klar, Herr Doktor", sagte Vincent, „wir sind sofort fertig."

Der Arzt schaute abwägend auf seine Patientin und nickte.

Frau Weiler schniefte kurz und sagte nun mit lauterer Stimme, als wolle sie den Gedanken loswerden: „Dann zwängte er sich durch die Absperrung, ich wollte ihn noch aufhalten, aber dann war er weg. Eben war er noch da und im nächsten Moment war ich alleine in der Gondel. Das Einzige, was mir blieb, war der Schuh." Sie vergrub ihr Gesicht zwischen den Händen, ihr Körper bebte, und nun ließ sie ihrem Schmerz freien Lauf.

„Okay, das reicht. Wenn Sie bitte gehen wollen. Ich hoffe, Sie haben bekommen, was Sie wollten." Die Stimme von Dr. Stemmeisen war ohne Vorwurf, aber eindringlich.

„Danke, dass Sie das möglich gemacht haben, Herr Doktor, das hat uns sehr geholfen", sagte Vincent zum Rücken des Arztes, der sich bereits um seine Patientin kümmerte und noch kurz die Hand hob, um die Beamten zu verabschieden.

Kapitel 24

„Langsam finde ich es echt gruselig", sagte Vincent zu seiner Freundin, als sie auf dem Parkplatz im Wagen saßen. „Wieder diese Greti, kann das ein Zufall sein?" Nachdenklich sahen die beiden durch die Frontscheibe und sahen sich die alte, aber architektonisch schöne Fassade der psychiatrischen Klinik an. Vanessa suchte die Hand von Vincent, fand sie und drückte sie leicht.

„Das ist kein Zufall. Vince, wir sind Polizeibeamte, wir werden dafür bezahlt, dass wir mit Fakten arbeiten. Wir können jetzt wohl schlecht eine Pressekonferenz einberufen und verkünden, dass wir die Hexe vom Tänzelfestplatz suchen. Denn dann können wir die Suche ausweiten, nämlich nach einem neuen Job, wenn wir auch nur das Wort *metaphysisch* in den Mund nehmen."

„Das ist mir klar. Ich überlege ja auch fieberhaft, wie wir weiter vorgehen sollen." Vincent rieb mit Daumen und Zeigefinger zwischen Nasenwurzel und seinen geschlossenen Augen und atmete schwer aus. „Die Fakten werden im Bericht stehen, der Mann hat sich aus dem Riesenrad gestürzt. Es wird der Presse als Suizid mitgeteilt und damit hätte sich die Sache erledigt. Aber die Herrschaften von der Zeitung sind nicht dämlich, die sehen die Anhäufung der Vorfälle genauso und werden Fragen stellen."

„Wir könnten es dabei belassen", schlug Vanessa halbherzig vor, wohl wissend, dass Vincent nicht der Typ war, der etwas nicht zu Ende bringen wollte.

„Lass uns mal keine Bullen sein, Wiwi, was denkst du über Greti?"

„Du hast etwas gesagt, das ich als Quatsch abgetan habe. Ist die Hexe von Haberatshofen nach Kaufbeuren gekommen? Vince, ich weiß, es hört sich blöd an. Aber beim Brainstorming ist doch alles erlaubt, so absurd etwas auch klingen mag."

„Es gibt aber Unterschiede. Dort wurde von einer weißgekleideten Frau gesprochen, hier aber von einem Mädchen in einem grünen Kleid."

„Das um Hilfe bittet."

„Und dafür sorgt, dass Menschen sterben und verletzt werden", gab Vincent zu bedenken. „Wenn jemand um Hilfe ruft, dann will man demjenigen doch nichts Böses."

„Ich würde sagen, wir schreiben unsere Berichte für den offiziellen Bericht, dass für die Pressekonferenz alles bereit ist. Morgen werde ich mich in einige Allgäuer Sagen reinlesen. Und weil mein Vincent so ein Realist ist, sucht er in den Zeitungsarchiven nach einer Greti."

„Das ist eine super Idee, Wiwi. Und zu niemand ein Wort über unseren okkulten Ausflug."

Vanessa machte ihre Lippen schmal und zog mit den Fingern einen imaginären Reißverschluss zu. Sie lächelten sich an, und schließlich fuhr Vincent zurück zum Präsidium, um seinen Bericht abzuschließen und sich mit dem Staatsanwalt Rüdiger Möller für die Pressekonferenz abzusprechen.

Kapitel 25

Vincent begrüßte Annett Fichtl. Die Perle des Polizeipräsidiums strahlte ihn an und ging schnurstracks zum Kaffeevollautomaten, um ihm eine Tasse davon zu holen. Sie bückte sich, während die Maschine mit viel Getöse das Heißgetränk zubereitete und stellte den Haferdrink auf den Tresen in ihrem Büro.

„Magst eine Nussschnecke? Natürlich vegan", fragte die agile Sekretärin lächelnd.

„Aber immer doch, Annett, das weißt du doch."

„Einmal Kaffee und Schnecke für meinen Lieblingskommissar, bitteschön." Sie hatte aus einem Kunststoffbehälter das Selbstgebackene hervorgeholt und legte es Vincent auf einen Teller, den Kaffee stellte sie daneben. Vincent gab etwas vom Haferdrink in die Tasse und rührte gedankenverloren um.

„Geht's um den Toten von gestern?" Annett kannte Vincent besser als alle Kollegen und wusste seinen Gesichtsausdruck zu deuten.

„Ja, die Sache ist noch nicht abgeschlossen. Es muss geklärt werden, ob es ein Unfall oder ein Suizid war. Da steckt noch etwas Arbeit drin, bis wir das abschließen können."

„Schon komisch, dass in den letzten Tagen so übermäßig viel vorgefallen ist während dem Tänzelfest."

Vincent schaute die Sekretärin kauend an und überlegte, ob er Annett in seine ungewöhnliche Ermittlungsarbeit einweihen sollte, entschied sich aber schließlich dagegen. Vanessa und er hatten eben Stillschweigen vereinbart.

„Ja, das ist echt viel. Aber jetzt ist das Fest ja vorbei, jetzt wird alles wieder seinen gewohnten Gang gehen", sagte er und hoffte, dass seine Worte zutreffen würden. „Ich geh in mein Büro, ich muss Recherchearbeit betreiben. Sag Carlo bitte, dass ich eine ganze Weile beschäftigt sein werde."

„Mach ich, klar."

„Danke für den Kaffee und die Schnecke, wenn eine übrig bleibt, du weißt, wo ich bin." Vincent grinste Annett an, die ihm zublinzelte.

„Da bleibt eine übrig, glaub mir."

Vincent hob seine Tasse zum Gruß und verschwand in seinem Büro. Er drückte auf den Startknopf des PC's, der summend zum Leben erwachte.

Vincent hatte das Programm des Aktenarchivs geöffnet. Einerseits hoffte er, dass er etwas finden würde, andererseits war ihm nicht wohl bei der Sache. Er jagte einer Hexe hinterher oder einem Kind. Er war Polizeihauptkommissar, der mit beiden Beinen auf dem Boden der Tatsachen stand und nun nach einem Geist suchte? Vincent schüttelte den Kopf und überlegte, wonach er suchen sollte. Er gab in der Suchmaske das Wort *Greti* ein, das Programm fragte ihn, in welchem Zeitraum er suchen wollte. In die Zahlenfelder gab er das aktuelle Jahrzehnt ein. Kein einziger Treffer wurde ihm angezeigt. Die Suche war anscheinend zu speziell. Er glaubte nicht, dass etwas über eine Greti zu finden wäre und fragte das Suchprogramm nach Namen, die verwandt mit

Greti wären. Erstaunt mit hochgezogenen Augenbrauen sah er die Ähnlichkeiten an, die ihm gezeigt wurden: Greta, Grete, Gretchen, Gretel, Gret, Greti, Grit, Grita, Gritta, Griet, Gritli, Gretske, Greet, Greethe, Grietje. Neben den Kurzformen gab es noch Griseldis, Annegret, Margarete, Griselda und noch einige mehr.

„Na bravo", murmelte Vincent und rieb sich das stoppelige Kinn. „Nützt ja nix", motivierte er sich selber und bereitete sich auf einen langen Recherchetag vor.

Jahr für Jahr, Jahrzehnt für Jahrzehnt ging Vincent in der Zeit zurück und ließ sich die Ergebnisse anzeigen. Im laufenden Jahrtausend war die Suche ernüchternd. Die Berichte, die ihm angezeigt wurden, waren völlig uninteressant. Ab und zu unterbrach er seine Arbeit, um mit Vanessa per WhatsApp zu kommunizieren. Sie war vertieft in Sagenbücher, konnte aber bisher nichts finden, was Parallelen zu ihrem Mädchen *Greti* hatte. Aber sie beschwerte sich nicht; sie fand die Sagenbücher äußerst spannend.

Drei Kaffee und zwei Nussschnecken später war Vincent immerhin beim Jahr 1982 angelangt und arbeitete sich stoisch weiter in die Vergangenheit hinein. Doch je weiter er in der Zeit zurückging, umso lächerlicher kam er sich vor. Er überlegte, was er damals gemacht hatte, in dem Jahr. Die Schulbank hatte er gedrückt, er war ein durchschnittlicher Schüler auf dem Gymnasium gewesen und hatte an den Nachmittagen mit seinen Freunden meist nur Flausen im Kopf, wenn sie nicht auf dem Sportplatz Fußball bolzten. Zwölf Jahre war er alt gewesen, und schon damals kicherten die Mädchen hinter vorgehaltener Hand, wenn er an ihnen vorbeiging. Er dachte damals immer, dass sie ihn auslachten, dabei war es Verlegenheitslachen, weil die jungen Damen sich in ihn verguckt hatten. Grinsend dachte Vincent an seine glückliche Kindheit zurück, holte sich schließlich wieder aus seinen Gedanken und machte sich wieder an seine Sisyphusarbeit.

Nach einigen Stunden hatte er sich zurückgelehnt und klickte immer gelangweilter auf dem PC herum, um ihm irgendein Geheimnis zu entlocken. 1970, 1969, 1968 ... nichts von Wichtigkeit. Dann plötzlich setzte er sich gerade auf und starrte den Bildschirm an. Adrenalin durchflutete seinen bis dahin entspannten Körper und er war mit einem Schlag hellwach. Er klickte den Bericht an und las die Akte.

13. Mai 1960

Margarete Zaiser, geboren am 4. Juni 1947, wird seit dem 24. April 1960 vermisst. Die Vermisstenanzeige wurde von der Mutter, Agnes Zaiser, wohnhaft Honoldstraße 4 in 8950 Kaufbeuren, aufgegeben. Ihren Angaben zufolge kam das Mädchen nicht zum vereinbarten Zeitpunkt nach Hause. Margarete soll eine Freundin besucht haben, für die Frau Zaiser keinen Namen benennen konnte. Eine groß angelegte Suche wurde eingeleitet, bisher ohne Erfolg.

Das Mädchen wird wie folgt beschrieben: ca. 1,40 Meter groß, schwarze lange Haare, braune Augen. Bekleidet ist Margarete mit einem dunkelgrünen Kleid, weißen Kniestrümpfen und braunen Halbschuhen. Michael Klein, ein zwölfjähriger Schulkamerad, gab an, dass Margarete Zaiser Pläne hatte, ihr Zuhause dauerhaft zu verlassen. Gemäß der Aussage des Schülers wollte sie nach Süden reisen. Interpol wurde eingeschaltet, die Suche auf Österreich und Italien ausgedehnt.

gez. PHM Egger

20. *Mai 1960*
Es gibt im Fall Margarete Zaiser keine neuen Erkenntnisse. Die Zwölfjährige scheint spurlos verschwunden. Die Suche wurde eingestellt.

gez. PHM Egger

11. *Januar 1963*

Keine neuen Ergebnisse zur Akte Margarete Zaiser. Akte wird archiviert.

gez. PHM Egger

„Greti!", sagte Vincent leise zu sich selbst. „Wohin bist du verschwunden?" Er sah auf den flachen Bildschirm. Nun hatte er einen Namen. Das grüne Kleid wurde erwähnt, die schwarzen Haare. Vincent nahm sein Smartphone und rief Vanessa an.

„Und? Hat der starke Vincent etwas entdeckt?", fragte seine Freundin fröhlich.

„Komm bitte schnell zu mir ins Büro, ich habe Greti gefunden."

„Du hast was? Echt jetzt?" Vincent musste den Hörer von sich weghalten, so laut sprach sie.

„Komm her, ich zeig es dir, Bussi."

Kapitel 26

Ohne anzuklopfen war Vanessa ins Büro gestürmt. Begrüßungslos fragte sie: „Wo ist sie denn?"

„Nimm dir einen Stuhl und komm zu mir rüber an den PC. Hallo erstmal." Vincent spitzte die Lippen, die darauf warteten, von Vanessa geküsst zu werden. Gerne kam sie der stillen Aufforderung nach.

Nach einigem Hin- und Herrutschen sahen die beiden auf den Monitor, um die Einträge der Akte zu lesen.

„Ein Mädchen, grünes Kleid, schwarze Haare. Das deckt sich mit den Angaben von den Befragten", sagte Vanessa nachdenklich.

„Gruslig. Guck mal, Putenpelle." Vincent zeigte Vanessa seine Gänsehaut auf dem Unterarm.

„Oh, der Vincent hat Angst. Macht dich nur noch attraktiver," schmunzelte sie. „Recherchier doch mal, ob du die Mutter und den Michael Klein findest."

Ein paar Mausklicks später hatten die beiden die gesuchten Personen auf dem Bildschirm.

„Agnes Zaiser lebt tatsächlich noch. Sie ist 86 Jahre alt und wohnt immer noch an derselben Adresse. Michael Klein ist mittlerweile 70 Jahre alt und wohnt in Hirschzell drüben. Ich denke, wir sollten erst ihm einen Besuch abstatten." Vincent knabberte nachdenklich am Daumennagel.

„Worauf wartest du?"

„Wir können nicht offiziell auftreten, das macht mir Bauchweh. Wenn er sich beschwert, dann kann das disziplinarische Folgen haben."

„Dann sagen wir eben einfach so Hallo, das kann uns doch keiner verwehren."

„Okay, aber ich hab kein gutes Gefühl dabei. Ich fahre."

Eine knappe Viertelstunde später waren sie an der gesuchten Adresse angekommen. Ein nettes Viertel mit schmucken Einfamilienhäusern. Gepflegte Gärten und kein Durchgangsverkehr. Am Ende der Straße, an der ein gepflasterter Kreisverkehr gebaut war, der ein einfaches Umdrehen ermöglichte, fanden sie das Haus von Klein. Ein großes Schild aus Ton ließ sie schon von weitem erkennen, wer hier wohnte.

„Nett hat er es hier, da würde es mir auch gefallen", befand Vanessa, während sie die paar Schritte zur Haustür gingen.

Vincent stimmte seiner Freundin zu, während er die Klingel betätigte. Sekunden später wurde die Tür geöffnet und ein sportlich wirkender Mann, der jünger wirkte als 70 Jahre, etwa 1,80 Meter groß, stand vor ihnen. Sein Haar war zwar grau, aber noch in ganzer Fülle vorhanden. Er trug ein gelbes Polohemd und eine rote Hose. Freundlich lächelnd begrüßte er die Fremden.

„Ja bitte? Sie sehen nicht aus wie die Zeugen Jehovas, sie tragen keinen Rock." Er zeigte auf die Jeans von Vanessa.

„Nein, sind wir nicht, wir sind eigentlich von der Polizei", sagte Vincent zögerlich. „Das ist meine Kollegin Vauban, mein Name ist Zeller."

„Eigentlich?" Klein hob die Augenbrauen.

„Sie sind Herr Michael Klein?"

„Eigentlich schon, ja", konterte er. Und Sie haben bestimmt einen Ausweis dabei, stimmt's?"

„Ja, haben wir." Vanessa und Vincent zeigten ihre Dokumente. „Aber wir sind nicht offiziell hier, wenn Sie verstehen, was ich meine."

„Nein, das Verständnis bleibt mir verwehrt. Erklären Sie es mir. Aber kommen Sie doch erstmal rein. Meine Frau hat Kuchen gebacken, vielleicht wollen Sie ein Stück versuchen. Und jetzt ist sie gerade in ihrer Yogagruppe."

„Gerne, Herr Klein", sagte Vanessa. Gleichzeitig sagte Vincent: „Für mich bitte nicht, ich habe erst vor Kurzem etwas gegessen."

„Wie Sie wünschen. Eigentlich ... verdammt, schon wieder dieses Wort, wollte ich gerade zum Golfplatz fahren, aber der Platz läuft ja nicht weg, nicht wahr?", erklärte er lachend, während er mit Geschirr klapperte und den Beamten aufdeckte.

„Kaffee dazu?"

„Sehr gerne, Herr Klein." Vincent vermisste sofort seinen mit Haferdrink befüllten Flachmann, den er normalerweise immer dabeihatte. Also trank er ihn eben schwarz, nachdem Herr Klein ihn aus dem Vollautomaten gezogen hatte. Vanessa gab tüchtig Milch und Zucker dazu und biss herzhaft in den dunklen Schokoladenkuchen.

„Nun, was wollen Sie von mir?", fragte er interessiert, nachdem alle versorgt waren.

„Lass mich machen, Vince." Vanessa legte eine zarte Hand auf Vincents Arm.

„Also, es geht um Margarete Zaiser." Vielleicht hätte die Beamtin warten sollen, bis Herr Klein die Kaffeetasse abgestellt hatte. Er hustete in die Tasse und ein Schwall des Heißgetränkes verteilte sich auf der geblümten Tischdecke.

Vincent klopfte dem sportlichen Herrn zwischen die Schulterblätter, bis sein Husten vergangen war.

„Greti? Was ist mit ihr?" Sein Blick war eine Mischung aus Angst und Hoffnung.

„Womöglich haben wir eine Spur. Sie hatten angegeben, dass Sie vermuteten, dass Margarete in den Süden abgehauen war."

„Wir waren noch Kinder, gerade mal zwölf Jahre alt. Aber mal ehrlich, bei der Mutter wäre ich auch abgehauen. Damals kannte ich sie ja kaum, aber das, was ich von ihr erlebt habe, das war schon verrückt. Die mit ihrem Jesustrip. Man hat sie ja, auch nachdem Greti verschwunden war, nur in ihren weiten formlosen Kleidern gesehen und immer mit diesem fetten Holzkreuz. Sie redet nur mit den Leuten, wenn es nötig ist und schottet sich ansonsten komplett ab. Lediglich, wenn in der evangelischen Dreifaltigkeitskirche in der Kaiser-Max-Straße ein Orgelkonzert gegeben wurde, ging sie unter Menschen."

„Sagen Sie uns doch etwas darüber, als sie Margarete das letzte Mal gesehen haben. Am besten so viel wie nur irgend möglich."

Michael Klein schaute in die Ferne und man konnte sehen, wie er in seinem Gedächtnis in der Vergangenheit kramte. „Es war der letzte Tag vor den Osterferien, wir haben uns schön unterhalten und waren traurig, weil wir für die nächsten zwei Wochen getrennt sein würden. Ich hab doch nicht geahnt, dass ich sie nie wieder sehen würde." Klein rieb sich mit Daumen und Zeigefinger die Nasenwurzel. „Na ja, und dann gaben wir uns einen Kuss. Völlig unverfänglich, ein Bussi, mehr nicht, und das hat die alte Agnes gesehen und ist regelrecht ausgeflippt", winkte er ab.

„Romantisch war das auch nicht, weil wir uns so laut unterhalten mussten, wegen der Baumaschinen am Tänzelfestplatz. Dann trennten wir uns, und zwei Wochen später, zum Ende der Ferien, ist sie abgehauen."

Vanessa und Vincent sahen sich an und dachten dasselbe.

„Baustelle?", sagten die beiden unisono.

Michael Klein sah zwischen den Beamten hin und her.

„Ja, zwischen 1959 und 1961 wurde der Tänzelfestplatz gebaut. Wussten Sie das etwa nicht?"

„Äh, nein. Davon höre ich zum ersten Mal", sagte Vincent erstaunt.

„Ja, es wurde massenweise Bauschutt, Kies und Erde verarbeitet, um einen so großen Platz zu bekommen. Aber es gerät so viel in Vergessenheit."

Einige Zeit herrschte Schweigen. Klein hing seinen Gedanken nach, Vanessa und Vincent sahen sich an und kommunizierten mit den Augen.

„Herr Klein. Wir haben den Verdacht, dass Margarete gar nicht abgehauen ist", sagte Vanessa vorsichtig.

„Wie bitte?" Der 70-Jährige starrte die junge Frau vor sich an. „Ich verstehe nicht ganz ..."

„Vielleicht wurde ... Ihre Greti ... auf dem Platz ...", sie suchte ein passendes Wort, fand aber keines, „beerdigt."

„WAS?" Klein sprang vom Tisch auf, drehte sich im Kreis und rieb mit einer Hand sein Kinn. „Sie meinen, so ein krankes Arschloch hat Greti entführt, womöglich missbraucht und dann wie ein Stück Müll weggeworfen?"

„Herr Klein, genau dieser Gedanke ging uns gerade eben durch den Kopf, als Sie die Baustelle erwähnten." Vanessa sprach betont ruhig.

„Dann müssen wir Greti suchen. Jetzt!" Michael Klein hieb auf den Küchentisch, dass das Geschirr klapperte.

„So einfach ist das nicht. Wir wüssten ja gar nicht, wo wir suchen müssen. Der Platz hat an die viereinhalb Hektar."

Den Teil mit den Erscheinungen auf dem Tänzelfestplatz verschwiegen sie dem aufgebrachten Mann.

„Aber es muss doch etwas unternommen werden!", sagte Klein aufgebracht.

„Wie wir gesagt haben, wir sind inoffiziell hier. Von dem her bitte ich Sie, dass Sie mit niemandem darüber reden. Das kann uns den Job kosten, verstehen Sie?" Vincent sah Klein zerknirscht an.

„Alles klar, ich sage nichts, auch nicht zu meiner Frau. Über Greti haben wir nie gesprochen. Doch bitte, finden Sie sie."

„Wir überlegen uns etwas. Aber erst müssen wir abwarten, bis die Abbauarbeiten vom Tänzelfest abgeschlossen sind. So lange können wir eh nichts machen." Vincent stand auf, Vanessa tat es ihm gleich. Michael Klein blieb noch eine Weile nachdenklich sitzen, bis er sich ebenfalls erhob.

„Vielen Dank für den Kaffee und den leckeren Kuchen", sagte Vanessa.

„Vielleicht wollen Sie ein Stück davon mitnehmen, Herr Zeller? Lydia wird gerne hören, dass anderen Leuten der Kuchen schmeckt, obwohl er vegan ist."

Vanessa rempelte Vincent an und musste unweigerlich grinsen. „Vincent nimmt bestimmt gerne für später eine Ecke mit", sagte sie. Sie verabschiedeten sich von Herrn Klein, der für diesen Tag keine Lust mehr auf eine Golfrunde verspürte.

Kapitel 27

Zurück im Präsidium holte sich Vincent einen Kaffee bei Annett und setzte sich mit dem Kuchen von Frau Klein an seinen Arbeitsplatz. Genüsslich mampfte er das leckere Gebäckstück. Als er die letzten Brösel von der Folie gesaugt hatte, knüllte er sie zusammen und wischte die Hände aneinander. Nach einer halben Tasse Kaffee konnte man wieder mit ihm reden.

„Und wie schaut der weitere Plan aus, Herr Hauptkommissar?", fragte Vanessa.

„Wir graben den Tänzelfestplatz um."

„Witzbold. Ernsthaft jetzt."

„Margarete liegt da irgendwo unter dem Platz, da sind wir uns wohl einig. Meine These lautet, dass sie Opfer von einem Gewaltverbrechen und dort verscharrt wurde. Auch damals gab es schon so kranke Idioten. Doch wie sollen wir sie bitte finden?"

Vanessa schaute eine ganze Weile Vincent an, ehe sie sich vorsichtig zu sagen traute: „Ich kenn in Kempten eine Frau, eine Wünschelrutengängerin, die auch pendelt."

Vincent schlug mit der flachen Hand auf seinen Schreibtisch, dass Vanessa ihn erschrocken ansah.

„Jetzt wird es dann doch wirklich albern, oder? Du willst eine Frau mit Wünschelrute auf den Tänzelfestplatz schicken, um ein totes Kind zu finden. Jetzt wird es aber Zeit, dass wir wieder auf den Boden der Tatsachen zurückkommen."

„Wäre es einen Versuch wert, ja oder nein?", fragte Vanessa unbeeindruckt von Vincents Ausbruch.

„Für mich ist das völliger Quatsch. Vielleicht noch ein paar dicke Räucherstäbchen auf dem Platz abqualmen lassen?"

„Ich weiß, dass sich das für dich dämlich anhören mag, aber hört es sich nicht auch dämlich an, dass wir an Mädchenerscheinungen glauben?"

Vincent trommelte mit den Fingern auf dem Schreibtisch und starrte dabei nachdenklich seine Freundin an. „In Gottes Namen, dann ruf sie an", sagte er schließlich einlenkend.

„Sehr vernünftig, mein Vince", lachte sie neckend.

„Ja sicher, vernünftig. Is klar." Vincent brauchte noch einen Kaffee.

Die Frau, die den Beamten eine Stunde später gegenübersaß, entsprach überhaupt nicht der Vorstellung Vincents. Er hatte mit einer alten Frau gerechnet, vorzugsweise mit einer Warze auf der Nase, einem Kopftuch und einem ordentlichen Buckel. Eine Glaskugel suchte er genauso vergeblich wie einen Raben auf ihrer Schulter. Aber Frau Maseric konnte mit keinem der Klischees dienen; sie wirkte völlig normal auf Vincent.

Die etwa 50-Jährige, modern gekleidete Frau hörte interessiert zu, was Vanessa zu sagen hatte. Sie unterbrach sie nicht, bis sie geendet hatte.

„Ich denke, Sie haben da ein gewisses Halbwissen, was das Wünschelrutengehen und das Pendeln betrifft. Man geht nicht einfach in die Welt hinaus und sucht etwas oder jemanden im Boden. In der Regel sucht man nach Wasseradern mit der Wünschelrute, mit dem Pendel kann man als sensibles Medium Krankheiten im Menschen finden. Aber eine Tote sendet keine Signale mehr, die man vielleicht auffangen könnte."

„Das klingt nicht nach dem, was wir hören wollten", sagte Vincent resigniert.

„Keine Möglichkeit, das Gebiet einzugrenzen?", fragte Vanessa.

„Unwahrscheinlich. Aber nicht ausgeschlossen. Wenn ich schon mal hier bin, kann ich ja einen Versuch wagen, nicht wahr?"

„Das wäre großartig, Frau Maseric. Wollen wir?" Voller Tatendrang stand Vanessa auf.

Der Zauber des Tänzelfestes war vorüber. Die meisten Buden hatten sich bereits wieder in Anhänger verwandelt, die darauf warteten, in die nächste Stadt gefahren zu werden. Kein Duft von marktüblichen Leckereien konnte gewittert werden. Die Wagen der Autoscooter waren verstaut und auf große Lastwagen verfrachtet. Aus den Boxen schallte keine überlaute Chartmusik mehr. LKWs mit Fahrgeschäften, die bereits fertig verladen waren, standen in Reih und Glied nebeneinander in der Glutsonne.

Die meisten Aussteller hatten ihre Wohnwägen bereits wieder für die Weiterreise hergerichtet.

Einzig das Riesenrad stand noch nahezu unberührt und majestätisch auf dem Platz. Absperrbänder waren noch um den Platz gespannt, an dem der unglückselige Mann ums Leben gekommen war. Erst wenn die Staatsanwaltschaft den bewachten Ort freigegeben hatte, durfte auch das Riesenrad abmontiert werden.

Vincent, Vanessa und Frau Maseric standen etwas abseits des Riesenrades in der Nähe der Wohnwägen. Vincent sah eine gewisse Logik darin, dort zu beginnen, wo sich der letzte tragische Vorfall zugetragen hatte. Der Hauptkommissar fühlte sich etwas beobachtet in seiner inoffiziellen Mission, waren doch einige seiner Kollegen hier, die mit dem Todesfall zu tun hatten.

„Bitte seien Sie diskret", sagte er leise zu Frau Maseric.

„Natürlich, Herr Kommissar. So viel Profi bin ich", blinzelte sie ihn lächelnd an.

Aus einer mit schwarzem Samt ausgeschlagenen Schachtel entnahm sie eine Art Lot aus Messing, das an einer feinen Kette hing. Sie wickelte ein Ende der Kette um den Zeigefinger ihrer rechten Hand und hielt die linke, offene Hand unter das Lot. Frau Maseric beobachtete ruhig das Pendel, das langsam anfing, sich kreisförmig zu bewegen. Vanessa und Vincent atmeten unbewusst möglichst flach und gaben keinen Ton von sich, um die Frau nicht zu stören. Etwas überrascht registrierte Vincent, dass Frau Maseric nicht in Trance fiel und auch nicht die Augen verdrehte, damit nur noch das Weiße zu sehen war. Alles an dem Medium wirkte normal und entspannt.

„Sie fragen sich bestimmt, was jetzt hier vorgeht. Ich erkläre es Ihnen gerne: Ich gebe dem Pendel Befehle und stelle ihm Fragen. Mein Körper reagiert darauf und lässt das Pendel links- oder rechtsrum drehen oder es schlägt vorwärts beziehungsweise seitwärts aus. Daraus ergibt sich dann oft ein Ergebnis. Ich stelle Fragen zu Margarete und hoffe auf Antworten. Aber wie gesagt, ich kann nichts versprechen."

Drei Leute schauten wieder gespannt auf das Pendel. Nach einigen Minuten, bei denen das Messingpendel mal gedreht und gewackelt hatte, setzte sich Frau Maseric in Bewegung, näher an die Wohnwägen heran.

„Was macht ihr da?" Die Beamten waren so konzentriert auf die Arbeit der 50-Jährigen, dass sie nicht bemerkten, dass sie von einem kleinen Mädchen auf einem rotgelben Laufrad beobachtet wurden. Erschrocken schauten Vanessa und Vincent zu der etwa Vierjährigen. Frau Maseric hingegeben war völlig gelassen.

„Hallo, du Süße. Wir haben gestern einen Schlüssel hier verloren und den suchen wir jetzt", erklärte sie schlagfertig.

„Ich kann ja helfen beim Suchen", bot sie sich an und wippte mit ihrem Rad lächelnd vor und zurück.

„Ach, du, das ist nicht nötig. Wie heißt du denn eigentlich, Kleine?", fragte Vincent und ging in die Knie, um auf Augenhöhe mit dem kleinen Sonnenschein zu reden.

„Natalie, und ich bin ...", sie bog einen Finger nach dem andern hoch, bis sie die nötige Anzahl hatte, „so viele Jahre alt."

„Oh, schon vier bist du, junge Dame", gab sich Vincent erstaunt. Natalie kicherte.

„Dann müsst ihr halt auch ins Kies was reinschreiben, vielleicht findet ihn dann jemand."

Vincent starrte das Mädchen an. „Hat das schon mal jemand gemacht?", fragte er gespannt.

„Ja, da hinten", sie zeigte mit ihrem kleinen Zeigefinger in eine Richtung, „hat auch jemand was hingeschrieben, aber Mama hat's kaputt gemacht." Natalie wirkte zerknirscht. „Mama hat aber immer gesagt, wenn jemand Hilfe braucht, dann muss man ihm helfen."

„Da stand *Hilfe*?", fragte Vincent nur äußerlich ruhig.

„Ja, glaub schon. Aber ich geh da nicht mehr hin, da riecht's bähbäh."

„Natalie, komm her und lass die Leute in Ruhe", rief eine attraktive junge Frau.

„Das ist meine Mama, ich muss noch mein Zeug aufräumen, wir fahren nämlich wieder weg."

„Dann vielen Dank, junge Dame, und nächstes Jahr treffen wir uns wieder, ja?", verabschiedete Vincent das Mädchen, dem er strahlend hinterhersah, was Vanessa nicht entging.

„Süße Prinzessin, nicht wahr?", fragte sie ihren Freund.

„Total. Gehen wir mal zu dem Bähbäh-Ort." Vanessa und Frau Maseric lachten auf.

„Hier riecht es wirklich nicht unbedingt nach Blumen", stellte Vanessa fest. „Was sagt denn Ihr Pendel, Frau Maseric?"

„Tut mir leid, aber allein der Geruch lenkt mich zu sehr ab, meine Sinne würden sich immer auf diesen Geruch fokussieren. Ich kann hier leider nicht weiter behilflich sein."

Vincent sagte: „Trotzdem ganz herzlichen Dank, Sie haben uns durchaus geholfen."

Vanessa und Vincent sahen sich um, bis Vincent auf eine Stelle im Kies zeigte. Eine runde Stelle, mit einem Durchmesser von etwa zehn Zentimetern hob sich deutlich von der Umgebung ab. Es war offensichtlich, dass hier vor nicht allzu langer Zeit etwas gemacht wurde. Versuchsweise stocherte der Hauptkommissar mit der Hacke des Schuhs auf der Stelle herum. Der Kies an der Stelle war anders, locker, nicht so gepresst wie sonst. Mit etwas mehr Kraft stieß er die Ferse in den Kies und spürte, dass der Boden darunter leicht nachgab. Er sah Vanessa an, die gespannt nickte. Dann sah er sich um und fand einen dicken Ast. Er wiegte ihn probeweise in der Hand und begann dann damit, auf den Kies einzustechen. Er spürte, wie der Boden weiter nachgab, und schließlich rammte er den Ast ins Leere, der Kies verschwand im Boden, zurück blieb ein kreisrundes Loch, aus dem der üble Geruch nun verstärkt hochzog. Im Reflex verdeckte er Mund und Nase in der Ellenbeuge und ging einige Schritte zurück.

„Ich glaube, wir haben gefunden, was wir gesucht haben", sagte er leise zu Vanessa.

„Meine Güte, Margarete ist hier unten", bestätigte Vanessa die Vermutung ihres Freundes. „Und jetzt?"

„Müssen wir den Boden aufbrechen lassen."

„Ich möchte dabei sein, wenn du das dem Polizeioberrat erklärst", neckte sie Vincent ohne eine Spur von Humor.

„Ich denke nicht, dass ich das dem Oberrat unter die Nase reibe."

„Meine Arbeit wäre damit erledigt?", meldete sich Frau Maseric zu Wort.

„Oh ja, wir haben Ihnen so sehr zu danken, Frau Maseric." Vincent hatte in seine Jeans gefasst, einen deponierten grünen Schein in die Hand genommen und ihr beim Händeschütteln übergeben. „Und bitte ..."

„Kein Wort zu niemandem", kam sie ihm zuvor. „Wie gesagt, ich bin Profi."

„Eines noch: Ob sie wohl mit mir zusammen die orangefarbene Kieskiste dort vorne über das Loch stellen wollen?"

Kapitel 28

„Vincent, mein Freund – schön, dich zu sehen," rief Oberbürgermeister Zauner freudig und schlug klatschend in die Hand des Hauptkommissars ein. „Käffchen?"

„Ist der Papst katholisch?", antwortete Vincent grinsend.

„Es gibt halt doch blöde Fragen, nicht wahr? Setz dich, Frau Senft kommt gleich."

„Schön, dass du so kurzfristig Zeit für mich hast, Felix."

„Kein Problem. Dafür versprichst du mir, dass du mich morgen beim Joggen nicht so schindest." Nun grinste der OB. „Wie viel machen wir morgen? Acht Kilometer reichen doch, oder?"

„Meinetwegen, aber in zwei Wochen packen wir die Zehn."

„Wow, das hätte mir jemand vor einem halben Jahr sagen sollen, dass ich mal so eine weite Strecke joggen kann", sagte der Bürgermeister mit Demut in der Stimme und setzte sich auf seinen Sessel hinter dem mächtigen Schreibtisch.

Für Vincent als erfahrenen Marathonläufer waren solche Distanzen eigentlich Aufwärmprogramm, aber er hatte vor jedem Respekt, der sich sportlich betätigte.

Frau Senft, die Vorzimmerdame, brachte den Männern Kaffee und lächelte Vincent an, als der aus seinem Flachmann Haferdrink dazu goss. Als sie dieses Ritual im vorigen Jahr zum ersten Male sah, fand sie es doch befremdlich, dass der Hauptkommissar im Dienst einen Flachmann aus der Jacke zog. Dass darin nur Pflanzenmilch war, konnte sie ja nicht ahnen.

„So, Vincent, warum bist du eigentlich hier? Doch wohl nicht nur zum Kaffeekränzchen?"

„Natürlich nicht. Ich habe tatsächlich ein gewisses Anliegen", sagte er, nachdem die Sekretärin das Büro verlassen hatte.

„Lass hören", forderte ihn Zauner interessiert auf, legte am Schreibtisch die Hände nebeneinander und tippelte mit den Fingern.

Lang und breit erklärte Vincent seinem Freund die Sachlage. Er ließ nichts aus, auch auf die Gefahr hin, dass der OB an seinem Verstand zweifeln würde. Er erinnerte an die Vorfälle, die es seit einiger Zeit immer wieder gab, bis hin zu dem Tod von Sebastian Weiler am Riesenrad. Er wies darauf hin, dass es mehrere Zeugen gab, die von der Erscheinung Margaretes während des Tänzelfestes sprachen. Immer wurde das grüne Kleid erwähnt, die schwarzen Haare. Das deckte sich auch mit der Aussage von Michael Klein, der das Mädchen im grünen Kleid beschrieb. Er sprach von Agnes Zaiser, die ihre Tochter als vermisst gemeldet hatte, bis zum Schließen der Akte, da man vermutete, das Mädchen wäre in den Süden geflohen. Zum Schluss erzählte Vincent von dem Fund des Loches im Boden des Platzes.

„Das ist verdammt schräg, Vince. Das weißt du aber selber, oder?", sagte Zauner, nachdem Vincent seine minutenlange Erläuterung beendet hatte.

„Ich weiß, wie sich das anhört, Felix. Du weißt, dass ich ein Realist bin und nichts mit so okkulten Dingen zu tun habe. Aber so sitze ich jetzt hier und erzähle dir solchen ... Quatsch."

„Kurios, kurios. Ich glaub dir ja, dass du mir keinen vom Pferd erzählst, aber was denkst du, was ich jetzt machen soll?"

„Du kannst doch das Bauamt anfordern und in Auftrag geben, dass der Boden geöffnet wird."

„Warum?"

„Was, warum?"

„Warum sollte ich dem Bauamt so einen Auftrag erteilen, außer dass sie mein politisches Grab ausheben können?"

„Lass dir was einfallen, vielleicht ist eine Reparatur notwendig. Das Loch im Boden, das wär doch ein Argument", versuchte es Vincent.

Zauner schaute einige Zeit durch Vincent hindurch und überlegte. „Es ist nicht ohne Grund verboten, dass man am Tänzelfestplatz selbstständig Eingriffe vornimmt. Und das Loch im Boden weist wohl darauf hin, dass sich irgendjemand darüber hinweggesetzt hat. Der ganze Platz steht praktisch auf Bauschutt. Um zu gewährleisten, dass da kein größerer Schaden entstanden ist, muss da unbedingt ein Wartungstrupp geschickt werden, der die Sicherheit gewährleistet."

„Das ist verdammt wichtig, Gerd." Vincent zeigte mit dem Finger auf den OB, der ihm verschwörerisch zublinzelte.

„Aber wir warten ab, bis alle Schausteller verschwunden sind und der Staatsanwalt den Unfallort freigegeben hat."

„So dachte ich mir das auch. Je weniger Aufmerksamkeit, umso besser."

„Und wenn wir nichts finden?", gab der OB zu bedenken.

„Die Wartung wird abgeschlossen und ich stehe mit leeren Händen da. Ein Glück, dass ich niemanden vom Präsidium mit einbezogen habe."

„Ich glaube, dafür handle ich dich morgen auf sechs Kilometer runter." Der Oberbürgermeister grinste nun wieder.

„Dafür schinde ich dich dann auf zwölf Kilometer, wenn ich mit meiner Theorie recht habe", konterte der Hauptkommissar.

Zauner schürzte die Lippen. „Du musst immer das letzte Wort haben, nicht wahr? Okay, dann werde ich mal alles in die Wege leiten, und dann schauen wir nächste Woche in den Boden hinein." Der OB stand auf.

„Felix, ich danke dir ganz herzlich. Du weißt nicht, wie du mir hilfst." Wieder klatschte es, als die beiden Männer die Hände ineinander schlugen.

Kapitel 29

Felix Zauner hatte seinen Spezi vom Bauamt in das Vorhaben eingeweiht. Mit Nachdruck rang er Heinrich Rumolder das Versprechen ab, niemandem etwas vom eigentlichen Grund der Arbeiten zu erzählen. Und er wusste, er konnte sich auf seinen Kumpel verlassen, den er schon seit der Kindheit kannte und der in den vergangenen Jahrzehnten ein beeindruckendes Baugeschäft aufgebaut hatte. Der Unternehmer wiederum vertraute drei seiner Mitarbeiter besonders, die er mit der „Wartungsarbeit" beauftragte.

Eine Woche nach dem Gespräch zwischen dem Hauptkommissar und dem Oberbürgermeister wurde ein großer Bereich auf dem Tänzelfestplatz mit rotweißen Baken abgegrenzt. Ein Mann mit Gehörschutz, Staubschutz und sonst üblicher persönlicher Schutzausrüstung bediente eine Bodenkreissäge und schnitt die harte Deckschicht auf, die zuvor mit gelber Farbe angezeichnet wurde. Unter lautem Kreischen der Maschine arbeitete er sich systematisch und geduldig Meter für Meter langsam voran. Ein mittelgroßer gelber Bagger begann danach, die Ausschnitte aufzubrechen und zur Seite zu heben. Dann fraß sich die schwere Schaufel langsam in den Boden hinein. Ein weiterer Mitarbeiter beobachtete die Arbeiten und instruierte mit Gesten immer wieder, wo der Baggerfahrer die Schaufel einzutauchen hatte. Kies, Geröll, Bauschutt wurden zutage gefördert. Der Haufen wurde zusehends größer und größer.

Natürlich wurden Passanten darauf aufmerksam und mancher fragte, was denn wohl der Grund der Grabungen wäre. Darauf vorbereitet wurde geantwortet, dass es Probleme mit einer unterirdischen Stromtrasse gäbe, die den Platz versorgte und die nun nach dem Fest endlich repariert werden konnte. Mit dieser Aussage zufrieden, zogen die Menschen weiter oder beobachteten ein wenig die offensichtlich wenig spannenden Arbeiten.

Vanessa und Vincent hielten sich in der Nähe der Baustelle auf, saßen in Vincents Privatwagen im Schatten von Kastanienbäumen, harrten der Dinge und hofften, dass etwas Bestimmtes gefunden wurde. Die beiden Beamten hatten sich seit Tagen von der Arbeit abgemeldet, *um endlich die vielen Überstunden abzubauen,* so deren Argumentation. Doch tatsächlich wollten sie ungestört ihrem inoffiziellen Fall nachgehen. Das Paar sprach nicht viel miteinander. Sie knabberten an Gebäckstücken, tranken Kaffee aus Pappbechern und beobachteten aus der Ferne die Arbeiter. Am Anfang war der Anblick noch interessant, doch einige Stunden später überwog dann doch die Langeweile. Vincent hatte zwischendrin auf sein Smartphone eine Backgammon-App geladen und spielte mit Vanessa einige Partien. Es stellte sich heraus, dass die beiden fast gleichwertige Gegner waren und ehrgeizig wollte jeder den anderen bei dem Spiel aus einer Mischung aus Taktik und Glück schlagen. Jede Stunde schlenderten sie scheinbar beiläufig, wie andere Passanten auch, an der Baustelle vorbei. Doch der Vorarbeiter musste bisher immer verneinend mit dem Kopf schütteln.

Stunde um Stunde verging, die Arbeiter wischten sich in der Sommerhitze immer wieder mit dem Unterarm das Gesicht trocken. Die sonnengebräunten Oberkörper glänzten vor Schweiß. Regelmäßig wurde zur Mineralwasserflasche gegriffen. Doch klaglos und systematisch wurde weitergearbeitet. Die Männer waren diese Art des Schaffens gewohnt.

Das entfernte, regelmäßige Dieselgebrumm des Baggers hatte eine einschläfernde Wirkung. Vanessa hatte die Beine aus dem Wagen gestreckt und auf den Außenspiegel gelegt und döste vor sich hin. Vincent spielte alleine am Smartphone weiter Backgammon gegen einen künstlichen Gegner, um seine Taktiken zu verfeinern. Er genoss die Berührung von Vanessas Hand auf seinem Oberschenkel.

Gegen 16 Uhr stiegen die Beamten erneut aus dem Wagen. Vincent streckte sich ausgiebig, öffnete die Beifahrertür, um Vanessa galant aus dem Auto zu helfen. Hand in Hand gingen sie wieder die Strecke zur Ausgrabung. Langsam machte sich Vincent mit dem Gedanken vertraut, dass hier womöglich nichts gefunden würde und außer Spesen und viel Arbeit nichts dabei rüberkäme. Was er in dem Fall machen würde, das ließ er in seinem Kopf noch nicht zu. Was, wenn weiterhin Dinge auf diesem Platz geschehen, Menschen zu Schaden kommen würden und es dafür keine Erklärung gäbe? Darauf hätte er bisher eh keine Antwort.

Er sah sich den groß gewordenen Schuttberg an, den der Bagger aufgehäuft hatte, und fand faszinierend, was es nach all den Jahren noch zu sehen gab. Es war offensichtlich, dass der Platz als praktische Müllhalde genutzt worden war. Allerlei Unrat wurde zutage gefördert. Alte Dreiräder, verrostete Fahrräder, verrottetes Holz, das wohl von alten

Möbeln stammte, Metallfedern von ausgedienten Sitzmöbeln und lange hermetisch eingeschlossener Müll, der seinen Gestank über den Platz wehte. Von alldem waren die Arbeiter jedoch unbeeindruckt.

Regelmäßig holte die Baggerschaufel alles an Abraum ans Tageslicht, bis plötzlich der Vorarbeiter „STOPP" rief und dem Hauptkommissar ernst in die Augen sah. Vincent und Vanessa gingen um die Absperrbaken herum und schauten in die ausgehobene Grube.

Dritter Teil

Kapitel 30

August 1946

Fünfzehn Monate war der verheerende Weltkrieg nun bereits zu Ende. Das Land war zerstört, und von einer Verbesserung war kaum etwas zu spüren. Die Menschen litten Hunger, auch wenn die Alliierten massenweise Hilfsgüter ins zerstörte Deutschland brachten. Die Stadt Kaufbeuren hatte unglaubliches Glück, dass sie vor den Tod und Verderben bringenden Flugzeugangriffen verschont blieben. Keine einzige Fliegerbombe ging hernieder. Trotzdem litt auch die Allgäuer Stadt unter den Entbehrungen. Kaum jemand hatte Geld; das Leben war nur durch den Tausch von Waren erträglich. Die Landwirte aus den Dörfern waren gern gesehene Handelspartner. Doch hatten die Städter nicht viel anzubieten, um an Kartoffeln, Milch und Fleisch zu kommen, die von den Bauern angeboten wurden. Die Menschen hielten in den harten Zeiten zusammen und boten Hilfeleistungen gegen Nahrungsmittel an. Handwerker hatten Vorteile. Schuhmacher reparierten verschlissene Schuhe und Stiefel. Frauen stopften Löcher in der Kleidung oder fertigten neue Hemden und Hosen an, die als Tauschware dienten. Die begehrteste Währung waren jedoch Zigaretten.

Amerikanische Soldaten ließen sich gerne in der Stadt blicken und schlenderten betont lässig und arrogant durch die Straßen und Gassen Kaufbeurens. Hinter den Guys liefen immer Kinder, Jugendliche und Erwachsene hinterher, in der Hoffnung, dass die Soldaten etwas ‚verlieren würden'. Es lag an der Laune der US-Boys, ob sie etwas für die hungernden und schmachtenden Menschen übrighatten. Cool zündeten sie sich Zigaretten an, nahmen einen Zug davon und warfen sie achtlos auf den Boden. Das Ergebnis war immer das Gleiche: Ein Mob aus Leibern stürzte sich auf die Zigarette. Der Sieger dieses Spieles wurde angebettelt, ob er nicht einen Zug erübrigen könne. Meist wurde geteilt, denn der Finder dieser Zigarette hatte wahrscheinlich beim nächsten Mal das Nachsehen und wäre selbst froh, etwas Nikotin abzubekommen. Genauso verhielt es sich mit Schokolade. Die Amerikaner wickelten ihre Schokoladenration aus, bissen ein Stück ab und warfen den Rest auf das dreckige Kopfsteinpflaster der Gassen. Kinder schubsten sich hin und her, Mädchen wurden an den Haaren zurückgerissen, um möglichst selbst ein Stück von der begehrten Süßigkeit zu bekommen. Die Soldaten sahen sich gerne das Treiben an, das sie verursachten, und lachten die armen *Krauts* aus. Wenn die Sonne unterging und der laue Abend über die Stadt kam, waren vermehrt junge und alte Männer unterwegs und suchten den Kontakt mit den Amerikanern. Dann hatten die Boys Feierabend und gingen mit alkoholischen Getränken durch die Stadt. Bier und Schnaps führten sie mit und ließen die Männer sie anbetteln wie Hunde. Das Lachen der Soldaten war demütigend, doch nahmen sie es in Kauf, um etwas vom Alkohol abzubekommen.

Junge Frauen, die ihre Männer an der Front verloren hatten, und junge Mädchen suchten die Nähe der Amerikaner. Sie zogen das schönere von den beiden Kleidern an, die sie besaßen, und schminkten sich, indem sie sich in die Backen kniffen und mit Holzkohle die Brauen schwärzten. Die Wangeninnenseiten wurden aufgebissen, um mit dem Blut die Lippen zu färben.

Der Neptunbrunnen in der Kaiser-Max-Straße war schnell der zentrale Treffpunkt geworden. Dann lehnten die Soldaten am Brunnen oder saßen auf der Eingangstreppe der evangelischen Kirche. Die Ärmel der Uniform waren hochgekrempelt, das Schiffchen wurde neckisch schief auf dem Kopf drapiert, was ihnen einen Hauch von Verwegenheit und Ungehorsam verlieh. Sie unterhielten sich untereinander in dieser fremden Sprache, kauten Kaugummi, tranken Bier und gaben sich betont cool und überlegen. Auf dieses Verhalten reagierten die Frauen und Mädchen und buhlten um Beachtung. Da die US-Boys oft schon seit langer Zeit fern der Heimat waren, waren sie dem Spiel meist nicht abgeneigt. Die *Froilleins* waren gern gesehen. Es wurde geflirtet, es wurden Wörter in der jeweiligen anderen Sprache ausprobiert und herzlich darüber gelacht, weil die Aussprache absolut nicht passte. Mit der Zeit wurde man sich immer vertrauter, die schmachtende Damenwelt legte immer mehr ihre Hemmungen und Berührungsängste ab. Sehr zum Missfallen der männlichen Kaufbeurer, die dem Treiben eifersüchtig zusehen mussten. Doch machten sie gute Miene zu diesem Spiel, weil auch sie auf die Großzügigkeit der Soldaten, täglich aufs Neue, hofften.

Die 14-jährige Agnes war mit ihrer gleichaltrigen Freundin Karolina schon den ganzen Sommer über nach ihrer Arbeit in der Stadtmitte unterwegs. Sie nähte im Elternhaus von früh bis spät Hemden, Kleider und Hosen. Die Stoffe waren rau und derb. Bessere Stoffe gab es nicht, beziehungsweise sie waren unerschwinglich für die Familie Zaiser. Doch sie hatten ihr Auskommen. Zu den Kartoffeln, die zuhauf im Kohlekeller in deren Heim in der nahen Ludwigstraße lagen, konnten sie durch ihre Waren Hühner, Schweine- oder Rindfleisch eintauschen.

Agnes lieh ihrer Freundin gerne ein Kleid, das sie selbst genäht hatte, damit Karolina nicht in ihrer zerschlissenen Alltagskluft auf die Straße gehen musste. Obwohl sie schon seit einigen Wochen immer wieder zum Treffpunkt kamen, war die Nervosität ein steter Begleiter. Die anderen Mädchen und Frauen spielten alle Tricks aus, um die Aufmerksamkeit der Soldaten zu bekommen. Manche führten durchaus zum Erfolg.

Agnes träumte insgeheim davon, dass ein stattlicher, gutaussehender Boy sie bei der Hand nahm, sie sanft küsste, zärtlich ihre schwarzen langen Haare zurückstrich und leise in ihr Ohr „I love you" flüstern würde. Er würde sie fragen, ob sie mit ihm in seine Heimat, über den großen Teich kommen wolle, wo er sie auf einer Ranch in Texas fragen würde, ob sie seine Frau werden wolle. Natürlich würde sie ja sagen und mit ihm zusammen viele Kinder bekommen und glücklich sein bis an ihr Lebensende, das noch so unvorstellbar weit entfernt war.

Eine Hand an den Mund gehalten, kicherten die Mädchen und taten so, als wären sie in ein tolles, lustiges Gespräch vertieft und beachteten die Soldaten nicht. Aber selbstverständlich linsten die beiden aus den Augenwinkeln zu den Männern oder schauten wie beiläufig in die Runde. In der kurzen Zeit mussten möglichst viele Details aufgeschnappt werden.

„Hast du den Braunhaarigen gesehen, der die Haare an der Stirn so zerzaust hat?", fragte Karolina leise ihre Freundin.

„Ja sicher, der sieht toll aus, gell? Aber mir gefällt der Schwarzhaarige, der neben ihm sitzt, besser. Der sieht nett aus, deiner eher so verwegen." Nach der Feststellung wurde wieder ausgiebig und laut gekichert. Auch wenn die beiden die Männer „nicht beachteten"; die Amerikaner sollten gefälligst auf sie aufmerksam werden. Sie schlichen weiter um den Neptunbrunnen herum, um bei einem weiteren raschen Blick festzustellen, dass die Objekte der Begierde offensichtlich über sie redeten. Der Braunhaarige hatte deutlich in ihre Richtung genickt und gegrinst. Es fiel schwer, diese Nichtbeachtung aufrechtzuhalten. Zwei weitere langsame Runden um den Brunnen später rief schließlich der Schwarzhaarige die Mädchen an. Jetzt, da tatsächlich passiert war, was sie sich erhofft hatten, rutschte den Freundinnen das Herz das Kleid hinab. Ihr Kichern verstummte. Sie hatten zwar einen Plan, wie sie auf sich aufmerksam machen würden, aber was sie in dem Falle machen sollten, darüber hatten sie gar nicht nachgedacht.

„Hey, Froilleins, come here", sagte der nette Schwarzhaarige mit einem strahlenden Lachen und zeigte zwei perfekte Zahnreihen. Die Mädchen erröteten und kicherten.

„Come on, we have beer and chocolat." Der junge Soldat mit dem keck in den Nacken geschobenen Schiffchen winkte sie herbei. Ihre spontane Taktik bestand darin, sich taub zu stellen. Ob das klug war, wussten sie nicht.

„Wir haben Plass hier for you", sagte er weiter und klopfte neben sich auf die Treppe.

Mit hämmerndem Herzen malte Agnes unschlüssig mit dem Schuh Kreise auf den Boden und suchte den Blick ihrer Freundin, die den Kopf gesenkt hatte und nur langsam die Augen von Agnes suchte. Sie sahen sich an, bis Karolina langsam nickte und dann verschämt grinste. Sie drehten sich zu den Amerikanern um und gingen mit festeren Schritten auf die jungen Männer zu, als ihnen zumute war. Agnes setzte sich neben den Schwarzhaarigen, der sie direkt aufklärte, dass er Jim hieß, während Karolina neben dem verwegenen Bob Platz nahm.

„Beer?", frage Jim und hielt Agnes die braune langhalsige Flasche hin.

„Ich weiß nicht", sagte sie unschlüssig und sah zu Karolina rüber, die anscheinend die gleiche Frage gestellt bekommen hatte. Karolina griff ohne zu zögern nach der Flasche und nahm einen ordentlichen Schluck. Bob lachte laut auf.

„Give mir se Bier", sagte Agnes.

„Enjoy", sagte Jim fröhlich und gab ihr die Flasche. Sie nahm ein, zwei Schlucke und fand den herben Geschmack furchtbar. Sie verzog das Gesicht. Wieder lachte Jim. Agnes kam sich blöd vor und wäre am liebsten davongerannt. Ihre Augen brannten, Tränen bahnten sich an. Dieser Jim fand sie jetzt bestimmt kindisch. Aber er nahm sie an der Schulter und drückte sie kurz. Die aufkeimenden Tränen versiegten, sie lächelte Jim an.

„You are beautiful", stellte Jim fest und sah Agnes tief in die Augen. Sie verstand nicht so recht und schaute fragend.

„Schon, du bist schone Girl, Froillein."

„Danke." Agnes wurde knallrot im Gesicht und wusste nicht, was sie sonst sagen sollte. Sie sah wieder zu Karolina, die völlig vertieft in ein holpriges Gespräch mit Bob war und Agnes scheinbar vergessen hatte.

Beim nächsten Schluck Bier, der ihr angeboten wurde, vermied sie es, das Gesicht zu verziehen. Es fiel ihr nicht schwer, denn nun fand sie den Geschmack gar nicht mehr so übel. Sie leckte sich die Lippen und gab die Flasche zurück.

„German Beer very good", grinste Jim sie an und hob die Flasche hoch. Agnes lächelte selig zurück.

„You have a boyfriend?", fragte Jim wie beiläufig.

„Nein, no friend", sagte sie viel zu schnell. Sie hatte ein ganz merkwürdiges Gefühl in der Bauchgegend. Als flögen tausend Hummeln darin herum. Sie fand dieses Gefühl aber nicht unangenehm. Die dicken Insekten vermehrten sich schlagartig, als Jim einen Arm um ihre Schulter legte und sie mit seinen unergründlichen dunklen Augen ansah.

Mit Gesten und unbeholfenem Wortaustausch verständigten sich die beiden. Es war schwierig, aber es funktionierte immer besser. Als sie ihre Aufmerksamkeit wieder Karolina zuwandte, sah sie erstaunt, dass Bob und ihre Freundin in einen innigen Kuss vertieft waren. Jim tippte Agnes auf die Schulter, sie schaute ihn fragend an. Mit diesen strahlenden Zähnen, die sein Lachen offenbarten, sagte er: „Nice kiss, isn't it?" Agnes nickte. Natürlich kannte sie das Wort und rückte näher an Jim heran. Der deutete ihre Körpersprache richtig und nahm Agnes in die Arme. Das Mädchen war zwiegespalten: Sie wollte davonlaufen, denn noch nie kam ihr ein Junge oder gar ein Mann so nahe. Der andere, der neugierige und verliebte Teil von ihr, wollte aber unbedingt die schönen Lippen des Amerikaners auf ihren spüren. Sie spitzte den Mund und schloss die Augen. Nach einer gefühlten Ewigkeit roch sie den Bieratem, der ihr aber in dem Moment egal war, und spürte endlich seine Lippen. Sanft wie ein Schmetterling berührte er sie, doch schnell wurde sein Kuss fordernder. Agnes ging das etwas zu schnell, sie wollte sich zurückziehen und Luft schöpfen. Doch Jim rückte nach. Er öffnete seinen Mund und tastete mit der Zunge ihre geschlossenen Lippen ab, die Agnes zusammengekniffen hatte. Jim drehte den Kopf etwas und drückte mit seiner Wange gegen die Nase von Agnes, so dass sie nicht mehr atmen konnte und irgendwann den Mund öffnen musste, um nach Luft zu schnappen. Diesen Moment nutzte Jim aus und stieß mit seiner Zunge in ihre Mundhöhle. Agnes erstarrte, aber nicht für sehr lange. Die Überraschung legte sich und sie merkte, dass es anfing, ihr zu gefallen, was der Soldat mit seiner geschickten Zunge machte. Vorsichtig hielt sie dagegen und spielte ihrerseits mit seiner. Die Gefühle schienen in ihrem Bauch zu explodieren. So etwas Intensives hatte sie noch nie gespürt.

Nach einer halben Ewigkeit lösten die beiden sich voneinander. Agnes ließ ihren Blick über den Platz schweifen, erstarrte und stellte fest, dass Karolina und Bob nicht mehr da waren. Ein Unwohlsein stellte sich bei ihr ein. Ihre Freundin konnte sie doch nicht hier bei den praktisch fremden Männern alleine lassen.

Jim fragte: „What's wrong?" Agnes schüttelte den Kopf, weil sie nicht verstand.

„Froillein Karoline is okay. Wollen sein alone." Jim blinzelte frech.

Agnes gab sich mit der Erklärung zufrieden, einfach aus dem Grund, weil sie weiterküssen wollte. Sie hob ihren Kopf mit geschlossenen Augen Jim entgegen. Der stillen Aufforderung kam Jim gerne nach, bis er aufstand und sagte: „Ville Leute." Er rollte mit den Augen. Sie nickte, ihr war klar, dass der Amerikaner mit ihr unbeobachtet und allein sein wollte. Sie fragte sich, ob sie mehr zulassen sollte, aber sie konnte ihn ja jederzeit stoppen, beruhigte sie sich. Agnes stand ebenfalls auf und gemeinsam gingen sie Arm in Arm die Kaiser-Max-Straße entlang, bis sie einen Entschluss fasste, der sie selbst überraschte. Sie führte ihren neuen Freund eine Straße weiter. In der parallelführenden Ludwigstraße war es nicht mehr weit bis zu ihrem Elternhaus. In der Nähe des Hauses legte sie den Zeigefinger auf die Lippen und signalisierte Jim, dass er keinen Mucks machen solle. Er machte die Schweigegeste ernst nach und grinste dann. Dieses Lachen ließ Agnes' Herz fast zerspringen.

Sie beobachtete die Fenster des Hauses. Dem Flackern dahinter nach zu urteilen, waren ihre Eltern im ersten Stock in der Stube, hatten Kerzen angezündet und lasen wahrscheinlich etwas. Agnes winkte Jim herbei und zeigte auf die Falltüre, in die normalerweise Kohlen, Äpfel und Kartoffeln hinabgeschüttet wurden. Sie zerrte an dem eisernen Riegel, und nur mit einem leichten Quietschen, das Agnes aber ohrenbetäubend in der stillen Straße vorkam, zog sie die Tür auf. Sie deutete auf die eiserne Leiter und ließ Jim in den Keller hinabsteigen. Agnes blickte sich noch einmal um, ob sie nicht beobachtet wurde, was nicht der Fall war und kletterte hinterher. Die Falltür zog sie über sich herab. Stockdunkel war es in dem muffig riechenden Keller, doch wusste das Mädchen auswendig, wo alles stand. Mit winzigen Schritten, um nicht gegen einen Gegenstand zu stoßen, der sie verraten würde, ging sie in eine Ecke des Kellers, bis sie mit der Fußspitze etwas spürte. Sie bückte sich und fühlte mit der Hand. Ja, hier waren die Säcke mit den Kartoffeln. Sie arrangierte die Erdäpfel um und als sie mit dem Ergebnis zufrieden war, tastete sie nach der Hand von Jim, der sich nicht bewegt hatte. Sie setzte sich auf einen Kartoffelsack und zog den jungen Soldaten zu sich herab. Agnes ergriff, diesmal auf vertrautem Terrain, die Initiative und begann, Jim ungestüm zu küssen. Sie spürte, wie er ihre Wangen und ihren Hals streichelte, dann ihre Schultern. Als er ihren Rücken hinabstrich, spürte sie einen angenehmen Schauer hinabrieseln. Sie drängte sich näher an Jim heran. Seine Hände erforschten weiter ihren Rücken, bis eine Hand sich nach vorne vortastete und über die Schulter langsam tiefer glitt. Jims warme Finger streichelten sich forschend hinab und Agnes spürte, wie er den Ausschnitt des Kleides erreichte. Sie küsste weiter, aber legte ihre Aufmerksamkeit auf die Hände Jims, der immer tiefer glitt und die Wölbung ihrer kleinen festen Brüste ertastete. Agnes war hin- und hergerissen. Die Finger fühlten sich toll an auf ihrer Haut, aber sie wusste auch, dass es nicht richtig war, ihn gewähren zu lassen. Sie rückte etwas von ihm ab, sodass seine Hand wieder nach oben rutschte.

„Come on, you are so beautiful", flüsterte Jim erregt und tastete sich wieder hinab. Agnes überließ ihm weitere Zentimeter des Ausschnittes, bis sie plötzlich spürte, wie seine Fingerspitzen ihre linke Brustwarze berührte, die sich sofort versteifte, doch nicht vor Erregung, wie Jim fälschlicherweise annahm, sondern vor Erstaunen. Nie hatte sie jemand so angefasst. Ihr dämmerte, dass dieses Spiel zu weit fortgeschritten war. Sie kannte diesen Mann erst seit wenigen Stunden, und nun liebkoste er im Kartoffelkeller ihres Elternhauses ihre Brust? Das war nicht richtig. Sie ergriff die Hand von Jim und wollte sie aus ihrem Ausschnitt ziehen.

„Bitte nicht, Jim! Nicht so schnell, nicht so", flüsterte sie.

„Agnes, but I love you. Do you trust me?" Agnes verstand nur diesen magischen Satz, nach dem sie sich immer gesehnt hatte, der sich aber nun nicht mehr richtig anhörte.

„Please, not", brachte sie hervor und Jim zog seine Hand zurück.

Agnes war damit zufrieden, dass er ihre Grenze scheinbar akzeptierte und schmiegte sich wieder glücklich an den Mann, um ihn zu küssen. Jim küsste sie auch, aber nicht mehr zart und sinnlich, sondern hart. Seine Zunge wühlte in ihrem Mund herum und er zog Agnes an der Schulter zu sich heran. Das Mädchen musste immer wieder nach Luft schnappen und wollte nun nicht mehr die unangenehm gewordenen Liebkosungen erwidern. Die kurzen Bartstoppeln rieben schmerzhaft an ihrer Wange. Den Biergeruch fand Agnes jetzt widerlich. Jim legte seine Hände auf ihre Schultern und zog die Träger ihres Kleides nach unten. Jegliche Zärtlichkeit war verschwunden und Agnes spürte Angst aufkommen. Sie hob die Arme, um ihn daran zu hindern, dass die Träger nach unten rutschten, doch Jim presste ihre Arme einfach nach unten und streifte die Träger weiter nach unten. Sie spürte die kühle Luft an ihren Brüsten und wusste, dass diese bloßlagen. BH hatte sie keinen, das spürte Jim und gab ein lüsternes Stöhnen von sich, als er bemerkte, dass sie nackt unter dem Kleid war. Er streichelte rau den kleinen festen Busen und drängte sich an Agnes heran. Durch seine Hose spürte sie einen harten Gegenstand, der an ihr rieb, und mit Erschrecken kam ihr die Erkenntnis, um was es sich dabei handelte. Mit den Händen wehrte sie sich nun gegen die aufdringliche Nähe und das Betatschen ihrer Brüste, doch er war stärker und stemmte sich dagegen. Zu keiner Sekunde hörte er auf, ihren Körper zu betatschen. Panik stieg langsam in Agnes hoch.

Als Jim bemerkte, dass das Kleid nicht weiter nach unten rutschen konnte, wählte er die zweite Variante. Mit einer Hand griff er unter das Kleid und suchte, was er in seiner Geilheit begehrte. Agnes versuchte, ihre Beine zusammenzudrücken und klemmte die Hand zunächst erfolgreich ein. Doch mit seiner Kraft schaffte es Jim, sich weiter hochzuarbeiten, bis er das Leinenhöschen erfühlte. Agnes hatte die Augen aufgerissen und kämpfte gegen die Hand in ihrem Schritt. Jim half mit der zweiten Hand nach und drückte ihre Schenkel Stück für Stück auseinander. Als er ihre Beine weit genug gespreizt hatte, drängte er sich mit seinem Körper dazwischen, löste den Gürtel seiner Armeehose und wand sie bis zu den Kniekehlen hinab.

Im nächsten Moment hätte Agnes am liebsten laut aufgeschrien, als ein stechender Schmerz ihren Körper durchfuhr. Sie hatte das Gefühl, als würde etwas in ihrem Innersten zerreißen. Sie wollte brüllen vor Schmerz, doch die Angst vor ihrem Vater war größer als die Pein, die sie nun durchleben musste.

Nach wenigen Minuten, die ihr wie Stunden vorkamen, erschlaffte der Mann, den sie noch vor Kurzem begehrt hatte, auf ihr. Das Mädchen spürte den wilden Herzschlag und roch den sauren Schweißgeruch des Mannes, der sie soeben vergewaltigt hatte, und sie wollte jetzt und auf der Stelle einfach nur sterben. Lautlos weinte sie, während sie angewidert den ermatteten Körper auf sich ertragen musste, bis Jim sich von ihr rollte und seine Hose hochzog. Er stand auf, spuckte auf den Boden und spie aus: „Du German Krauthure", bevor er sich zur Eisenleiter vortastete, daran emporstieg und in der dunklen Kaufbeurer Nacht verschwand.

Agnes weinte bitterlich vor Schmerz, Scham und Enttäuschung. Sie spürte eine klebrige Feuchtigkeit zwischen ihren Beinen, blieb aber regungslos auf den Kartoffelsäcken liegen. Wieviel Zeit vergangen war, bis sie sich aufraffen konnte, wusste sie nicht. Sie tastete sich zur Kellertür und öffnete sie leise. Es war dunkel im Haus, ihre Eltern waren offensichtlich, zu ihrer Erleichterung, zu Bett gegangen. Sie hätten bemerkt, dass mit ihr etwas nicht stimmte und hätten unbequeme Fragen gestellt, auf die sie selbst keine Antworten hatte. Sie schlich in ihr Zimmer, zündete Kerzen an und schlüpfte aus ihrem Kleid. Mit Entsetzen sah sie, dass das von Kartoffeln staubige Kleid große Blutflecken hatte. Auch ihr Höschen war blutdurchtränkt. Sie nahm die Kleidungsstücke und stopfte sie in einen Leinensack, den sie am nächsten Tag irgendwo wegwerfen wollte. In eine Waschschüssel goss sie Wasser und wusch vorsichtig ihren malträtierten Körper, ehe sie sich ins Bett legte und irgendwann, weit nach Mitternacht, in einen unruhigen Schlaf fiel.

Kapitel 31

Dezember 1946

Es waren nur noch drei Wochen bis zum Weihnachtsfest. Das Kopfsteinpflaster in der Altstadt war schmierig glatt vom Schnee. Fast zwanzig Zentimeter waren niedergegangen in den letzten Tagen. Die Bürger konnten sich Hoffnung auf eine weiße Weihnacht machen. Die Stadt hatte sich Mühe gegeben, die Innenstadt nach ihren begrenzten Möglichkeiten in ein Adventsidyll zu versetzen. Schon vor Wochen hatte man begonnen, aus Fichtenzweigen Sterne und Kränze zu binden, um sie den Bürgern zur Verfügung zu stellen, die diese mit Kerzen bestückt in ihre Fenster stellen sollten.

Agnes hatte sich in den letzten Monaten nahezu komplett von allen zurückgezogen. Ihre Freundin Karolina wollte sie im vergangenen Sommer bis in den Herbst hinein immer wieder an den Wochenenden mitnehmen, um sich zu amüsieren. Sie erzählte, was sie erlebt hatte, was Agnes doch alles verpasste, wenn sie zu Hause blieb. Vor allem die Amerikaner, die waren so nett und machten gerne Party, lockte Karolina, doch Agnes erfand immer wieder Ausreden, warum sie nicht mitkommen wollte. Sie fühle sich nicht wohl, ihr Vater erlaube es nicht, sie habe noch so viel zu tun etcetera. Die Versuche, Agnes aus ihrem Schneckenhaus zu locken, wurden immer seltener, bis Karolina sich irgendwann nicht mehr blicken ließ.

Agnes hatte sich in ihre Arbeit gestürzt. Sie nähte den ganzen Tag und sorgte so zum Gefallen ihres Vaters für guten Umsatz, der ihren Lebensstandard beträchtlich anhob. Darauf angesprochen, wo denn ihr schönes blaues Kleid abgeblieben wäre, sagte Agnes, dass sie es spontan verkauft hatte. Natürlich wollte ihr Vater das Geld haben. Zum Glück hatte das Mädchen eine kleine Reserve angespart und konnte genug Geld übergeben.

Jetzt in der Vorweihnachtszeit waren Mützen und gestrickte Socken sowie Jacken sehr begehrt, und wer gute Qualität haben wollte, ging zu Familie Zaiser, um einen Auftrag zu erteilen. Es machte der 14-Jährigen nichts aus, wenn sie von früh bis spät abends in der Stube saß und nähte und strickte. Sie wollte es unter allen Umständen vermeiden, in die Stadt zu gehen. Zuviel Angst hatte sie davor, Jim zu begegnen.

Eduard Zaiser war durch sein Geschäft in der Stadt allen bekannt; er genoss seinen Status, den er eigentlich seiner Frau Maria und seiner Tochter Agnes zu verdanken hatte, die die Hauptarbeit in der Schneiderei machten. Doch er war es, der die Kleidung unter die Menschen brachte und das Lob über die hervorragende Qualität einheimste. Pünktlich um 17 Uhr schloss er täglich das Geschäft ab und machte Feierabend. Seine Familie durfte gerne weiterarbeiten, denn schließlich war die Nachfrage hoch und handarbeiten konnte er schließlich nicht, er war der Geschäftsmann.

„Was gibt es denn heute zu essen?", fragte er Maria, die an einer dicken Lodenjacke arbeitete.

„Ich mach später Kassler mit Kraut und Kartoffeln, wenn ich mit der Jacke für den Münstel fertig bin", sagte sie.

„Dann beeil dich, ich hab ordentlich Hunger." Nachdrücklich klopfte er sich auf den flachen Bauch.

„Eine halbe Stunde, dann fang ich an, ja?"

„Hm, gut. Agnes, hol schon mal Kartoffeln, schäl die und setz Wasser auf, dass das deine Mutter schon nicht machen muss!", befahl er. Sie ließ das Kleid, an dem sie arbeitete, in der Maschine und ging schnurstracks in den Keller, nahm einen Blecheimer und füllte ihn mit Knollen. Kurz blieb sie stehen und sah sich im Geiste wieder auf den Säcken liegen, geschändet und verachtet von dem Soldaten, ehe sie eilig die Treppe wieder hochlief, die Kartoffeln wusch und zu schälen begann. Ihr Vater öffnete mit einem lauten Ploppen eine Bierflasche, setzte sich auf einen Küchenstuhl und beobachtete sie dabei.

„Du solltest mal weniger essen, du wirst langsam fett, Mädchen", sagte er und zeigte auf sie. Agnes sah an sich herunter und schälte dann wortlos weiter.

„Hast wohl ein geheimes Depot, von dem wir nichts wissen dürfen, häh?" Eduard lachte, legte den Kopf in den Nacken und trank seine Flasche in einem Zug halb leer.

Agnes war es selbst auch nicht entgangen, dass sie zugenommen hatte. Sie hatte keine Erklärung dafür. Sie spürte, dass ihre Kleider spannten. Das konnte natürlich an ihrem Wachstum liegen, aber sie musste vor allem in ihrer Körpermitte ihre Kleidung weitermachen. Sie war eigentlich nicht der Meinung, dass sie so viel mehr aß als früher. Aber ja, sie verspürte öfter Hunger. Sie nahm sich vor, in Zukunft mehr darauf zu achten.

„Wenn ich es nicht anders wüsste, könnte man meinen, du bist schwanger", sagte ihre Mutter Maria eher beiläufig, die ihre Kittelschürze anzog, um mit dem Kochen zu beginnen.

Ihre langsam grau werdenden Haare hatte sie wie ihre Tochter zu einem Pferdeschwanz gebunden.

Agnes erstarrte in ihrer Bewegung und verharrte mit dem Messer an der halb geschälten Kartoffel, was ihr Vater bemerkte, seine Tochter genauer inspizierte und den Blick über die Formen von Agnes streichen ließ.

„Sag jetzt nicht, dass du in der Gegend rumgehurt hast!", sagte Eduard gefährlich leise.

Agnes wurde rot im Gesicht. Nicht aus Verlegenheit, sondern von dem Schock der Erkenntnis, dass sie tatsächlich schwanger sein könnte. Darüber hatte sie sich nach dem Vorfall im Keller niemals Gedanken gemacht.

Mutter und Vater schauten jetzt gemeinsam Agnes an und erwarteten eine Antwort, die lediglich aus dem Wort „Ich, ich" bestand. Zu mehr war sie nicht in der Lage. Die Kartoffel fiel ihr aus der Hand, sie legte das Messer weg und starrte ihre Eltern mit schmerzerfülltem Gesicht an.

„Das glaube ich nicht, unsere Tochter ist eine Hure!", rief Eduard von seinem Platz aus und stand auf. „Du verkaufst dich für Geld, dass du was zu fressen kriegst." Er schritt langsam auf Agnes zu.

Auch Maria kam näher, nicht wissend, wie sich die Situation nun entwickeln würde. Ihr Mann war normal nicht gewalttätig. Selbstverständlich bekam Agnes hin und wieder eine Backpfeife verpasst, das gehörte ja zur üblichen Erziehungsmethode, aber er verletzte, bis auf ein paar blaue Flecken hier und da, Agnes nie wirklich.

„Sag, dass das nicht wahr ist, Agnes. Du hast dich nicht einem Mann hingegeben, stimmt's?", fragte Maria mit einem Rest Hoffnung in der Stimme.

„Ich wollte das nicht, ich konnte nichts dafür, der Soldat, der Amerikaner ...", sagte Agnes so leise, dass man sie kaum verstand. In der Küche war es so leise, dass man eine Maus in der Zwischenwand rascheln hören konnte.

„Unsere Tochter macht die Beine breit für dieses Ami-Gesindel", sagte Eduard und schlug eine Hand über seine Augen. Was sollten bloß die Leute sagen, die Nachbarn, die Kunden?

„Es ist doch jetzt egal, was die anderen sagen", wagte Maria einen Versuch, um zu schlichten.

„Nein, ist es nicht!", brüllte Eduard plötzlich los. „Wir haben einen Ruf, wir sind eine anständige Familie, wir haben ein Geschäft zu führen. Was meinst du, wie die Leute reagieren, wenn sie erfahren, dass vom alten Zaiser das Balg sich von einem Neger schwängern ließ? Dann können wir unseren Laden zusperren und nach Augsburg oder wohin auch immer auswandern, wo uns keiner kennt, und was die Leute dann denken, wenn das Kind vielleicht sogar schwarz ist? Dann können wir uns aufhängen." Eduards Gesicht war rot geworden vor Zorn.

„Schrei nicht so rum, Edi, sonst kannst du ja direkt in die Zeitung schreiben lassen, was hier los ist."

„Es war kein Neger", sagte Agnes mit schwacher Stimme, immer noch am Waschbecken stehend in die Kartoffeln starrend.

„Es ist mir scheißegal, ob es ein dreckiger Baumwollpflücker war oder sonst wer. Du hast für diese Leute, unsere sogenannten Befreier, deine Möse hingehalten, und jetzt ..." Eduard schlug die Hände verzweifelt in die Luft. „... was für eine Schande."

„Vorwürfe helfen nichts, wir brauchen eine Lösung", sagte Maria um Vernunft bemüht.

„Die Lösung hab ich parat. Unsere Tochter fällt die Treppe runter und bricht sich das Genick." Eduards Stimmlage war wieder leiser geworden, die Worte waren jedoch so schlimm wie scharfe Messer, die ins Fleisch schnitten.

„Du spinnst doch", sagte Maria entsetzt und schaute ihren Mann entgeistert an. Agnes weinte bittere Tränen, die von ihrer Nase perlten und auf den Boden tropften. Sie dachte selbst, dass es das Beste wäre, wenn sie nun tot umfallen würde.

Eduard Zaiser hatte die Hände in die Hosentaschen gesteckt und dachte nach, bis er eine Entscheidung fällte. „Ich habe keine Tochter mehr. Du packst deine Siebensachen zusammen und morgen Früh gehst du ins Crescentia-Kloster. Da hinter den Mauern, da, wo dich keiner sieht, da kannst du das Negerbalg auf die Welt bringen. Sei dankbar, dass ich dich heute noch hier übernachten lasse!" Eduard stellte lautstark den Küchenstuhl zur Seite und stapfte wütend in die Stube, ließ sich auf das verschlissene Sofa nieder und trank mit finsterer Miene sein Bier.

Agnes stand wie eine Statue in der Küche, unbeweglich, erschüttert und die Kartoffeln anschauend. Tränen tränkten den Boden. Sie wusste nicht, was schlimmer war: das gewaltsame Verlieren ihrer Jungfräulichkeit oder diese Erkenntnis, dass sie schwanger war und von ihrem Vater verstoßen wurde. Vergeblich wartete sie auf irgendeine Art von Trost von ihrer Mutter. Irgendwelche aufmunternden Worte, dass alles nicht so schlimm sei und es immer eine Lösung gäbe. Nichts.

Als Agnes sich wieder bewegen konnte, ging sie, jedes Geräusch vermeidend, auf ihr Zimmer im Obergeschoß, legte sich in ihr Bett und weinte, bis keine Tränen mehr aus ihren Augen kommen wollten.

Agnes Zaiser wurde am folgenden Tag von ihrer Mutter zum Crescentia-Kloster gebracht. In den kleinen abgenutzten Koffer passte ihr ganzes Leben hinein, der ihr wie Blei an der linken Hand hing, während Maria an der Pforte zum Kloster eine Messingglocke läutete. Eine gutmütig aussehende Schwester in schwarzer Robe und mit einem gewaltigen Holzkreuz um ihren Hals hörte ernst zu, warum dieses Kind in das Kloster aufgenommen werden sollte. Sie erklärte der Mutter die Prozedur der Aufnahme und strich Agnes mit einer warmen, trockenen Hand über die Wangen. Diese tröstende Geste nahm sie wie ein trockener Schwamm auf. Vielleicht war der Aufenthalt im Kloster doch nicht so schlimm wie sie befürchtete. Bestimmt wurde sie hier besser behandelt als in ihrem Elternhaus.

Maria Zaiser vermied es, ihre Tochter zum Abschied zu berühren, nur ein Einfaches: „Ich wünsche dir viel Glück", war alles, was sie sagte. Sie sahen sich an, bis sie von dem sich schließenden Tor endgültig getrennt wurden.

Nie wieder sollte Agnes Zaiser ihre Eltern sehen.

Kapitel 32

Mai 1947

Schmerzensschreie hallten von den Wänden des Behandlungsraumes wider. In immer kürzeren Abständen schrie das Mädchen sich die Seele aus dem Leib. In einer Ecke stand eine junge Nonne vom Orden der Magdalenerinnen in ihrer Tracht, hielt ihren Rosenkranz zwischen den Händen und betete Kugel für Kugel.

Agnes lag mit weit gespreizten Beinen auf dem Behandlungstisch in der Krankenstation des Klosters. Die Unterschenkel steckten in einer erhöhten Metallvorrichtung und waren festgebunden. Drei Schwestern mit hochgekrempelten Robenärmeln sprachen laut miteinander und mit der Gebärenden. Anweisungen wurden über das Schreien der Gepeinigten hinweg gerufen, damit sie gehört wurden. Handtücher lagen bereit, ein Waschzuber, gefüllt mit heißem Wasser, dampfte auf einem Tisch.

Die dunklen Haare des gefallenen Mädchens klebten an der verschwitzten Stirn. Immer wieder bäumte sie sich auf, wenn eine neue Schmerzwelle sie durchfuhr und sie automatisch zu pressen begann. Einige Stunden lag Agnes bereits in den Wehen und wünschte sich nur noch, dass dieser Albtraum vorbei wäre. Man hatte sie kaum darauf vorbereitet, was sie zu erleiden hatte, und so fürchtete sie, dass diese Schmerzen nicht normal waren und sie nun sterben würde. Doch Agnes starb nicht, sie presste, eine Nonne hantierte an ihrem Unterleib herum und sprach ihr

Mut zu, bis der Schmerz plötzlich abnahm. Sie spürte, dass etwas unbedingt aus ihrer Leibesmitte hinauswollte, und dann war der Schmerz nahezu verschwunden. Stille kehrte ein, Agnes wartete vergebens auf den Tod. Die Schwestern hielten die Luft an, bis eine Nonne ein blaues Bündel an den Beinen hochhielt und nach einem feuchten Klatscher auf den Po ein Kreischen durch den Raum hallte. Das Neugeborene machte seinen ersten Atemzug auf dieser Welt und schrie mit lauter Stimme, aus einer gesunden Lunge. Die anderen anwesenden Schwestern lachten und klatschten freudig in die Hände.

Agnes hatte nur kurz einen Blick auf ihr Kind werfen können, ehe es aus ihrem Blickwinkel verschwand. Sie hatte das natürliche Bedürfnis einer Mutter, das Kind, möge es auch noch so blut- und schleimverschmiert sein, in die Arme zu nehmen. Doch die Schwestern nahmen das Kind an sich. Es wurde gewaschen, während es laut brüllte, und mit weichen Handtüchern getrocknet. Erst dann wurde Agnes, die mit ihren 15 Jahren selbst noch nicht erwachsen war, ihr Mädchen in die Arme gelegt. Die junge Mutter vergoss Tränen des Glücks, während die Kleine das Mündchen öffnete und nach ihrem ersten Mahl suchte. Instinktiv wusste Agnes, was sie zu tun hatte und legte das Kind an ihre Brust.

Die Schwestern sahen selig zu, wie das Kind gesäugt wurde, während eine der Nonnen auf die Nachgeburt wartete.

„Du musst ihm einen Namen geben, Agnes", sagte Schwester Sofie lächelnd.

„Sie soll Margarete heißen", sagte sie. Der Name kam ihr einfach so in den Sinn. Nie hatte sie sich Gedanken über

Namen gemacht, auch nicht, welches Geschlecht das Baby haben könnte. Sie wiederholte geschwächt, aber lächelnd: „Margarete Zaiser."

Kapitel 33

Agnes fühlte sich im Kloster des Magdalenenordens zu Landsberg und inmitten der Ordensschwestern wohl. Hätte sie kein Kind geboren, hätte sie sich für ein Leben als Nonne entschieden, aber so war das nicht möglich. Die ersten Monate ihres Aufenthaltes empfand sie als sehr schwer. Man ließ sie spüren, dass sie Buße tun musste für ihre Sünde, die sie begangen hatte. Ein unverheiratetes, schwangeres Mädchen musste auf den rechten Pfad geführt werden. Die täglichen Gebete, die Messen, die viele Arbeit zehrte an ihrem jungen Körper, obwohl sie harte Arbeit vom heimischen Betrieb gewohnt war.

Agnes war mit der sechsjährigen Margarete im Klostergarten. Der lange, harte Winter hatte dem Garten zugesetzt, und nun war die Zeit, dass die Bäume, Pflanzen, Blumen und Kräuter hergerichtet wurden. Gemüse für den Eigenbedarf und für den Verkauf auf dem Wochenmarkt wurde eingepflanzt. Agnes hatte schnell ihr Geschick unter Beweis gestellt und ihr wurde von der Schwester Oberin schon nach drei Jahren ihrer Anwesenheit im Kloster die Verantwortung über den Garten gegeben.

Sie genoss es, in den Gärten und den Beeten zu arbeiten. Immer an der frischen Luft im Frühling, auch wenn es, so wie in dieser Woche, doch noch recht frisch war. Sie stutzte Bäume, gab Pflanzen größere Töpfe, zupfte abgestorbene Blätter von Sträuchern. Doch auch körperlich anstrengende

Arbeiten machte sie gerne. Sie holte mit einer Schubkarre Material heran und kieste die Wege frisch. Ihre Tochter Margarete plapperte unentwegt vor sich hin, stellte neugierige Fragen und arbeitete ihrer Mutter zu. Sie reichte frische Pflanzen, die Agnes eintopfte, sie goss mit einer kleinen Gießkanne die Setzlinge, raffte abgeschnittene Äste und Zweige zusammen und warf sie auf den Grünguthaufen. Die Kleine freute sich darauf, dass der Sommer verging, denn dann durfte sie endlich in die Schule gehen. Sie konnte es kaum erwarten und fragte nahezu täglich, wie viele Tage es noch wären, bis sie in die Schule durfte. Hier im Kloster waren nur sehr wenige Kinder, deren Mütter ebenfalls ein Schicksal zu erzählen hatten. Egal, aus welchem Grund die anderen Mädchen und Frauen im Kloster waren, es war immer deren Schuld. Agnes hatte sich in ihren ersten Tagen und Monaten im Kloster immer wieder rechtfertigen wollen, dass sie doch das Opfer war. Doch stieß sie auf taube Ohren bei den Schwestern. Sie war keine Jungfrau mehr, sie hatte einen Mann empfangen und durch ihre Sünde ein Kind geboren. Nach kurzer Zeit wurde sie es leid, ihren Standpunkt darzulegen, sie resignierte und tat Buße, wie es von ihr verlangt wurde.

In ihrer kargen Freizeit ging sie gerne mit Margarete in die Stadt, spazierte in den Parks umher, fütterte mit ihrer kleinen Tochter zusammen die Enten oder sprach mit ihr über Gott, die Bibel und Maria Magdalena, während sie am grünen Lech entlangwanderten.

Der straffe Tagesplan gab Agnes eine beruhigende Sicherheit. Täglich wurde um sechs Uhr geweckt, die Gebete und Messen waren zu festgelegten Zeiten. Bei den gemeinsamen Mahlzeiten mit den Ordensschwestern wurde kaum gesprochen und pünktlich um 21:30 Uhr war nach dem letzten Gebet des Tages Bettruhe.

Schwester Varella ging zügig in ihrer typischen schwarzen Robe und mit verschränkten Händen über die frisch gekiesten Wege auf Agnes zu, die ganz vertieft in ihre Arbeit war und erschrak, als sie die Stimme der Nonne hinter sich hörte.

„Agnes, du sollst bitte zu Schwester Oberin Rosula kommen", sagte sie.

Die junge Frau runzelte die Stirn. „Hat sie gesagt, was sie von mir will?" Ein ungutes Gefühl machte sich immer in ihr breit, wenn die Klostervorsteherin mit ihr sprechen wollte. Meist erwartete sie eine Rüge oder bekam Aufgaben zugeteilt, die ihr nicht sonderlich gefielen.

„Nein, hat sie nicht."

Agnes stand auf und wischte sich die Hände an einem Handtuch ab, das sie in die Schnürung ihres einfachen blauen Kleides gehängt hatte. „Gut, dann hör ich mir mal an, was sie will." Sie lächelte Varella an, um ihre Unsicherheit zu überspielen, drehte sich in Richtung ihrer Tochter und rief sie herbei.

„Ohne Greti", sagte die Nonne bestimmt.

Das ungute Gefühl verstärkte sich bei Agnes. „Auweia, das klingt ernst. Ich habe keine Ahnung, was ich angestellt habe." Sie schaute fragend Varella an, die nur die Schultern heben konnte. Agnes ging in die Knie und sagte zu Greti: „Geh mit Schwester Varella mit, Mama muss zu Oberin Rosula." Das Mädchen nickte ernst und nahm die Hand der Nonne. Agnes machte sich auf den Weg zur Vorsteherin der Magdalenerinnen.

Das Pochen hallte durch den Gang, als Agnes mit dem Metallbügel zaghaft gegen die Tür klopfte. Ihr waren schon die Schritte auf dem schwarz-weiß gefliesten Boden laut vorgekommen, als sie sich der Tür des Büros der Oberin genähert hatte. Links und rechts hingen Gemälde von früheren Oberschwestern und immer wieder Stiche und Statuen von Maria Magdalena.

„Ja, bitte!" Eine herrische Stimme.

Agnes drückte die Klinke auf Schulterhöhe der braunen Tür, die Angel quietschte leicht. Mit einem Geräusch der Endgültigkeit schloss sie die Tür wieder hinter sich und blieb stehen. „Sie haben nach mir gerufen, Oberin Rosula?"

Die Vorsteherin neigte ihren Kopf nach unten, damit sie über ihre Hornbrille hinwegsehen konnte. Diese Geste ließ sie noch strenger wirken. „Komm näher, setz dich bitte." Mit einer einladenden Geste winkte sie die junge Frau auf den Stuhl gegenüber ihres großen, aber schlicht gehaltenen Schreibtisches. An der Wand hinter der Oberin hing ein überdimensionaler Jesus am Kreuz und sah mit leidenden Augen nach unten. Zu dessen Füßen sah eine Maria Magdalena mit betenden Händen schmerzerfüllt zum sterbenden Gottessohn hoch.

Zögerlich ging Agnes zum Stuhl und setzte sich darauf, ohne ihn mit den Händen zu berühren, und schaute die Oberin erwartungsvoll an.

„Wie wäre es mit einem Tee?", fragte sie gastfreundlich. Agnes traute ihren Ohren nicht so ganz.

„Äh, Tee? Äh, ja gerne", antwortete sie verwirrt.

Rosula zauberte eine bereitstehende Kanne hervor, zwei weiße, filigrane Teetassen mit blauer, kunstvoller Verzierung und schenkte ein. Ein passendes Zuckerschälchen stellte sie dazu und schob eine Tasse zu Agnes hinüber.

„Du fühlst dich wohl bei uns?", fragte die Oberin.

Agnes fühlte sich ob der Freundlichkeit Rosulas unwohler, weil sie nur die autoritäre Vorsteherin kannte und nicht die Frau, die praktisch im Plauderton mit ihr sprach.

„Ja, mir geht es gut hier, ich bekomme Essen, Kleidung und habe eine Arbeit im Garten, die mir Spaß macht." Agnes hatte plötzlich die Gewissheit, dass ihr die Gartenarbeit weggenommen würde und sie sich wieder in der Wäscherei finden würde.

Die beiden Frauen schauten sich an und tranken von dem Tee. Schweigend sah die Oberin auf Agnes, immer wieder an der Tasse nippend. Dann stellte sie die Tasse ab und kam auf den eigentlichen Grund zu sprechen. Sie räusperte sich.

„Agnes, warum du heute da bist … Ich muss dir eine traurige Mitteilung machen."

‚Oh Gott, nein', dachte sich Agnes. Sie sah sich bereits in der dampfenden Waschküche schwitzen.

„Deine Eltern sind vor zwei Tagen bei einem Autounfall ums Leben gekommen." Oberin Rosula senkte die Augen und war sichtlich froh, dass sie diesen Satz endlich ausgesprochen hatte.

„Was?" Das erste Gefühl, das Agnes hatte, war Erleichterung. Sie musste nicht in die Waschküche. Doch nach einigen Sekunden sickerten die gesagten Worte in ihren Verstand und was sie bedeuteten. „Tot?"

„Ja, es tut mir so leid für dich, Agnes."

„Wie?", fragte die junge Frau nur.

„ Sie fuhren mit ihrem VW-Käfer auf der Hauptstraße nach Füssen, als ihnen ein Wagen entgegenkam, der gerade einen Milchlaster überholte. Es ging sehr schnell, deine Eltern mussten nicht leiden."

Agnes wurde von einer Welle der Traurigkeit überrollt, was ihre Mutter betraf. Dass auch ihr Vater gestorben war, ließ ihr Herz kalt. Er hatte mit ihr gebrochen, sie ins Kloster gesteckt, ohne sich anzuhören, was sie zu sagen hatte. Und im Laufe der Jahre empfand sie für diesen Mann nichts mehr. Mit leeren Augen sah sie die Klosterchefin an.

„Du kannst heute und morgen frei machen. Um die Formalitäten und die Beisetzung kümmert sich dein Onkel Hans. Die ist für kommenden Freitag angesetzt. Natürlich kannst du dem beiwohnen", sagte die Oberin mitfühlend.

„Ich wusste gar nicht, dass sie ein Auto hatten", sagte Agnes kopfschüttelnd. „Ich wusste überhaupt nichts mehr von meiner Familie. Meine Mutter hat mir nur ein paar Mal an Weihnachten eine Karte geschrieben. Von Vater kam gar nichts. Und jetzt sind sie tot?" Agnes zog die Nase hoch.

„Es tut mir leid", wiederholte die Oberin.

„Danke, dass Sie es mir gesagt haben. Wenn ich bitte wieder gehen dürfte?" Höflich wie sie war, trank sie den Tee noch aus.

„Natürlich. Du kannst jederzeit zu mir kommen, wenn du jemanden zum Reden brauchst." Agnes nickte und schlurfte zur Tür, die sie wieder quietschend öffnete.

Kapitel 34

Zwei Wochen später

Agnes fuhr mit der Eisenbahn nach Kaufbeuren. Margarete hatte sich kaum hingesetzt. Sie schaute gespannt und aufgeregt aus dem Fenster, wie die Welt in schnellem Tempo an ihr vorbeizog. Sie war noch nie in einer Eisenbahn oder gar in einem Auto mitgefahren. Mit ihren kleinen Fingern deutete sie immer wieder auf Dinge, die sie für erwähnenswert hielt. Agnes lächelte über die Freude, die das Kind hatte.

Sie war, seit sie vom Crescentia-Kloster nach Landsberg übergeben wurde, nicht mehr in Kaufbeuren. Dementsprechend gemischte Gefühle hatte sie bei der Aussicht auf ein Wiedersehen der Stadt. Sie tastete nach ihrem Holzkreuz, das sie um den Hals an einer Kette hängen hatte, und betete leise, dass Maria Magdalena ihr beistünde. Sie hatte es nicht über sich gebracht, zur Beerdigung ihrer Eltern zu kommen. Zu viel war in ihr zerbrochen, als sie in das Kloster geschickt wurde.

Als der Ortsrand von Kaufbeuren erreicht wurde, sah auch sie gespannt aus dem Fenster. Viele Orte wirkten vertraut, als wäre die Zeit stehengeblieben. Die größte Veränderung war, dass viele Autos, meist VW-Käfer, die Straßen befuhren. Als sie damals von ihrem Vater verbannt wurde, waren noch häufig Pferde zu sehen, die über das Kopfsteinpflaster klapperten. Die stinkenden Fahrzeuge waren noch eine Seltenheit.

Sie spürte, wie die Eisenbahn bremste. Margarete hatte sich nicht festgehalten und kippte auf die harte Holzbank. Doch das Mädchen war viel zu aufgedreht, um darauf zu achten, ob sie sich wehgetan hatte.

„Wir sind da, Greti", sagte Agnes mit belegter Stimme. „Nimm schon mal deine Tasche. Der Zug hält nicht sehr lange."

„Ist gut, Mama", antwortete das Mädchen und tat artig, was ihr befohlen wurde. Als die Bahn mit ohrenbetäubendem Bremsen zum Stehen gekommen war, ging die Kleine mit flinken Beinchen auf den Ausgang zu und wartete auf ihre Mutter und dass ein großer, dunkel gekleideter Mann die Tür öffnete. Eine Minute später betrat Agnes nach über sechs Jahren wieder den Boden von Kaufbeuren. Sie sah sich um und sah der Menschenmenge zu, die eilig mit ihrem jeweiligen bestimmten Ziel über den Steinboden hasteten. Unschlüssig stand sie auf dem Bahnsteig, als ein Mann in einem dunkelgrauen Anzug auf sie zukam. Wie fast alle Männer, die sie sah, hatte auch er einen Hut auf, den er kurz vom Kopf hob, als er die junge Frau fragte, ob sie Agnes Zaiser sei, was sie bejahte. „Mein aufrichtiges Beileid, Frau Zaiser, ihre Eltern wurden viel zu früh aus dem Leben gerissen."

„Wer ist der Mann, Mama?", fragte Margarete.

Er bückte sich und stützte seine Hände auf den Knien ab. „Ich bin der Herr Schneider und spreche mit deiner Mutter über deine Großeltern", kam er Agnes zuvor und lächelte das Mädchen an, das ihn mit skeptischen Augen ansah. Sie war es gewohnt, unter Frauen zu sein, Männer sah sie nur bei Spaziergängen mit ihrer Mutter, aber gesprochen hatte sie noch nie mit einem.

„Aber die sind doch tot?!", fragte Margarete verwirrt.

„Ja, das sind sie", sagte Schneider zerknirscht. „Wir müssen darüber reden, was aus den ganzen Sachen wird, die deine Oma und der Opa hinterlassen haben, das gehört dann deiner Mama und auch dir."

Margarete lächelte erfreut. Sie bekam sehr selten Geschenke. Eigentlich nur an Weihnachten und zu ihren Geburtstagen.

„Wenn Sie mich bitte begleiten wollen, Frau Zaiser. Auf dem Parkplatz steht mein Wagen, dann fahren wir zu meinem Büro." Er führte die Ankömmlinge zu seinem neuen Ford Taunus.

Agnes konnte kaum Veränderungen feststellen. Es war fast so, als wäre die Zeit stehengeblieben. Die Straßen waren in einem wesentlich besseren Zustand. War damals noch fast überall Kopfsteinpflaster gewesen, waren nun vor allem die Hauptstraßen asphaltiert und breiter gemacht worden. Sie war beeindruckt von den vielen Autos. Doch das Hauptverkehrsmittel waren offensichtlich Motorräder. Das Kriegerdenkmal „Der nackte Mann" blickte immer noch, wie seit 1911, das Schwert in der linken Hand auf den Boden gesetzt in die Ferne. In der Altstadt herrschte aber immer noch Kopfsteinpflaster vor. Herr Schneider bog in die Kaiser-Max-Straße ein und stellte den roten Wagen in der Nähe des Rathauses ab.

Agnes starrte den Neptunbrunnen an und erinnerte sich mit Grausen an den damaligen Tag im Sommer, der ihr Leben so gravierend verändert hatte. Noch hatte Margarete nicht nach ihrem Vater gefragt. Doch das war nur eine Frage der Zeit. Sie würde dem Mädchen nicht die Wahrheit sagen und ihm erzählen, dass er schon lange gestorben war. Herr

Schneider hatte die Tür geöffnet und bot Agnes die Hand an, um ihr aus dem Wagen zu helfen. Anschließend steuerte er einen Eingang an, schloss auf und ließ sie eintreten.

Das einfach gehaltene Büro hatte Holzschränke, in denen Aktenordner alphabetisch arrangiert waren. Der Ordner mit Z fehlte im Schrank, er lag auf dem Schreibtisch. Herr Schneider bot der jungen Frau und der kleinen Margarete einen Stuhl und eine Erfrischung an. Gerne nahmen sie eine Orangenlimonade.

„Frau Zaiser, ich als der Nachlassverwalter Ihrer Eltern habe die Aufgabe, Ihnen das Erbe zu übergeben. Sie sind die einzige Person der sogenannten ersten Ordnung und sind daher die Alleinerbin. Die Auslagen Ihres Onkels, der sich um die Bestattung gekümmert hat und in Vorleistung ging, werden damit natürlich verrechnet."

Agnes verstand so weit und nickte, als sie von Herrn Schneider prüfend angesehen wurde.

„Sie bekommen die Vollmacht über die Konten, geschäftlich und privat, das Haus in der Ludwigstraße geht in Ihren Besitz über. Das ganze Inventar der Schneiderei und natürlich sämtliche privaten Gegenstände gehen auf sie über."

Agnes schluckte hart. Damit hatte sie überhaupt nicht gerechnet. Sie hatte keine Ahnung, ob ihre Eltern in Miete wohnten oder ob sie das Haus besaßen. Ob sie Schulden hatten, ob die Nähmaschinen bezahlt waren, das alles hatte sie nicht gewusst.

„Ich weiß, das ist jetzt etwas viel für Sie auf einmal. Machen Sie sich mit dem Gedanken vertraut, dass Sie jetzt ein gutes Auskommen haben werden."

Schweigen legte sich über den Raum. Margarete schaute gespannt zwischen den Erwachsenen hin und her.

„Ich kann mit Ihnen das Haus besichtigen, wenn Sie das wollen", schlug Herr Schneider vor.

„Ich denke, das ist eine gute Idee. Können wir das gleich machen?"

„Selbstverständlich, Frau Zaiser." Er stand auf und schritt bereits zur Bürotür. Agnes und Margarete folgten.

Je näher Agnes dem Elternhaus kam, umso langsamer wurde sie. Sie hatte förmlich einen Knoten im Bauch. Sie sah die Fassade hoch und dann zum Kellerschacht, der mit einem neu aussehenden Schloss gesichert war. Der Verwalter öffnete die Haustür und ließ wieder Agnes mit Margarete den Vortritt.

Der Geruch traf sie wie ein Schlag in die Magengrube. Es roch noch genauso wie damals. Der Geruch nach Baumwolle, nach Stoffen, nach Leder. Sie erkannte die graue Pfaff-Nähmaschine, an der sie so oft gearbeitet hatte, bis ihre geschundenen Finger bluteten. Doch ihre Eltern hatten auch eine moderne elektrische Nähmaschine. An den Wänden waren noch die Stangen, an denen die fertigen und halbfertigen Kleidungsstücke aufgehängt wurden. Agnes schlich durch die Räume und mit jedem Schritt erinnerte sie sich wieder an Dinge, die sie längst vergessen geglaubt hatte. Sie ging die ersten Stufen zum oberen Geschoss hoch, verharrte aber. Sie konnte es nicht; sie konnte nicht in ihr Kinderzimmer gehen, daher drehte sie um. Margarete hätte hingegen sehr gerne eine Expedition durch das Haus gemacht, was ihr aber von Agnes mit einem strengen „Halt" verboten wurde. Margarete schaute erstaunt ihre Mutter an.

Agnes ging in die Küche, berührte das Spülbecken, das mehr Gebrauchsspuren aufwies als früher. Sie sah vor ihrem geistigen Auge wieder, wie sie die Kartoffeln schälte, das Frotzeln ihres Vaters, der glaubte, dass sie dick wurde, die Erkenntnis, die alle drei Anwesenden gleichermaßen überrollte in diesem Moment. Die Wut ihres Vaters, die Verzweiflung der Mutter und die Aufforderung, das Haus zu verlassen.

Langsam drehte sie sich zum Nachlassverwalter um. „Ich will das Haus nicht."

„Bitte, was?", fragte Herr Schneider, der glaubte, dass seine Ohren ihm einen Streich spielten.

„Ich ertrage dieses Haus nicht, ich will es nicht."

„Nun ja", sagte er zögerlich, „Sie können das Haus vermieten; es gäbe bestimmt Interessenten, die solche Geschäftsräume suchen. Sie bekämen rentablen Mietzins."

„Nein, ich will mit diesem Haus nichts mehr zu tun haben. Es geht nicht." Agnes schüttelte den Kopf und sah Herrn Schneider bittend an.

„Nun gut. Ich kann einen Makler beauftragen, der für Sie das Haus veräußert." Seiner Stimme war anzuhören, dass er die Entscheidung der jungen Frau nicht nachvollziehen konnte.

„Dann machen Sie das bitte. Lassen sie es verkaufen und alles, was darin ist."

„Das mache ich für Sie, aber ungern. Sie wollen sich das nicht noch überlegen?"

„Bitte!", sagte Agnes nachdrücklich und drängte zur Tür, um das Haus zu verlassen. Die verwirrte Margarete musste sich beeilen, um hinterherzukommen. Auf der Straße angekommen atmete Agnes mehrere Male tief ein und aus, als wäre das Gebäude voller Stickstoff gewesen.

„Frau Zaiser ... was wird aus Ihnen? Wollen Sie weiterhin im Kloster bleiben?", fragte Herr Schneider, als er der jungen Mutter gefolgt war.

„Bei den Schwestern habe ich mein Leben, es sind meine Freundinnen, dort habe ich eine Arbeit, die mir Spaß macht."

„Sie wissen, dass Ihre Eltern 150 Mark monatlich an das Kloster überwiesen? Das sind die üblichen Kosten für Mädchen und Frauen, die dort hingebracht werden von ihren Eltern."

Agnes schaute den Verwalter an. „Die haben bezahlt dafür, dass sie mich loshatten?"

„Wie Sie es auch ausdrücken wollen, aber ja, so ist es. Das Kloster hat ja seine Unkosten, die auf die Angehörigen umgelegt werden. Und wenn Sie nun weiterhin im Kloster Landsberg bleiben wollen, dann fürchte ich, müssen Sie die Gebühr aus eigener Tasche bezahlen. Vielleicht wäre es ja doch eine Option, in ihr Elternhaus zu ziehen?"

„Auf keinen Fall", spie sie aus. „Ich habe es heute zum letzten Mal betreten."

„Was mir noch einfällt, in Richtung Osten wird ein Wohnkomplex gebaut. Mehrstöckige Gebäude und kleine Häuser. Wenn wir einen ordentlichen Erlös mit diesem Haus hier haben", er nickte zu Agnes' Elternhaus, „dann können Sie sich so eine Wohnung oder gar ein Häuschen als Eigentum kaufen und es bliebe wahrscheinlich noch ordentlich Geld übrig."

„Au ja, ein kleines Haus für uns, das wär schön.", rief Margarete freudig dazwischen. „Bitteee, Mama. Ich mag Kaufbeuren jetzt schon."

„Darüber muss ich jetzt erst mal nachdenken. Das ist alles sehr viel für mich." Aus Gewohnheit fasste sie an das Holzkreuz, das ihr Trost und Hilfe geben sollte.

Kapitel 35

September 1954

Wieder hatte sich das Leben von Agnes geändert. Der Abschied vom Magdalenenkloster fiel ihr schwer. Aber sie war sich sicher, die richtige Entscheidung getroffen zu haben. Ihr Elternhaus in der Ludwigstraße hatte schnell einen neuen Besitzer, der aus dem Geschäft ein Café gemacht hatte. Agnes hatte die neue elektrische Nähmaschine und die Stoffe behalten. Der Rest wurde verkauft oder verschenkt, was keinen Käufer fand. Von dem Verkauf des Hauses kaufte sie sich in der Honoldstraße ein kleines Reihenhaus, das ausreichte für Mutter und Kind. Sie hatte dennoch noch genug Platz für ihre Nähutensilien. Ein ordentlicher Betrag blieb noch übrig, den sie vernünftigerweise auf ein Sparbuch einzahlte. Sie hatte ein Gewerbe angemeldet und stellte Kleidung von guter Qualität her. Durch Mundpropaganda wurden die Menschen auf die junge Frau aufmerksam, die so ein Talent für das Schneidern hatte. Es dauerte nicht lange, bis sie Leute vertrösten musste, weil sie mit der Arbeit nicht nachkam.

Margarete musste ihrer Mutter immer öfter bei der Arbeit zur Hand gehen. Trotz ihrer erst sieben Jahre stellte sie sich sehr geschickt an, und bald durfte das Mädchen Stoffe anzeichnen und grobe Stücke zuschneiden.

Auch wenn Agnes nicht mehr im Kloster wohnte, das Beten hatte weiterhin einen hohen Stellenwert bei ihr, auch wenn sie nicht mehr so viel Zeit dafür fand; das tägliche Gebet behielt sie bei. Sie hatte in einem kleinen Raum einen Schrein gebaut. An den Wänden hingen Gemälde von Heiligen, die sie günstig in einem Geschäft in der Stadt erstehen konnte. Aus einem schweren Holztisch machte sie sich einen Altar, den sie mit einer Spitzendecke bedeckte. Mittig stand ein vierzig Zentimeter hohes Kreuz aus Messing, das von mehreren Kerzenständern flankiert war. Sie hatte einem Schreiner einen Auftrag für eine Kirchenbank erteilt. Auf dieser Bank konnten zwei Personen sitzen und sich davor auf ein Brett knien und die Gebete sprechen.

Am Anfang kam Margarete mit einer Selbstverständlichkeit immer mit in das Zimmer, kniete nieder und faltete die Hände, während ihre Mutter die Kerzen anzündete. Gemeinsam beteten sie dann den Rosenkranz und das Vater Unser. Wenn Agnes der Meinung war, dass sie oder das Mädchen Sünden begangen hatten, wurde in ihrer privaten Kirche bei Gott um Vergebung ersucht. Margarete begann irgendwann nach dem Warum zu fragen; die vielen Gebete waren ihr bald zuwider. Doch Agnes erklärte, dass sie doch nicht in die Hölle kommen wolle. Mit Sünden kam man nicht ins Himmelreich. Allein schon dadurch, dass es sich erdreistete, den Glauben infrage zu stellen, musste das Mädchen Buße tun.

Margarete war aufgeregt wie noch nie in ihrem jungen Leben. Der große Tag war gekommen, sie durfte in die Schule. Schon Wochen vorher fragte sie ihrer Mutter Löcher in den Bauch, was es in der Schule alles zu lernen gab, wie viele andere Kinder da sein würden. Die Vorfreude ihrer

Tochter konnte Agnes nicht teilen. Sie musste ihre Tochter mit anderen Menschen teilen. Fremde Leute und andere Kinder, die ihr Flausen in den Kopf setzten oder noch Schlimmeres. Ob ihr Mädchen damit klarkam? Sie wusste es nicht und musste ein wachsames Auge auf ihre Tochter haben.

Margarete durfte endlich das sonnengelbe Kleid anziehen, das ihre Mutter mit ihr zusammen schon vor Wochen angefertigt hatte, für diesen besonderen Tag. Es passte wie angegossen. Mit glänzenden Augen drehte sie sich vor ihrer Mutter, die ein wehmütiges Lächeln zeigte. Zum Glück war der September noch sehr warm, Margarete wäre sehr enttäuscht gewesen, wenn sie wegen schlechtem, kaltem Wetter das Kleid nicht hätte anziehen können.

Agnes überreichte dem Mädchen eine blaue Schultüte, die sie heimlich selbst gebastelt hatte. Margarete machte vor Überraschung mit dem Mund ein lautloses O und nahm die Schultüte an sich, die ihre Mutter mit leckeren und nützlichen Dingen gefüllt hatte. Die Siebenjährige umarmte ihre Mutter und wollte dann endlich los in das Abenteuer Schule.

Es versetzte Agnes einen Stich im Herzen, als sie bei der Schule angekommen waren. Sie wollte ihr Mädchen noch einmal in die Arme nehmen, bevor sie sie der Schule übergab und ein neuer Lebensabschnitt begann. Doch das aufgeregt plappernde Kind wollte zu den anderen Kindern und lief flotten Schrittes voraus, dass ihre schwarzen Haare, die sie zu zwei Zöpfen gebunden bekommen hatte, lustig hin und her hüpften. Agnes schien bereits vergessen. Betrübt sah sie hinterher, wie ihre Greti bei den anderen Kindern ankam und ohne Schüchternheit Kontakt suchte. Agnes' Gesicht bewölkte sich zunehmend, während sie neben den anderen Eltern stand, die glücklich lächelten und winkten, wenn ihr Kind hersah. Margarete sah nicht her.

Um zwölf Uhr war der erste Schultag zu Ende. Die Eltern holten ihre Kinder ab, die mit ihren meist geplünderten Schultüten mit viel Radau aus dem Gebäude stürmten und vieles zu erzählen hatten. Auch Margarete lief schnell auf ihre Mutter zu und berichtete von ihren Erlebnissen. Sie erwähnte Namen von Mitschülern, wie ihre Lehrerin hieß und sie nicht wusste, ob sie Du oder Sie sagen sollte. Sie saß in der zweiten Reihe und war die Zweitälteste. „Die meisten sind ja noch Babys und bloß sechs Jahre alt", winkte sie ab. Den ganzen Weg zurück redete sie ohne Unterbrechung und hüpfte im Hopserlauf neben ihrer Mutter her, die Schultüte fest umklammert. Dass Agnes nur sporadisch darauf antwortete, bemerkte sie nicht.

Zu Hause angekommen, legte Margarete die Schultüte quer über einen Stuhl und fegte in die Küche.

„Was gibt es denn zu essen?", fragte sie. „Schule macht Hunger", erklärte sie und rieb zum Beweis über ihren dünnen Bauch.

„Es gibt später etwas, aber erst wird gebetet!", sagte Agnes bestimmt.

„Warum denn? Wir beten doch mittags eigentlich nie."

„Weil du gesündigt hast, Greti und dafür musst du jetzt auch gleich Buße tun, komm mit nach oben!"

„Was hab ich denn falsch gemacht?" Die Freude war verschwunden. Margarete sah traurig und mit schlechtem Gewissen ihre Mutter an.

„In der Bibel steht, dass du deine Mutter ehren sollst. Und das hast du nicht getan. Du hast mich einfach so stehen lassen an der Schule. Du hast scheinbar vergessen, dass du eine Mutter hast. Und das, Greti, ist eine große Sünde. Komm mit." Agnes nahm die Hand ihres Kindes so fest, dass Margarete einen schmerzhaften Laut ausstieß.

„Das tut weh, Mama. Ich komm ja mit. Aber drück nicht so!" Agnes lockerte kaum merklich den Griff und zog die Kleine in ihre private Kapelle.

„Wir knien uns vor Gott nieder und beten den Rosenkranz und fünf Vater Unser."

Margarete wusste, dass Widerrede keine Option war. Und hier an diesem Ort hätte sie sich eh niemals getraut zu protestieren, wenn Gott zusah. Also kniete sie sich hin und begann: „Heilige Maria, Mutter Gottes, bitt für uns Sünder, jetzt und in der Stunde unseres Todes ..."

Kapitel 36

Oktober 1959

„Was wird da denn gebaut?" Diese Frage stellte Margarete ihrer Begleitung. Seit die sechste Klasse begonnen hatte, ging sie mit Michael Klein zusammen den Schulweg hin und wieder zurück. Michael war neu in der Stadt und in derselben Klasse. Er wohnte nur eine Straße weiter. Da der Weg derselbe war, blieb es nicht aus, dass sie schnell gemeinsam den Schulweg abschritten und miteinander über vieles redeten.

„Ich hab keine Ahnung. Scheint was Größeres zu werden", antwortete der elfjährige Junge.

An der Wertach fuhren LKWs hin und her und luden Bauschutt ab. Die Kinder sahen eine Weile dabei zu, bis Margarete drängelte. „Ich muss weiter, meine Mutter schaut bestimmt schon wieder auf die Uhr. Wenn ich auch nur ein paar Minuten zu spät komme, dann macht sie sich Sorgen."

„Ich hab schon gehört, dass deine Mutter ziemlich anstrengend ist."

Margarete zuckte die Schultern. „Gehen wir weiter, komm."

„Machst du eigentlich nie etwas mit anderen Kindern? In der Schule sagt man, dass du komisch bist. Du hast keine Freunde, erzählst kaum etwas von dir und triffst dich mit niemanden."

„Meine Mutter mag das nicht, wenn ich mich mit fremden Leuten treffe."

„Aber deine Klassenkameraden sind doch nicht fremd?"

„Meine Mutter kennt die nicht, also sind die fremd." Wieder zuckte Margarete die Schultern, als wäre das Thema damit für sie beendet.

„Sie ist noch ziemlich jung, gell?"

„Sie ist 31 Jahre alt, ja." Agnes hatte sie schon vor langer Zeit angewiesen, beim Alter nicht ganz die Wahrheit zu sagen, auch wenn sie es in der Regel hasste zu lügen. Agnes war nicht sicher, wie die Nachbarn, die Eltern der Mitschüler und die Klassenkameraden selbst reagieren würden, wenn sie erführen, dass sie schon mit 15 ein Kind bekommen hatte.

„Sie sieht viel jünger aus. Mir kam es fast schon so vor, als wäre sie deine Schwester." Michael lachte.

„So ist es halt, manche sehen jünger aus, manche älter", fuhr Margarete auf.

Michael sah seine Schulkameradin erschrocken an. „Ist ja gut, ich mein doch nur ..."

„Entschuldigung." Margarete sah auf den Boden, weil sie sich für den Ausbruch schämte. „Ich hab das schon so oft hören müssen, dass meine Mama so jung aussieht."

„Friede, Greti?" Michael streckte ihr die Hand entgegen.

„Friede." Margarete schlug lächelnd ein. Die Kinder gingen weiter.

„Sollen wir uns nicht mal an einem Nachmittag treffen und etwas unternehmen? Ich lad dich auf ein Eis in die Stadt ein, solange es noch so warm ist", schlug Michael vor.

Margarete druckste herum. Sie würde sehr gerne mit dem netten Jungen ein Eis essen gehen, der seine dunkelblonden Haare länger trug, als es modern war. „Ich müsste meine Mutter fragen, aber ich glaub, das darf ich nicht."

„Dann sagst du halt, dass du mit einer Freundin in die Stadt gehst", schlug Michael vor.

„Du verstehst das nicht, sie will auch nicht, dass ich mich mit anderen Mädchen treffe."

Michael schaute sie mit einer Mischung aus Staunen und Mitleid an. „Die kann dir doch nicht alles verbieten, du kannst doch nicht daheim verkümmern und nur für deine Mutter da sein."

„Sie hat Angst um mich, dass mir etwas passiert."

„Kein Wunder, dass jeder an der Schule meint, dass ihr komische Leute seid. Was ist eigentlich mit deinem Vater?"

Von Margarete kam keine Antwort. Wieder wurden die Schultern gezuckt.

„Sind sie etwa geschieden?" Michael machte große Augen.

„Nein, er ist tot. Ich war noch sehr klein, er arbeitete irgendwo als Monteur und hatte einen Unfall. Wahrscheinlich hat meine Mutter deshalb so Angst um mich, dass sie mich auch verlieren könnte." Für Margarete war das keine Lüge, diese Geschichte über ihren unbekannten Vater hatte sie so von ihrer Mutter erzählt bekommen.

„Das tut mir leid, Greti." Die Stimme von Michael wurde leise und mitfühlend. Er wendete sich Margarete zu und nahm sie spontan in den Arm. Sie war viel zu perplex über die Berührung, dass sie ein paar Sekunden benötigte, um sich von ihm zu lösen. Sie durfte sich nicht von Jungs anfassen lassen, das wurde ihr immer wieder eingebläut. Doch sie musste sich eingestehen, dass ihr die Berührung guttat.

„Danke", sagte sie leise, als sie sich wieder voneinander gelöst hatten.

„Gerne geschehen. Dann schau, dass du jetzt heimkommst."

Sie waren an der Wegkreuzung angekommen, an der sich ihre Wege täglich trennten und am nächsten Tag wieder zusammenführten.

„Ich muss jetzt echt schnell machen. Bis morgen dann." Sie winkte Michael zu und fiel in den Laufschritt, dass ihr Schulranzen auf dem Rücken hin- und herschlug um auf den letzten Metern wenigstens noch ein paar Sekunden aufzuholen.

Wie immer wartete Agnes am Gartentürchen auf ihre Tochter. Margarete sah schon an der Körperhaltung, dass ihre Mutter schlecht gelaunt war.

„Kommst du jetzt jeden Tag noch später nach Hause? Du sollst gefälligst nach der Schule schleunigst herkommen, oder meinst du, ich warte ewig mit dem Essen auf dich? Aber wenn du willst, kannst du gern kalt essen."

Auweia, dachte sich Margarete. Schnell legte sie sich eine Ausrede zurecht. „Monika musste mir noch etwas über Mathe erklären, das ich nicht verstanden habe."

„Für so etwas sind die Lehrer da. Wenn du etwas nicht weißt, dann frag sie. Und außerdem, du bist doch angeblich die beste Schülerin der Klasse, wieso musst du dann ausgerechnet bei Monika etwas nachfragen?"

„Ich will ja auch die Beste bleiben, aber das über Bruchrechnen, das hat sie schnell kapiert. Jetzt kann ich es auch, dank Monika."

Agnes schaute skeptisch, war aber für den Moment beruhigt. „Dann komm jetzt rein, Mittag machen. Anschließend beten wir eine halbe Stunde ..."

„Ja, aber warum denn? Wegen der paar Minuten, die ich zu spät war?"

„Dich lehre ich, pünktlich zu sein. Wehret den Anfängen, und weil du mir, deiner Mutter, widersprochen hast, beten wir eine ganze Stunde zusammen. Danach kannst du deine Hausaufgaben machen. Wenn das erledigt ist, musst du noch für mich einige Stoffe zurechtschneiden. Der Auftrag für die Arbeitskleidung muss in zwei Wochen fertig sein. Wenn wir das ordentlich machen, wird uns die Firma noch mehr Aufträge erteilen."

Margarete wusste, dass sie jetzt auf keinen Fall mehr aufbegehren sollte, sonst wäre sie den Rest des Nachmittags im Kapellenzimmer, um etliche Male den Rosenkranz zu beten.

„Entschuldige, Mama, ich werd mich bessern", gab sie sich kleinlaut.

„Davon gehe ich aus. Lass uns essen!"

Kapitel 37

März 1960

„Ich weiß jetzt, was hier gebaut wird", sagte Michael mit erhobenem Kopf, der bedeuten sollte, *ich weiß etwas, was du nicht weißt.* Während sie wie üblich gemeinsam den Schulweg nach Hause liefen.

„Michi, das weiß doch jeder." Margarete rollte mit den Augen. „Das wird der neue Tänzelfestplatz, der vom Tannenhölzle, oben in der Nähe der Brauereien, hierher verlegt wird."

„Warum hast du dann nicht gesagt, dass du es weißt?"

„Ich ging einfach davon aus, dass du das auch schon mal gehört hast."

„Frechdachs", meinte Michael und schlug Margarete leicht auf den Oberarm.

Nachdem der Schnee getaut war und die ersten warmen Sonnenstrahlen die wintermüden Gemüter aufhellten, begannen die Lastwagen wieder Bauschutt auf dem neu angelegten Platz zu verteilen. Der Zeitplan war knapp; schon im Juli sollte zum ersten Mal das Tänzelfest hier veranstaltet werden. Man schlug mit dem Bau zwei Fliegen mit einer Klappe. Das Gebiet an der Wertach barg ein Überschwemmungsrisiko. Durch die gezielte Aufschüttung konnte die Wertach in ihrem Lauf so geleitet werden, dass sie nicht mehr über die Ufer trat. Dadurch gewann man auch einen großen Platz inmitten der Stadt, der für allerlei

Veranstaltungen genutzt werden sollte. Aber vor allem war es ein Wunsch der Bürger, ihr Tänzelfest in der Stadt feiern zu können. Bisher mussten die Menschen umständlich einen Berg hochgehen, um zum alten Platz zu gelangen. Viele scheuten die Anstrengung, die Besucher wurden immer weniger. Selten waren sich die Kaufbeurer so einig wie beim Verlegen der Festivität.

Die Bürger nutzten aber auch die Gelegenheit und legten mehr oder weniger heimlich ihren Sperrmüll und Unrat auf dem entstehenden Platz ab. Es waren Schilder um den Platz herum aufgestellt, dass dies verboten war, doch scherte sich kaum jemand darum. Auch nicht die Verantwortlichen, die insgeheim die Hilfe bei der Aufschüttung begrüßten. Daher wurde die illegale Müllablagerung nicht wirklich verfolgt. Was jedoch nicht gerne gesehen wurde, war, dass die Menschen sich über den unwegsamen   Platz kämpften und Ausschau nach Verwertbarem hielten. Nicht selten war es der Fall, dass die Leute meinten, etwas gebrauchen zu können, aber dann doch die Beute irgendwo liegen ließen, weil sie ihren Ansprüchen nicht genügte.

„Du, Greti", druckste Michael herum und kickte einen imaginären Stein über den Gehweg.

„Ich soll dir schon wieder bei den Hausaufgaben helfen?", spekulierte Margarete.

„Nein, ich wollte bloß sagen, dass ich dich richtig nett finde." Michaels Ohren leuchteten rot, während er verlegen noch einen nicht vorhandenen Stein wegkickte.

Margarete sah den mittlerweile Zwölfjährigen an. „Ich find dich auch nett, Michi." Sie lächelte den Jungen an und nahm kurz seine Hand in ihre.

„Sollen ... sollen wir am Nachmittag etwas zusammen unternehmen? Das Wetter ist doch heute so schön."

„Michi, du weißt doch, dass meine Mutter das nicht will."

„Das ist doch doof. Wie hältst du das denn eigentlich aus? An deiner Stelle wäre ich schon längst abgehauen. Du lebst ja wie eine Gefangene, wenn die Schule nicht wäre."

„Vielleicht mach ich das mal, wenn ich älter bin." Margarete schaute, ohne etwas zu sehen, über den Platz. „Eines Tages werde ich in den Süden gehen, ganz weit runter nach Italien. Da mache ich meine eigene Schneiderei auf und verkaufe modische Kleider für reiche Frauen. Am Abend gehe ich dann ans Meer, lasse an einem langen Steg meine Beine vom Wasser kühlen und schau mir den Sonnenuntergang an."

„Das glaub ich dir sogar. Ich komm dich dann mal besuchen."

„Dann wäre ich weg von meiner Mutter. Es macht keinen Spaß. Immer muss ich beten, wenn sie meint, dass ich etwas falsch gemacht habe, oder wenn sie denkt, dass ich eine Sünde begangen habe." Margarete blickte mit rollenden Augen in den Himmel und hob resignierend die Schultern. „Greti, du betest noch 500 Ave Maria, Greti, noch 800 Vater Unser", äffte sie ihre Mutter übertrieben nach.

Michael lachte nicht. „Du tust mir leid, Greti. Ich würde so gerne mehr Zeit mit dir verbringen. Ich mag dich nämlich wirklich, auch wenn alle anderen in der Schule meinen, ihr seid so eine Sektenfamilie, du und deine Mutter."

„Was soll ich denn machen?" Margaretes Augen wurden feucht. Michael wusste nicht, wie er damit umgehen sollte und legte linkisch eine Hand auf ihre Schulter. Sie zog Michael zu sich heran, warf sich in seine Arme und weinte.

Hölzern und glücklich rieb er den Rücken von Margarete, bis sie sich von ihm löste und die Nase hochzog. Michael tastete seine Hosentaschen ab und gab ihr sein Stofftaschentuch, in das das Mädchen dankbar schnäuzte und es ihm zurückgeben wollte.

„Behalt es doch, vielleicht brauchst du es ja noch."

„„, Michi. Ich muss jetzt wirklich heim, Mutter wartet sehnsüchtig am Gartenzaun auf mich." Jetzt lächelte Margarete wieder. „Vielleicht war ich heute brav und muss nur 200 Ave Maria hinter mich bringen." Margarete lächelte den Jungen an.

„Dann bis morgen?", fragte Michael

„Klar, ich freu mich auf dich." Der Junge grinste mit leuchtenden Augen und lief davon, dass sein Tornister hin- und herschlug. Auch Margarete beeilte sich, hopste vor sich hin und sang leise: „Michael Klein, Michael Klein, Michael Klein." Ihr junges Herz war zum ersten Mal verliebt.

Ihre Freude endete abrupt damit, als sie die düstere Miene ihrer Mutter sah, die sie mit kalten Augen anstarrte.

„Du bist schon wieder zehn Minuten zu spät. Was bildest du dir eigentlich ein? In Zukunft kannst du dein Essen selber machen, ich bin doch nicht dein Hanswurst, dem du auf dem Kopf rumtanzen kannst."

„Es war wichtig, Mama. Wir haben über den Schulausflug im Mai geredet ...", log sie.

„Bei dem du natürlich nicht mitfahren wirst!"

Margarete war über die Reaktion nicht überrascht. „Ja, aber warum denn nicht, Mama?"

„Weil ich es sage!", fuhr Agnes auf. „Ich weiß doch, wie das ist, da wird dann Blödsinn gemacht, die Buben werden frech und busseln mit den Mädchen rum. So geht das doch immer los."

„Aber da passen doch die Lehrer auf, die sind doch dabei."

„Du fährst da auf jeden Fall nicht mit, und damit ist das Thema erledigt! Komm rein, ich habe Kartoffelpuffer mit Apfelmus gemacht, das magst du doch so gerne."

„Au ja, lecker", antwortete Margarete, auch wenn es nicht unbedingt stimmte, dass sie dieses Essen so gerne mochte.

„Da du wieder zu spät warst, wirst du die Küche aufräumen, und dann wird gebetet!"

„Ja, Mama, ich habe gesündigt." Margarete gab dem Satz eine ironische Note, die Agnes aber nicht wahrnahm. Der Nachmittag war somit wieder verplant.

Kapitel 38

8. April 1960

Am letzten Tag vor den Osterferien durften die Schüler eine Stunde früher nach Hause gehen. Margarete und Michael wollten die geschenkte Zeit nutzen, um sie zusammen zu verbringen. Sie hatten sich auf dem Schulgelände auf eine Bank gesetzt und trauerten den Ferien entgegen. Zwei Wochen ohne Schule hießen auch zwei Wochen, an denen sie sich nicht sehen konnten. Das lag aber nicht nur am generellen Ausgehverbot von Margarete, sondern auch daran, dass Michael mit seiner Familie in Urlaub fuhr.

„Wo wohnen deine Verwandten eigentlich?", fragte Margarete.

„Tante Sonja und Onkel Kurt wohnen am Schliersee, das ist in Oberbayern. Die haben eine Pension und da können wir billig wohnen", sagte Michael mit wenig Begeisterung.

„Wir bleiben auch die ganzen zwei Wochen und kommen erst am Sonntag vor der Schule wieder heim", sagte er geknickt.

„Wir könnten uns in der Zeit eh nicht treffen, du weißt schon ..."

„Wegen deiner Mutter, die dich nix machen lässt."

„Ja, eben. Ich komm mir echt wie ein Hund vor, der gefälligst nur das machen darf, was Frauchen will."

Margarete lächelte schief, aber humorlos.

„Ich würde mir das nicht gefallen lassen." Michael schüttelte empört den Kopf.

„Irgendwann bin ich einfach weg, wenn ich es wirklich nicht mehr aushalte, und verschwinde dahin, wo alle Leute nett sind und den ganzen Tag lachen."

„Ohne Geld", gab Michael zu bedenken.

„Schau mal, Michi", sagte sie, stand auf und drehte sich mit ausgebreiteten Armen im Kreis.

„Hui, hast du das selber gemacht?"

„Ich nähe meistens meine Kleidung selber. Das kann ich schon, seit ich ein kleines Kind war. Ich musste es lernen, weil Mama ja Schneiderin ist und meine Hilfe braucht. Und weil ich das ziemlich gut kann, werde ich auch viel Geld damit verdienen können."

„Das dunkle Grün steht dir wirklich gut, sieht toll aus. Vor allem an dir." Die Wangen von Michael erröteten wieder, nachdem er das Kompliment ausgesprochen hatte.

„Dankeschön. Ich finde auch, dass mir das besonders gut gelungen ist."

Michael betrachtete Margarete von oben bis unten und blieb mit dem Blick an den knospenden Brüsten hängen. Margarete bemerkte es und grinste breit, bis der Junge ihr wieder ins Gesicht sah und sich ertappt fühlte.

„Du bist süß, Michi."

„Du äh auch, Greti. Ich meine, du bist ziemlich knorke", antwortete er verlegen und kratzte sich am Nacken.

„Schade, dass wir jetzt so lange Zeit nicht mehr zusammen sein können, ich werd jeden Tag an dich denken, ja?" Plötzlich sprang sie auf und fragte: „Wie spät ist es eigentlich schon?"

Wie zur Antwort läutete in der Ferne die Kirchenuhr einmal.

„Einse, scheinbar", sagte Michael.

„Ja, von wegen eins, es ist Viertel nach, sonst hätte die Glocke ja vier Mal die volle Stunde geläutet. Oh, verdammt, das gibt Ärger."

Margarete nahm ihren Schulranzen hoch und trabte los, gefolgt von Michael, der sich sputen musste, dass er nachkam. Er benötigte einige Meter, bis er zu ihr aufgeschlossen hatte. Margarete hielt nicht an, bis sie an der Kreuzung angekommen waren, an der sie sich immer trennten.

„Pfiad di, Michi, ich wünsch dir einen schönen Urlaub", sagte sie außer Atem zu ihm und wollte weiterlaufen. Doch Michael hielt sie am Arm fest. Fragend sah sie ihn mit großen Augen an. Er zog sie zu sich heran, spitzte die Lippen und gab ihr ein feuchtes Bussi auf ihren Mund. Margarete war zu perplex, um darauf zu reagieren und schaute mit leuchtenden Augen den Jungen an. Das Gesicht von Michael hatte mittlerweile vor Scham die Röte von Tomaten angenommen.

„Warte mal, Michi." Sie spitzte ihrerseits die Lippen und schloss die Augen. Der 12-Jährige kam ihr zögernd näher und küsste sie erneut zaghaft und nur für einen Sekundenbruchteil.

„Ich geh dann jetzt, Greti", sagte er unbeholfen, drückte kurz ihre Hand und ging glücklich davon, drehte sich nach ein paar Metern noch einmal um, damit er ihr winken konnte. Margarete winkte zurück, wendete sich um, damit sie endlich so schnell wie möglich nach Hause käme, und sah im nächsten Moment in das wutentbrannte Gesicht ihrer Mutter. Wortlos und viel zu fest nahm Agnes den Unterarm ihrer Tochter und zerrte sie hinter sich her. Margarete wollte rufen, dass sie ihr wehtat, traute sich aber nicht, ihre Mutter noch mehr gegen sich aufzubringen. Mit weit ausholenden Schritten zerrte Agnes schüttelnd an ihrer Tochter, sich nicht darum scherend, ob das Mädchen das Tempo mithalten konnte. Am Zuhause angekommen, warf sie das Gartentürchen zu und öffnete mit zitternden Händen die Haustüre.

„Rein mit dir, aber zackig."

Ohne etwas zu erwidern, ging Margarete mit tief gesenktem Kopf und hochgezogenen Schultern an ihrer Mutter vorbei und wartete auf die Predigt, die unweigerlich auf sie einprasseln würde. Kaum hatte sie den Schulranzen abgelegt, fegte das Donnerwetter über Margarete hinweg.

„Was glaubst du eigentlich, was du da machst? Es reicht ja nicht, dass du ständig zu spät von der Schule heimkommst, nein, diesmal musste ich mich sogar auf den Weg machen, um dich zu suchen. Es hätte dir weiß Gott was passieren können. Und was muss ich dann sehen? Du poussierst mit einem Jungen herum? Ich habe gedacht, dass ich aus dir ein anständiges Mädchen gemacht habe, und jetzt bist du nicht mal dreizehn Jahre alt und schon bist du eine Hure."

Agnes hatte vor Wut die Augen weit aufgerissen und schrie das letzte Wort in das Gesicht ihrer Tochter.

„Mama, es war doch bloß ein Abschiedsbussi, weil wir uns jetzt nicht mehr sehen können, weil Ferien sind", versuchte sich Margarete zu rechtfertigen.

„Glaub mir, mein Mädchen, die Männer wollen alle dasselbe. Die lachen dir ins Gesicht, versprechen dir das Blaue vom Himmel runter, machen dir Geschenke, bis sie ihr wahres Gesicht zeigen und dir ihren hässlichen Prügel reinstecken."

„Mama!" Margarete war erstaunt über die harte Wortwahl ihrer Mutter.

„Ja, Mama, richtig. Ich bin deine Mutter und habe die Aufgabe, auf dich aufzupassen. Und das ist mir anscheinend nicht gelungen." Agnes bekreuzigte sich drei Mal. „Männer wollen alle das Eine, das musst du dir dein ganzes Leben lang merken. Sie wollen dich besteigen, wie Dämonen zeigen sie erst dann ihr wahres Gesicht und wollen nur ihren widerlichen Dreck loswerden. Und ehe sie sich von dir abgerollt haben, spucken sie dir vor die Füße."

„Mama, Michi ist doch nur ein Junge, er ist jünger als ich und doch kein Mann", versuchte Margarete zu argumentieren.

„Ich muss Gott auf Knien um Vergebung bitten, dass ich als Mutter so versagt habe." Agnes bekreuzigte sich mehrere Male und küsste immer wieder ihr Holzkreuz. „Ich gelobe Besserung, das wird mir nicht wieder passieren." Sie sah an die Decke des Flurs: „Herr, vergib mir meine Nachlässigkeit und dass ich aus meiner Tochter eine Dirne gemacht habe." Sie sah wieder mit Hass in den Augen Margarete an. „Und nun komm mit, wir tun gemeinsam Buße vor unserem Herrn und Schöpfer." Agnes packte wieder den Arm ihrer Tochter.

„Mama, du spinnst doch, was soll das denn? Es ist nichts Schlimmes daran, wenn sich junge Menschen treffen und gemeinsam etwas unternehmen. Jeder in der Schule trifft sich mit irgendjemandem, das ist doch ganz normal, Mama."

„Sie haben dich also auch schon auf ihre Seite gezogen. Das Böse ist überall, man muss immer wachsam sein. Und nun komm mit hoch, wir versuchen, unsere befleckte Seele rein zu bekommen." Agnes riss am Arm des Mädchens und zog sie die Treppe hoch. Doch Margarete wehrte sich mit aller Kraft.

„Mama, ich will heute nicht beten, das ist doch Blödsinn, dein ganzer Jesus- und Gottschwachsinn. Ich will das nicht mehr", schrie das Mädchen ihre Mutter mit Tränen in den Augen entgegen. „DU BIST WAHNSINNIG!", brüllte sie.

„Was hast du da gesagt, Margarete?" Agnes bekreuzigte sich wieder. „Du versündigst dich noch mehr, mäßige dich, sonst wirst du eines Tages in den Tiefen der Hölle bis zum jüngsten Tag Qualen erleiden." Agnes zerrte Margarete die letzten Stufen nach oben.

„Bete alleine zu deinem Gott", rief Margarete und riss sich los, genau in dem Moment, als Agnes ihren Griff lockerte. Margarete taumelte zurück und wollte an der tapezierten Wand sinnlos mit der Hand einen Halt finden. Sie verlor das Gleichgewicht. Mit erschrockenen Augen sahen sich Mutter und Tochter an, während das Mädchen wie in Zeitlupe hintenüberkippte. Eine endlose Sekunde geschah nichts, bis Margarete mit dem Rücken auf den hölzernen Stufen aufschlug, sich mehrmals drehte, während sie krachend hinabstürzte und schließlich mit verrenkten Gliedern reglos am Fuße der Treppe liegen blieb.

Agnes schaute vom oberen Ende der Treppe entsetzt zu ihrer Tochter hinab. Sekundenlang war tödliche Stille, ehe sie nach unten eilte und den Kopf ihrer Tochter in die Arme nahm.

„Greti, sag etwas. Bitte, sag etwas. Es tut mir leid, Greti", rief sie ängstlich und schüttelte das Mädchen. „Hättest du doch bloß das Böse nicht in unser Haus gelassen. Sieh, was du angerichtet hast." Agnes sah an die Dielendecke empor. „Herr, nimm mich statt ihrer. Auch ich habe gesündigt, doch lass ihr das junge Leben." Weinend wiegte sie Margarete in den Armen und vergrub ihr Gesicht in den schwarzen Haaren des Mädchens, das sie doch nur vor allem Bösen bewahren wollte.

Lange Zeit schaukelte Agnes ihre Tochter und haderte mit dem Schicksal, das ihr zugeteilt wurde. Ihr ging der Satz ihres Vaters bei dem großen Streit damals durch den Kopf: „Am besten fällt unsere Tochter die Treppe hinunter und bricht sich das Genick." Ihr lief ein Schauer über den Rücken. Sie wusste nicht, was sie tun sollte. Die Polizei informieren und zugeben, dass sie ihre Tochter getötet hatte, das kam nicht infrage. Niemand würde ihr glauben, dass es ein Unfall war. Und um mit Gott im Reinen zu sein, war Lügen auch keine Option. Jede weitere Sünde würde sie immer weiter vom Himmelreich entfernen. Agnes überlegte fieberhaft, während sie das dunkle Haar ihrer Tochter streichelte. In ihrer Verzweiflung reifte langsam ein Plan in ihrem Kopf.

Kapitel 39

Mit zitternden Händen bearbeitete Agnes ihre Nähmaschine. Sie hatte einen Ballen grauen Stoffes ausgerollt und die nötige Länge abgeschnitten. Trotz ihrer Nervosität saß jeder Griff. Routiniert und schnell schob sie die Bahnen durch die ratternde Maschine und hatte bald einen Sack erstellt. Sie schnitt den letzten Faden ab, begutachtete aus Gewohnheit ihr Werk und nickte zufrieden.

Agnes ging mit ihrer Arbeit in den Flur, wo immer noch Margarete lag. Mit schräg gestelltem Kopf sah sie voller Mitleid ihre Tochter an, die sie getötet hatte. ‚Nein, es war ein Unfall', sagte sie insistierend zu sich selber, Margarete hatte sich losgerissen und war dadurch die Treppe hinabgefallen. Hätte sie sich nicht geweigert, hätte sie einfach Buße vor Gott getan, wäre nichts weiter passiert.

Agnes legte den Sack auf den Boden, nahm die Beine von Margarete und schob sie hinein. Ihr Körper hatte scheinbar noch nicht viel Wärme verloren. Sie hob das Gesäß des Mädchens hoch und zog den grauen Sack weiter ihren Körper hoch. Mit einigem Hin- und Herschieben schaffte Agnes es schließlich mit viel Anstrengung, Margarete einzupacken. Das Gesicht ließ sie noch frei.

„Es tut mir so leid, mein Mädchen, dass dir das passiert ist. Warum musstest du dich auch so wehren? Ich wollte immer nur, dass es dir gutgeht, dass du nicht das erleiden musst, was ich mitgemacht habe. Was ist denn daran so schlimm? Und obwohl ich so auf dich aufgepasst habe, habe ich versagt." Agnes nahm den Kopf von Margarete und gab ihr einen sanften Kuss auf die Wange. „Deine arme Seele ist nicht rein, aber ich hoffe, dass du am Himmelstor nicht abgewiesen wirst. Eines Tages werden wir wieder vereint sein. Ich liebe dich, Greti." Agnes begann bei ihren eigenen Worten zu weinen, Tränen tropften auf den Holzboden. Sie nahm den grauen Stoff und legte ihn über das Gesicht des Mädchens. Dann nahm sie Nadel und Faden und nähte die Öffnung zu. Sie wollte bis zum Einbruch der Dunkelheit warten, bis sie den nächsten Schritt ihres Planes machte, dann fiel ihr aber siedend heiß ein, dass am nächsten Tag Karfreitag war. Sie musste schnell umdenken.

Aus dem Garten holte sie den stabilen zweirädrigen Handwagen, den sie nutzte, wenn sie Stoffe oder andere Dinge in der Stadt kaufte, fertige Aufträge auslieferte oder um Gartenabfälle wegzufahren. Der Wagen passte gerade so durch die Haustüre. Sie hatte nicht damit gerechnet, dass ein so junger Mensch so schwer zu bewegen ist, wenn er tot ist. Mit großer Anstrengung, bei der der Wagen immer wieder wegzurollen drohte, schaffte sie es, ihre Tochter in den Wagen zu hieven. Im Gartenhaus fand sie einige alte Bretter in unterschiedlicher Länge, die sie kreuz und quer über den Wagen legte. Sie schnitt von Bäumen und Sträuchern im Garten noch einige Äste und Zweige ab, um sie ebenfalls als Tarnung zu benutzen. Ein paar Holzscheite legte sie noch dazu, damit die Zweige nicht vom Wagen fielen. Agnes sah sich das Ergebnis an und befand, dass diese Maßnahmen ausreichen mussten.

Mit klopfendem Herzen öffnete sie die Haustür und rollte den Wagen aus dem Haus hinaus. Zu ihrer Erleichterung sah sie keinen Menschen und fuhr nach dem Passieren des

Gartentors den gleichen Weg entlang, den Margarete immer als Schulweg benutzte. An der Kreuzung, an der sie ihre Tochter mit dem Jungen erwischt hatte, bewölkte sich ihr Gesicht. War das gerade mal zwei Stunden her, als ihr Mädchen Unzucht betrieb? Es kam ihr viel länger vor. Da lebte ihre Margarete noch, wenn auch in Sünde.

Sie schob den Wagen weiter die Honoldstraße entlang, einige Passanten begegneten ihr, aber niemand nahm wirklich Notiz von ihr. Diese eigenbrötlerische Frau, die den schweren Wagen schob, das war schließlich ein normaler Anblick.

Als sie an dem Platz ankam, an dem die Bauarbeiten in vollem Gange waren, damit dort in Zukunft das Tänzelfest gefeiert werden konnte, blieb sie stehen, stellte den Wagen ab und beobachtete die Arbeiter. Lastwagen kamen, kippten Bauschutt, Steine, Kies oder Humus ab. Planierraupen schoben die Baustoffe an die Stellen, an denen sie gebraucht wurden. Sie sah auch, dass ein Mann, der ihr flüchtig bekannt war und in ihrer Nähe wohnte, mit einem Planierraupenfahrer sprach. Er zeigte auf seinen Schubkarren, der Bauarbeiter nickte und zeigte an eine bestimmte Stelle. Der Mann lupfte zum Dank seinen grauen Hut und fuhr den Karren an die angezeigte Stelle, um seine Abfälle abzukippen.

Agnes nahm ihren Wagen wieder auf und lenkte ihn zum gleichen Ort, nachdem der Mann, erneut den Raupenfahrer grüßend, von dannen gezogen war. Sie suchte aus einiger Entfernung den Blickkontakt mit dem Bauarbeiter. Sie zeigte auf ihre Ladung, nahm ein Holzscheit hoch und einen Zweig und zeigte sie ihm. Der nickte und zeigte an dieselbe Stelle wie zuvor. Agnes winkte und fuhr über den Kies schwer atmend dort hin. Sie sah sich noch einmal um, doch der Bauarbeiter hatte bereits wieder seine Arbeit aufgenommen und beachtete Agnes nicht mehr. Sie erreichte den Graben, der noch aufgefüllt werden musste. Gute achtzig Zentimeter mussten hier noch überbrückt werden. Agnes kippte den Wagen auf, nahm die Zweige und Äste beiseite. Mit aller Kraft, die sie aufbieten konnte, zog sie an dem grauen Sack, bis sie es endlich geschafft hatte, ihn aus dem Wagen zu bekommen. Sie schob ihre leblose Tochter an den Rand des Grabens. Erneut sah sie sich um, doch immer noch beachtete sie niemand. Sie wischte sich mit dem Unterarm den Schweiß von der Stirn und atmete tief durch. Sie tastete am Sack entlang, bis sie erfühlt hatte, wo sich der Kopf befand.

„Margarete, meine liebe Tochter, ich segne dich, im Namen des Vaters", Agnes zeichnete mit ihrer Hand ein Kreuz durch den Stoff auf die Stirn von Margarete, „des Sohnes", ein zweites Kreuz, „und des Heiligen Geistes. Das ewige Licht leuchte für dich und erlasse dir deine Sünden, Amen." Ein drittes Kreuzzeichen folgte. Dann ging sie in die Knie, packte den Sack und rollte Margarete in den Graben hinab. Die beiseitegelegten Äste und Zweige warf sie wie Blumen bei einer Beerdigung hinterher. Sie hatte das Bedürfnis, sich selbst zu bekreuzigen, traute sich aber nicht. Der Planierraupenfahrer könnte sie dabei beobachten und neugierig werden. So wndte sie sich ab, nahm den Wagen und schob ihn vom Platz herunter. Der Raupenfahrer hob den Arm zum Gruß, Agnes musste zurückwinken, um keinen Verdacht zu erregen. Sie durfte nicht zeigen, dass sie furchtbare Angst hatte, dass das Bündel mit ihrer Tochter gefunden würde.

Kapitel 40

Margarete öffnete die Augen und blinzelte. Sie hatte einen grauen Schimmer vor ihren Augen und konnte nicht klarsehen. Sie verspürte grässliche Schmerzen. Das Pochen in ihrem rechten Handgelenk war am schlimmsten, doch auch das Stechen im Knie war kaum auszuhalten. Ihr Kopf fühlte sich an, als wäre er auf die doppelte Größe angeschwollen. Sie war verwirrt und konnte keinen zusammenhängenden Gedanken fassen. Sie versuchte, dieses Grau wegzublinzeln, schaffte es aber nicht. Instinktiv wollte sie mit der Hand ihre Augen reiben, um besser sehen zu können, aber der stechende Schmerz ließ sie aufstöhnen. Sie hob die unverletzte Hand und bemerkte, dass sie von etwas behindert wurde, sie konnte nicht zu ihrem Kopf greifen. Langsam lichtete sich die Watte in ihrem Gehirn und sie erkannte, dass das Grau keine Einbildung war: Das vor ihr hatte diese Farbe. Margarete konnte sich keinen Reim darauf machen und mühte sich ab, dass sie die gesunde Hand bewegen konnte. Sie tastete das Hindernis ab, das sie einschränkte und stellte fest, dass sie in einem sehr engen Zelt lag. Doch warum, und wieso hatte sie solch grauenvolle Schmerzen? Sie versuchte, sich zu erinnern und runzelte die Stirn. Da war Michael, sie hatten sich unterhalten. Es gab ein Bussi, das ihre Mutter gesehen hatte. Da war wieder dieser Streit, wie an so vielen Tagen in der Vergangenheit. Sie sollte beten, sie waren die Treppe hochgegangen. Mama schrie sie an, sie schrie zurück. Und dann? Da war nichts, sie wusste es nicht, auch wenn sie noch so sehr ihren Verstand forderte.

Und nun war sie hier, Motorengeräusche um sie herum, ihr Körper schrie vor Schmerzen und sie konnte sich nicht richtig bewegen.

„Mama", versuchte sie zu sagen, aber es kam nur ein Krächzen aus ihrem Mund. Margarete befeuchtete ihre Lippen und versuchte es erneut. „Mama." Leise, aber immer noch, als wären ihre Stimmbänder mit Schmirgelpapier behandelt worden. Angst kroch langsam ihr Rückgrat hinauf, sie ahnte, dass hier etwas nicht stimmte, tastete an dem Sack entlang, soweit es ihr möglich war, und rüttelte daran. Mit Schrecken erkannte sie, dass das Grau kein Sehfehler war, sondern die Farbe von Stoff. Jemand hatte sie in dieses Ding eingesperrt, eingenäht. Sie war gefangen. Sofort dachte Margarete an ihre Mutter, die sich anscheinend diese Strafe ausgedacht hatte.

„Mama, wo bist du?", krächzte sie leise. Sie hatte unglaublichen Durst, ihre Kehle war wie ausgedörrt. „Mama! Ich will auch mit dir zusammen beten, aber bestraf mich nicht so und hol mich hier raus."

Das Mädchen tastete zu ihrer linken Seite nach der Naht und versuchte, sie zu fassen. Mit zwei Fingern gelang es ihr, ein Stück zu greifen. Sie zupfte daran, doch die Naht war zu stabil. Aber sie probierte weiter, den Saum zu lockern oder einen Faden zu zerreißen. Ihr eingeschränkter Bewegungsradius erschwerte ihr Vorhaben zusätzlich.

Das Mädchen hörte ein Motorengeräusch näherkommen. Dem dumpfen Röhren nach war es wohl ein Lastwagen, vermutete Margarete. Doch wo war sie bloß? Die Geräusche kamen ihr bekannt vor, und dann ahnte sie, wo sie lag. Der Platz, an dem die Arbeiten durchgeführt wurden. Das Motorengeräusch kam allmählich näher, direkt auf sie zu.

Der Boden vibrierte, je näher das Fahrzeug kam, bedrohlich nahe. Margarete musste auf sich aufmerksam machen, damit sie nicht überfahren wurde. Sie versuchte, um Hilfe zu rufen, doch ihre raue, schwache Stimme wurde vom Lärm des LKWs verschluckt. Hektisch zupfte Margarete weiter an der Naht und spürte, dass ein Faden riss. Dieses kleine Erfolgserlebnis motivierte sie, sich selbst zu befreien. Das Mädchen strampelte mit den Beinen; diese Bewegung musste doch gesehen werden, dachte Margarete verzweifelt, doch der Fahrer des großen Wagens, der langsam rückwärts rangierte, sah die Bewegungen nicht.

Das Mädchen roch die Dieselabgase, die Übelkeit verursachten. Mit fahrigen Bewegungen zerrte und riss sie weiter an dem kleinen Loch, das sie in den Sack machen konnte, doch viel zu langsam gab die Naht nach. Dann blieb der Lastwagen stehen. Die 12-Jährige atmete erleichtert auf, ihre Bewegungen wurden scheinbar doch gesehen, sie würde befreit werden aus ihrem Stoffgefängnis. Doch das erlösende Gefühl währte nicht lange, als der Dieselmotor wieder hochdrehte. Das Fahrzeug fuhr nicht weiter, die Hydraulik hob den Kipper, der mit Kies befüllt war, nach oben. Langsam schoben die ölglänzenden Zylinder die Ladefläche immer weiter hoch, bis die Physik zum Zuge kam und die Ladung allmählich hinunterrutschte.

Margarete spürte etwas auf sich herabrieseln. Nun griff Todesangst nach ihrem Herzen. Sie riss panisch und ohne System an dem Loch, das immer größer wurde. Mit aller Gewalt, die sie noch zur Verfügung hatte, bearbeitete sie die Einsäumung. Ein infernalischer Schmerz durchströmte sie, als ihre Fingernägel abbrachen. Das Rieseln wurde stärker, bis die Ladung mit einem Rauschen nach und nach von der Ladefläche rutschte.

Margarete schmeckte Staub und musste ihn einatmen. Die Ladung fiel zunächst auf ihre Beine. Immer größer wurde der Druck darauf. Dann wurde ihr Oberkörper bedeckt. Das Atmen fiel ihr immer schwerer, doch immer mehr Material fiel auf sie herab. Margarete wusste mit plötzlicher Gewissheit, dass sie hier und jetzt sterben würde und wurde in den letzten Augenblicken ihres jungen Lebens ganz ruhig.

„Mama, ich hasse dich und ich verfluche dich mit deinem Gott!", waren ihre letzten Worte.

Sie starrte mit weit aufgerissenen Augen den grauen Stoff an. Sie konnte sich nicht mehr bewegen, sie konnte nicht mehr atmen. Eine Träne löste sich aus einem Augenwinkel, als sie an Michael dachte. Das Letzte, das sie sah, war, wie der Stoff dunkel wurde und einen kurzen Moment später auf ihren Kopf drückte. Bevor Margarete Zaiser ersticken konnte, wurde sie von den Tonnen an Baumaterial erdrückt.

Kapitel 41

24. April 1960

„Und wann haben Sie Margarete zum letzten Mal gesehen?", fragte Polizeihauptmeister Egger die ihm gegenübersitzende Agnes Zaiser über den alten Holzschreibtisch hinweg. Mit festem Griff hatte sie das absurd große Holzkreuz umfasst, das ihr um den Hals hing.

Sie war am frühen Sonntagabend im Präsidium, das sich im Erdgeschoß des Rathauses befand, vorstellig geworden, um ihre Tochter als vermisst zu melden.

„Sie ist heute Früh aus dem Haus gegangen und sollte eigentlich Mittags zu Hause sein. Aber sie ist nicht gekommen. Ich dachte mir, vielleicht ist sie bei einer Freundin und hat die Zeit vergessen. Aber eigentlich ist sie immer recht zuverlässig", sprach Agnes ihren mehrfach geübten Text vor.

„Wie heißt denn die Freundin?", fragte der Beamte weiter und tippte die Informationen mit zwei Fingern in die Schreibmaschine.

„Das weiß ich leider nicht. Sie wissen ja, wie Kinder manchmal sind, sie machen gerne ein Geheimnis daraus. Ich weiß lediglich, dass sie in der Altstadt wohnt." Agnes hob die Schultern.

„Das hilft nicht sehr weiter. Haben Sie wenigstens einen Vornamen? In der Altstadt wohnen viele tausend Menschen. Hat sie denn etwas ausgefressen und hat nun Angst vor Ihnen? Sehr oft ist das der Fall. Doch wenn es dunkel wird und kalt, kehren sie meist reumütig wieder nach Hause zurück."

„Nein, sie weiß doch, dass wir über alles reden können. Wir sind nicht nur Mutter und Tochter, sondern auch Freundinnen."

„Sie sind eine ziemlich junge Mutter", dachte der Polizist laut.

„Was tut das zur Sache?", begehrte Agnes mit einem Anflug von Wut auf.

„Entschuldigung, das ist nur so eine Feststellung", beschwichtigte Egger schnell. „Gibt es denn keinen Vater?"

„Der ist tot. Arbeitsunfall im Ausland. Wir waren nicht verheiratet."

„Mein aufrichtiges Beileid, Frau Zaiser", sagte der Polizist mitfühlend."

„Danke, das ist schon lange her." Agnes sah betont geknickt auf den Boden.

Nach einem angemessen kurzen Schweigen fuhr der Beamte fort:

„Hatte Margarete vielleicht Probleme in der Schule? Morgen sind ja die Ferien zu Ende."

„Nein, sie ist Klassenbeste, sie sagt mir immer, wenn sie Schwierigkeiten mit dem Stoff hat."

„Es kann auch sein, dass sie mit Mitschülern Ärger hatte, dass sie gehänselt wurde oder dergleichen."

Agnes gab sich überlegend. „Nein, das denke ich nicht. Sie ist beliebt und akzeptiert in der Klasse."

„Hmhm", meinte Egger nichtssagend. „Haben Sie selbst schon etwas unternommen, um das Mädchen zu finden?"

„Ich bin selber schon durch die Straßen gelaufen und habe nach ihr gesucht, aber sie ist wie vom Erdboden verschluckt." Dass sie damit das tatsächliche Schicksal ihrer Tochter erzählte, entging Agnes.

„Beschreiben Sie bitte Margarete. Alter, Haarfarbe, was hatte sie an, als sie das Haus verließ?"

„Greti ist fast dreizehn Jahre alt, sie hat schwarze lange Haare, braune Augen. Sie ist ungefähr 140 cm groß. Sie trägt ein dunkelgrünes Kleid und hat braune Halbschuhe an. Normal trägt sie weiße Kniestrümpfe dazu." Agnes achtete darauf, dass sie bei der Beschreibung nicht in der Vergangenheitsform sprach. Schließlich musste sie der Polizei glaubhaft machen, dass Margarete noch lebte.

Mit hackenden, regelmäßigen Anschlägen schrieb Egger die Informationen in ein Formular, das er in die Schreibmaschine gezogen hatte. „Normal ist es so, dass man 24 Stunden wartet, bis eine Vermisstenmeldung erfolgt. Aber bei Kindern beginnt die Suche früher. Vor allem, wenn Eltern ihr Kind als zuverlässig bezeichnen, wie Sie mir versichern. Wir schicken freie Streifenwagen los, die über Lautsprecher Durchsagen mit der Beschreibung von Margarete machen. Beamte fragen sich in der Altstadt durch. Aber wahrscheinlich ist sie schon zu Hause und fragt sich, wo ihre Mutter ist", versuchte Egger, Agnes mit einem Lächeln aufzurichten. „Sollte das der Fall sein, dann müssen Sie uns umgehend darüber informieren. Ansonsten suchen wir ja unnötig weiter."

„Das ist doch selbstverständlich. Bitte finden Sie meine Greti!" Agnes schaute mit leidendem Blick den Polizisten an.

„Wir tun, was wir können, Frau Zaiser. Sie müssen uns vertrauen."

„Das tu ich, Herr Egger. Wie kann ich denn noch helfen?", fragte sie.

„Sie gehen nach Hause und warten einfach auf Margarete, wenn sie nicht schon dort ist", fügte er erneut hinzu. „Den Rest überlassen Sie uns, wir wissen, was wir in solchen Fällen tun müssen."

„Ich danke Ihnen so sehr", sagte Agnes betrübt, stand auf und drückte dem Polizeihauptmeister mit schwachem Druck die Hand. Sie nahm eine gebeugte Körperhaltung ein und verließ das Präsidium.

Auf dem Weg zu ihrem Haus sah sie bereits den ersten grünen VW Käfer, der langsam mit Blaulicht fuhr und über Lautsprecher um Mithilfe bei der Suche nach Margarete Zaiser bat.

Kapitel 42

25. April 1960

Michael wartete an diesem Morgen vergeblich auf seine Freundin. Er hatte während des ganzen Urlaubs am Schliersee immerzu an Margarete denken müssen. Er dachte an die süßen, kurzen Küsschen, die wie angenehme Stromschläge durch seinen Körper gefahren waren. Er wollte ihr unbedingt sagen, dass es im Französischen so ein wunderschönes Wort dafür gab. „Bisou", übte er ständig das erlernte Wort. Ja, es war eine schöne Zeit bei den Verwandten an diesem idyllischen See in Oberbayern. Doch die Schmetterlinge in seinem Bauch hinderten ihn daran, den Urlaub wirklich zu genießen. Er zählte die Tage der Osterferien herunter, bis er endlich in die Schule konnte, um Greti wiederzusehen. Doch kein Mädchen kam auf ihn zugelaufen, dessen langen Haare zu zwei Zöpfen gebunden waren und das ihn anstrahlte.

Warum bloß kommt Greti nicht?, fragte er sich. „Wahrscheinlich bist du krank ... oder hast verschlafen", murmelte er vor sich hin.

Er war extra früh aufgestanden, war ein paar Minuten vor der üblichen Zeit aus dem Haus gestürmt, dass seine Mutter ihm nur verwundert hinterhersehen konnte. Das kalte Wetter mit Nieselregen kroch langsam durch seine Strickjacke. Aber ein paar Minuten wollte er noch warten. Sollte er zu Frau Zaiser gehen und nachfragen, was mit Greti los war? Diese Option verwarf er aber sofort wieder, als er sich daran erinnerte, wie diese Frau beim letzten Mal reagiert hatte, als er sich von Margarete verabschiedet hatte. Nein, das kam nicht infrage.

Es war bereits zehn Minuten über der Zeit und Michael würde zu spät zum Unterricht kommen, und das gleich am ersten Tag nach den Ferien. Also ging er los, drehte sich aber immer wieder um, ob nicht doch noch ein fröhliches Mädchen hinter ihm herlief. Aber die Hoffnung war vergebens.

In der Schule angekommen, zog er seine Straßenschuhe aus und nahm seine Hausschuhe aus dem Schuhregal. Kurz verharrte er an der Klassentür. Von drinnen hörte er Gemurmel, der Unterricht hatte natürlich schon begonnen. Er öffnete die Tür. Alle Mitschüler und Herr Strabe, sein Klassenlehrer, sahen ihn an. Zwei Plätze waren leer: der von ihm und der verwaiste von Margarete in der zweiten Reihe. Er spürte einen enttäuschten Stich in seinem Herzen. Insgeheim hatte er gehofft, dass seine Freundin bereits vorgegangen war und schon in der Klasse saß, was aber zu seinem Leidwesen nicht der Fall war.

„Du bist spät dran, Michael", rügte Herr Strabe, ohne seiner Stimme die gewohnte Strenge zu verleihen. „Aber wir sind alle froh, dass wenigstens du gekommen bist."

Michael schaute fragend vom Lehrer in die Klasse.

Herr Strabe wartete, bis Michael seinen Platz eingenommen hatte. Keiner seiner Mitschüler hatte ihn angegrinst oder ihm ein Bein gestellt. „Michael, ich wiederhole es gerne für dich. Die Margarete wird seit gestern vermisst. Frau Zaiser, ihre Mutter, hat gestern eine Vermisstenanzeige bei der Polizei aufgegeben. Bisher ohne

Erfolg. Wenn du etwas weißt, dann lass es uns wissen. Du bist ja öfter mit ihr zusammen unterwegs gewesen."

Mit weit aufgerissenen Augen sah Michael den Lehrer an und verstand nur langsam, was die Worte von Herrn Strabe bedeuteten. Ein Kribbeln schlich sich über seinen Rücken hinab bis zu seinem Hintern. Margarete wurde vermisst? Hatte sie es tatsächlich wahr gemacht, dass sie abgehauen war? Sie hatte davon gesprochen, aber das war doch viel zu früh. Das kommt doch immer wieder vor, dass jemand sagt, dass er abhauen will. Aber mit nicht einmal 13 Jahren die Ankündigung wahr machen? Michael war geschockt. Hieß das, dass er seine Greti nie wieder sehen würde? Vielleicht schreibt sie mir eine Karte in einer geheimen Sprache, so dass nur er wüsste, wohin sie verschwunden war, und wenn er erwachsen wäre, könnte er nachkommen.

Das alles ging ihm in Sekundenschnelle durch den Kopf, während er wie versteinert den Mann ansah, der in einer braunen Cordhose und einem beigen Hemd vor der Klasse stand. Über die Brille hinwegblickend erwartete Herr Strabe eine Antwort.

„Michael, kannst du über ihren Verbleib etwas sagen?", fragte er.

„Ich, äh, weiß nicht", stammelte der Junge.

„Michael, es kann sehr wichtig sein. Du solltest uns nichts verschweigen. Die Polizei sucht fieberhaft nach ihr." Die Stimme von Herrn Strabe gewann wieder an Autorität.

„Also … ich … sie …", Michael war völlig verunsichert. „Also, Greti hat immer wieder gesagt, dass sie es nicht mehr bei ihrer Mutter aushält, und vor den Ferien hat sie gesagt, dass sie irgendwann mal abhauen wird." Michael blickte auf den Holztisch und spielte nervös mit der Blechklappe vom Tintenfässchen, das im Tisch eingelassen war.

„Abhauen?", rief der Lehrer überrascht auf. „Und hat sie dir auch gesagt, wohin sie will?"

Michael zuckte mit den Schultern und spielte weiter mit der Klappe. „Irgendwo nach Süden. Italien oder so, hat sie gemeint. Da, wo es warm ist und sie weit von ihrer Mutter weg ist." Michael fühlte sich ein wenig wie ein Verräter. Auch wenn er wusste, dass die scheinbare Entscheidung von Margarete so falsch war, wie sie nur sein konnte.

„Michael, das hilft uns auf jeden Fall weiter. Ich komme gleich wieder, ihr lest bitte in eurem Lesebuch die Seite 148, *Das nahrhafte Ei*, ich gehe ins Rektorat und rufe die Polizei an. Verhaltet euch still." Mit diesen Worten rauschte ihr Lehrer aus dem Zimmer und schlug die Tür zu.

Die Stille hielt nicht lange an; schnell wurde über Margarete gesprochen und vor allem über ihre Mutter. Es herrschte Einigkeit, dass diese Frau merkwürdig war, auch wenn die meisten Mitschüler sie nie zu Gesicht bekommen hatten. Doch jeder wusste etwas beizutragen. Einige der Kinder meinten, dass Greti das einzig Richtige gemacht habe. Nur weg von dieser seltsamen Mutter, die noch so jung aussah und bestimmt mit dem Teufel im Bunde war. Als Herr Strabe wieder zurückkehrte, trat augenblicklich wieder Ruhe ein.

„Michael, geh ins Rektorat. Die Polizei wird gleich da sein und will deine Aussage aufnehmen."

Michael war noch nie im Büro des Rektors. Er saß auf einem Holzstuhl vor dem Schreibtisch und schaute sich in dem nüchtern ausgestatteten Raum um, während der

Schulvorsteher einen Zitronentee für ihn bereitete. Der Junge fand es seltsam, dass ihm das Heißgetränk vom Schuloberhaupt gereicht wurde, nahm aber höflich die Tasse und verbrannte sich nach dem ersten Nippen prompt die Zunge. Er hatte dem Rektor ebenfalls berichtet, was Margarete vor Ostern gesagt hatte, und gemeinsam warteten sie auf die Polizei, die Minuten später eintraf, in Begleitung von Agnes Zaiser, die einen gefassten Eindruck machte.

„Grüß Gott, Frau Zaiser", sagte Michael mit Schuldgefühlen. Nur zu gut erinnerte er sich daran, als er sie das letzte Mal gesehen hatte. Kurz nachdem Margarete ihm diesen Kuss gegeben hatte.

„Michael, nicht wahr?", sagte sie statt einer Begrüßung.

„Ja, Frau Zaiser. Greti und ich sind oft zusammen in die Schule gegangen."

„In die Schule gegangen, ich weiß schon", sagte die 28-Jährige bitter.

Agnes wurde auf einen Stuhl komplimentiert, während die Männer mangels Sitzmöbeln stehen blieben.

Einer der Beamten, der sich als Polizeihauptmeister Egger vorstellte, begann: „Michael, sag uns doch, was Margarete zu dir gesagt hat. Je mehr du zu berichten weißt, umso besser. Aber bitte, nichts dazu dichten, beschönigen oder dramatisieren. Nur Fakten." Der Beamte zückte ein Ringbuch und einen Füllfederhalter und notierte sich die Aussage von Michael.

„Ihr habt das also zusammen ausgeheckt", sagte Agnes, als der Junge geendet hatte.

„Nein, ich hab damit nichts zu tun, sie hat gesagt, sie will weg … von Ihnen", fügte er möglichst leise hinzu. „Ich konnte doch nicht wissen, dass sie wirklich abhaut. Nicht nachdem ..."

„... ihr rumpoussiert habt. Du kannst mir doch nicht erzählen, dass sie dich nicht in ihren Plan eingeweiht hat."

„So ist es aber, Frau Zaiser. Ich lüge Sie doch nicht an. Ich will doch auch, dass Greti wieder zurückkommt."

„Damit du wieder über sie herfallen kannst."

Michael traten die Tränen in die Augen ob der harten Worte dieser Frau.

„Frau Zaiser, bitte. Vorwürfe helfen nicht weiter. Seien Sie froh, dass der Junge diese Angaben machen kann. Das wird uns bei der Suche nach Ihrer Tochter helfen. Wir wissen, was wir unternehmen müssen, in welche Richtung wir suchen müssen." Egger strich dem traurigen Schüler über die braunen Haare und sah ihm in die Augen. „Danke für deine Hilfe, Michael. Das hast du toll gemacht."

„Bitte, Herr Polizist. Kann ich wieder gehen?", fragte er hoffnungsvoll. Er wollte nur weg aus diesem Zimmer, weg von dieser Frau. Er konnte nachfühlen, warum es Greti nicht mehr bei ihrer Mutter ausgehalten hatte.

„Du kannst wieder zu deiner Klasse, ja", sagte der Direktor. Michael beeilte sich, aus dem Raum zu kommen. Nachdem er die Tür von außen geschlossen hatte, lehnte er sich an die Wand und atmete die frische Luft ein.

„Greti, ich will wissen, wo du bist, ich vermisse dich.", sagte er mit Blick an die Decke. Er raffte sich auf und ging zurück zu seinen Mitschülern.

Das Verschwinden von Margarete hatte die Stadtbewohner einige Zeit beschäftigt, doch dann legte sich das Interesse und andere Ereignisse traten in den Vordergrund. Am 20.

Juni 1960 brannte der Dachstuhl des Rathauses völlig aus. Es handelte sich um Brandstiftung, der Täter wurde schnell gefasst und für fünf Jahre weggesperrt.

Im Juli wurde auf dem immer noch in Bau befindlichen Tänzelfestplatz zum ersten Mal das traditionelle Armbrustschießen der Buben durchgeführt. Dabei schossen über zwei Tage lang Knaben mit echten Waffen ihre Bolzen auf einen Holzadler, der in 15 Metern Höhe auf einem Pfahl montiert war. Derjenige, der das meiste Gewicht an Holz vom Adler schoss, war der Schützenkönig und durfte von Kaiser Maximilian einen Preis entgegennehmen. In diesem Jahr gewann ein gewisser Michael Klein mit 2.870 Gramm. Den Sieg widmete er seiner vermissten Freundin Greti. Nicht ahnend, dass sie ihm doch sehr nahe war.

Der Rummel würde erst im nächsten Jahr auf das neue Tänzelhölzle, so der ursprünglich geplante Name des Platzes, umziehen. Doch schon jetzt herrschte unter den Bürgern überraschende Einigkeit, dass das über Jahrhunderte brach liegende Landstück an der Wertach ein perfekter Platz für das größte Kinderfest Bayerns war.

TEIL 4

Kapitel 43

4. August 2018

Vincent war erschüttert davon, dass sie tatsächlich Margarete gefunden hatten. Er hegte keinen Zweifel daran, dass es sich hier um das zwölfjährige Mädchen handelte, das seit 1960 vermisst wurde. Er hatte Gänsehaut bekommen, er, der Realist, der übersinnliche Dinge als esoterischen Blödsinn ansah.

„Damit haben wir einen offiziellen Kriminalfall", sagte Vincent zu Vanessa und telefonierte mit seinem Vorgesetzten und seinem Kollegen Carlo Genocci. Vincent ordnete an, dass die *Wartungsarbeiten* sofort eingestellt wurden. Auch Oberbürgermeister Zauner teilte er die Neuigkeiten mit. Vanessa forderte ihre Kollegen der Kriminaltechnik aus Kempten an.

Knapp eine Stunde nach dem Fund begannen die Techniker mit der Arbeit und legten mit Schaufeln vorsichtig, Stück für Stück den Leichnam eines Kindes frei. Dadurch, dass die Bauarbeiten damals nahezu luftdicht durchgeführt wurden und das Terrain kein Lebensraum für zersetzende Würmer, Maden oder anderes Getier war, wurde der Körper in erstaunlich gutem Zustand vorgefunden. Das Kind wirkte eher wie mumifiziert als verwest. Es war offensichtlich, dass das Kind, das ein halb zersetztes grünes Kleid trug, in einen grauen Sack gesteckt worden war. Sie wurde an dieser Stelle abgelegt und zugeschüttet. Welches Schicksal das Mädchen ereilt hatte, das galt es herauszufinden. Dass es sich hierbei um ein Gewaltverbrechen handelte, darüber herrschte schon vor den ersten Untersuchungen Einigkeit.

Vincents Kollege Carlo ließ sich auf den aktuellen Stand bringen und begann, sich Notizen zu machen.

Eine weitere Stunde später wurde der Leichnam in einen Blechsarg gehoben und umgehend in die Gerichtsmedizin gebracht. Vincent drängte darauf, dass die Obduktion *zeitnah* durchgeführt wurde. Ihm wurde kein fester Zeitpunkt versprochen, doch im Laufe des folgenden Tages würden erste Ergebnisse vorliegen.

„Ich hätte gerne, dass der Leichenfund bis morgen nicht an die Presse gelangt", sagte Vincent eindringlich zu dem Personenkreis, der sich neben ihm aus Carlo, Vanessa und OB Zauner gebildet hatte. „Ich will nicht, dass die Mutter über irgendwelche Medien erfährt, dass ihre Tochter wahrscheinlich ermordet wurde. Die Dame ist 86 Jahre alt, ich will nicht schuld sein, dass sie zusammenbricht oder Schlimmeres mit ihr passiert."

Der Oberbürgermeister meinte: „Etwas Zeit können wir schinden, aber am morgigen Nachmittag müssen wir liefern, sonst haben wir die Presse schnell gegen uns. Das geht ganz schnell, dass man uns Vertuschung vorwirft oder die Behinderung der Pressefreiheit."

„Danke, Felix. Dann bleibt uns nun nichts anderes übrig, als auf den Bericht der Gerichtsmedizin zu warten."

Kapitel 44

5. August 2018

Schon gegen Mittag hatte Vincent den vorläufigen Obduktionsbericht in den Händen. Er hatte in dieser Nacht schlecht geschlafen und musste ständig an das Mädchen denken und was ihm wohl zugestoßen war. Dieses Defizit an Schlaf versuchte er, mit einer Überdosis Kaffee auszugleichen. Annett spürte, dass ihr Chef angespannt war, und hielt sich mit ihrer permanent guten Laune und ihren Späßen zurück. Sie brachte Kaffee und Gebäck und beließ es dabei.

Als Kriminalbeamter war Vincent einiges gewohnt, doch was er zu lesen bekam, das ging ihm dennoch ziemlich an die Nieren. Der weibliche Leichnam wurde auf 12–13 Jahre eingeschätzt. Soweit feststellbar, war sie kein Opfer von sexuellen Übergriffen. Sie hatte eine Fraktur des rechten Handgelenkes, das zum Todeszeitpunkt frisch und unbehandelt war. Doch was dem Hauptkommissar naheging war, dass an dem grauen Sack, in dem das Mädchen steckte, abgebrochene Fingernägel gefunden wurden. Sie wollte sich offensichtlich aus ihrem Gefängnis befreien und schaffte es nicht. In ihrer Lunge wurden Staub- und Sandpartikel gefunden, die mit dem Kiesstaub identisch waren, der sie auf dem Platz umgab. Das hieß, das Mädchen lebte noch, als sie abgelegt wurde, und starb erst, als sie mit Kies, Erde und Sand zugeschüttet wurde. Ob sie jämmerlich erstickt war oder durch das Gewicht des Schüttgutes erdrückt wurde, das konnte nicht festgestellt werden.

Es klopfte an der Bürotür. Vincent reagierte nicht darauf. Sekunden später linste das fragende Gesicht von Vanessa herein.

„Ach, hallo, Vanessa, du bist es."

„Meine Güte, du bist ja begeistert, mich zu sehen. Ich habe ja nicht mit Konfetti gerechnet, aber doch mit etwas mehr Enthusiasmus. Was ist dir denn über die Leber gelaufen?"

„Sorry, komm hier rüber, mein Schatz", sagte er ernst.

Vanessa schaute weiterhin fragend, ging aber um den Schreibtisch herum und legte eine Hand auf seinen Rücken. „Was gibt es denn, dass du so niedergeschlagen wirkst?"

„Margarete hat noch gelebt, als sie wie Müll weggeworfen wurde." Vincent rieb sich die Augen.

„Hau mich nicht, aber das hab ich mir schon gedacht."

„Du hast was?" Vincent drehte sich erstaunt zu seiner Freundin um und schaute sie mit fragenden Augen an. „Na, auf die Erklärung bin ich jetzt aber gespannt."

„Das wird dir als Realist wieder nicht gefallen. Aber hör einfach nur zu, auch wenn es für dich nach absurdem Okkultismus klingt."

„Du, mich kann wahrscheinlich nichts mehr überraschen."

„Ich kenne eine Frau, die jahrelang in einem Seniorenheim gearbeitet hat. In den letzten Jahren hatte sie die Heimleitung inne, bevor sie sich als Immobilienmaklerin selbstständig gemacht hat."

„Naheliegend", warf Vincent mit schiefem Grinsen ein.

„Sie hatte einfach keine Kraft mehr für diesen Job. Miese Bezahlung und Überstunden ohne Ende. Sie musste ihrer Gesundheit zuliebe davon weg. Wie auch immer, sie hat mir einige interessante Dinge erzählt. Sie hat im Laufe der Jahre sehr viele alte Menschen in den Tod begleitet. Doch was sie immer gemacht hat, wenn jemand starb, ist, dass sie das Fenster aufmachte, damit die Seele ungehindert gehen und ihren Frieden finden konnte."

„Echt jetzt?" Die Augenbrauen von Vincent hoben sich erstaunlich weit nach oben.

„Ja, tatsächlich. Aber glaub bloß nicht, dass das nur sie so gemacht hat; das ist allgemein üblich in Seniorenheimen und Krankenhäusern, dass bei einem Todesfall das Fenster geöffnet wird. Frag ruhig nach."

„Und du meinst ..."

„Ich meine, dass die Seele von Margarete keine Möglichkeit hatte, in Frieden zu gehen. Sie konnte nirgendwohin, bis eben zu dem Vorfall, dass jemand ein Loch in den Boden gerammt hat."

Vincent musste diese Theorie erst mal verarbeiten. Er dachte nach und schwieg einige Minuten. Vanessa ließ ihm die Zeit und setzte sich auf einen Stuhl.

Vincent holte tief Atem und ließ ihn langsam wieder entweichen. „Lass mich mal weiterspinnen: Die Seele kam aus dem Loch, mitsamt dem stinkenden Müllmief, und waberte über den Platz. Sie suchte sich Personen aus, die sie manipulierte und ließ sie Dinge tun. Aber warum in dieser Aggressivität? Es starb sogar ein Mensch, weil sie sich als Erscheinung gezeigt hat, und einige wurden verletzt."

„Schön, dass du das nicht als lächerlich abtust", sagte Vanessa erleichtert. „Die Seele hat bei sensiblen Menschen auf sich aufmerksam gemacht. Und die Personen haben eben so darauf reagiert. Erst später begannen die Erscheinungen von dem Mädchen. Es scheint fast so, als hätte das arme

Seelchen die Taktik geändert. Sie wollte, dass das Mädchen gefunden wird."

„Meine Güte, gut, dass uns niemand zuhört, sonst könnten wir uns direkt wieder auf den Weg zum Bergle hoch machen, am besten gleich in die Geschlossene."

„Vince, ich weiß, dass sich das für normale Leute völlig dämlich anhört, aber wir müssen ja nicht damit hausieren gehen. Es ist bloß ein kleiner Club, der eingeweiht ist. Für alle anderen ist der Fund Zufall."

„Aber Respekt für Margaretes Seele, sie hat ganze Arbeit geleistet." Diesen Sarkasmus gönnte sich Vincent, um seinen Verstand klar zu lassen. „Und jetzt? Wir haben das Mädchen gefunden; ist die Seele nun frei und auf dem Weg in den Himmel?"

„Das weiß ich nicht, aber ich hoffe es so sehr, dass sie ihren Frieden gefunden hat."

„Hoffentlich", ergänzte Vincent. „Eigentlich ist es dein Verdienst. Ich selber wäre nie auf die Idee gekommen, dass da etwas Übernatürliches im Spiel sein könnte. Ich habe bis vor Kurzem ausschließlich mit Fakten gearbeitet."

„Ist es denn übernatürlich, nur weil wir etwas nicht verstehen?"

Vincent zeigte zustimmend mit dem Finger auf sie.

„Ich rufe jetzt mal Carlo zu mir, dann werden wir der Agnes Zaiser schonend beibringen, dass wir wahrscheinlich ihre Tochter gefunden haben. Hundertprozentig wissen wir es ja immer noch nicht, dafür bräuchten wir einen DNA-Test und die Zustimmung der alten Frau."

„Alles klar, dann lass ich dich deine Arbeit machen."

„Ich bin froh, dass ich dich habe, Wiwi. Sowohl als Freundin als auch als Partnerin in diesem Fall."

„Gerne, mein Schatz. Ich erwarte dich heute Abend."
Vanessa grinste mit glänzenden Augen.

Kapitel 45

Vincent und Carlo standen an der Haustür der Honoldstraße 4. Ein verblichenes Schild am Briefkasten zeigte an, dass hier A. Zaiser wohnte. Vincent klingelte, ein einfaches Surren erklang im Inneren. Sekundenlang hörte man nichts, bis schlurfende Schritte näherkamen. Ein Schlüssel wurde gedreht und die Tür geöffnet. Ein altes runzliges Gesicht schaute die zwei Männer skeptisch an und musste dabei einige Zentimeter nach oben sehen. Die Frau hatte ein bodenlanges Kleid an, das schlicht und grau war. Um ihren Hals trug sie ein mächtiges Holzkreuz. Trotz ihres hohen Alters hatte sie das Leben nicht gebeugt, sie stand aufrecht vor den Männern. Ihre grauen glatten Haare hatte sie zu einem Pferdeschwanz gebunden.

„Was gibt's?", fragte sie mit dünner Stimme.

„Kriminalhauptkommissar Zeller, das ist mein Kollege Oberkommissar Genocci." Beide hielten ihre Ausweise in den Händen. Die rüstige alte Dame schaute nur beiläufig auf die Dokumente und sah die Männer wortlos an. „Ob wir uns vielleicht drinnen unterhalten können?", fragte der Hauptkommissar.

„Wenn's sein muss. Dann kommen Sie halt rein." Sie öffnete die Tür ganz, drehte sich um und schlurfte davon."

Die Kommissare traten ein und Carlo schloss die Tür hinter sich. Als Erstes fiel auf, dass der ganze Hausflur über und über mit Kreuzen aller Art behängt war. Am Ende des Flurs führte eine Treppe ins Obergeschoss. Auch hier, links und rechts an den Wänden, hingen Kruzifixe. Es war offensichtlich, dass sie es hier mit einer äußerst gläubigen Frau zu tun hatten.

Frau Zaiser war in einen Raum abgebogen, der sich als Küche entpuppte. Eine alte Eckbank stand darin und es roch nach Speiseresten und Putzmittel. Die alte Frau deutete darauf, was die Beamten als Aufforderung zum Setzen deuteten.

„Wünschen die Herrschaften einen Tee? Ich hab nur Pfefferminz." Ihr Ton war weder besonders freundlich noch abweisend.

„Gerne, wenn es keine Mühe macht", sagte Vincent.

„Mir macht so ziemlich jede Bewegung Mühe, darauf kommt es nicht mehr an." Agnes Zaiser füllte den kabellosen Wasserkocher, schaltete ihn an und stellte große Tassen samt Löffel vor die Polizisten. Aus einem Schrank holte sie Zucker und stellte das Porzellanbehältnis dazu. Als der Wasserkocher zu brodeln begann und sich automatisch abgestellt hatte, schenkte sie ein und gab in jede Tasse einen Teebeutel dazu, bevor sie sich umständlich dazusetzte.

„Was wollen die jungen Männer von mir?", fragte sie endlich.

Vincent war wie gewohnt der Wortführer. „Wie gesagt, wir sind von der Kriminalpolizei, Frau Zaiser. Es geht um Ihre Tochter, die Sie ja im Jahre 1960 als vermisst gemeldet haben. Dazu gibt es neue Erkenntnisse."

„Neue Erkenntnisse, aha. So heißt das bei euch Beamten ganz gerne mal, gell?"

Vincent nippte am Tee, hauptsächlich um nachzudenken, wie er der alten Frau beibringen sollte, dass ihre Tochter tot war. „Nun, Frau Zaiser, es gab da Arbeiten am Tänzelfestplatz zu verrichten, und dabei wurde die Leiche eines etwa 12-jährigen Mädchens gefunden. Die Beschreibung deckt sich mit den Angaben, die Sie damals bei der Vermisstenmeldung zu Protokoll gegeben haben."

Vincent beobachtete die alte Frau, die sichtlich ihre Gesichtsfarbe verlor und ihn mit starrem Blick fixierte. Der Hauptkommissar war auf alles gefasst gewesen, als sich diese Neuigkeit im Kopf der betagten Frau formierte. Doch alles, was sie machte, war, weiter vor sich hin zu stieren.

„Es tut mir leid, Frau Zaiser. Ihre Tochter ist damals nicht ausgerissen." Agnes Zaiser sagte nichts, sie schaute nur, und Vincent konnte den Gesichtsausdruck nicht deuten.

Vincent räusperte sich. „Ich muss Ihnen leider sagen, dass Ihre Tochter damals anscheinend Opfer eines Gewaltverbrechens wurde. Sie wurde auf dem Platz abgeladen und während der Bauarbeiten verschüttet." Nach einer kurzen Pause fügte er mitfühlend hinzu: „Und sie hat zu dem Zeitpunkt noch gelebt."

Agnes Zaiser schlug mit der flachen Hand mit erstaunlicher Kraft so heftig auf den Küchentisch, dass die Kommissare in sich zusammenfuhren. „Nein, sie hat nicht mehr gelebt, sie war tot."

Vincent fasste sich schnell. „Frau Zaiser, ich weiß, dass das sehr schmerzhaft für sie ist, aber die Gerichtsmedizin kann sehr genaue Ergebnisse liefern. Ihre Tochter Margarete hat mit sehr hoher Wahrscheinlichkeit noch gelebt."

„Nein, sie hat sich nicht mehr gerührt, sie war tot." Agnes Zaiser schaute die Kommissare abwechselnd wütend an, während Vincent und Carlo versuchten, den Zusammenhang zu verstehen.

So abrupt, wie die Wut in Agnes Zaiser fuhr, so schnell verging sie auch wieder. Man konnte zusehen, wie sämtliche Kraft aus ihrem Körper wich.

„Es war ein Unfall, sie fiel die Treppe runter und hat sich nicht mehr bewegt. Natürlich war Greti tot. Hätte sie einfach gemacht, was ich angeordnet habe, wäre gar nichts passiert."

„Frau Zaiser", sagte Carlo eindringlich und langsam. „Sie sind gerade dabei, sich selbst zu belasten. Sie müssen jetzt nichts sagen, was sie selbst belastet, und können einen Rechtsanwalt hinzuziehen."

„Hören Sie mit dem Beamtengewäsch auf. Ich belaste mich überhaupt nicht, womit denn überhaupt? Ich sage Ihnen, wie das damals war, und ich kann da nichts dafür, es war ein Unfall, versteht ihr das nicht?", sagte die 86-Jährige aufgebracht.

„Versuchen Sie, uns verständlich zu machen, was damals geschehen ist", sagte Vincent zu der alten Frau.

„Es war der letzte Schultag vor den Osterferien, Greti hat mit diesem Jungen poussiert und ich hab das gesehen, wie sie sich versündigt hat. Ich habe sie zur Rede gestellt und ihr befohlen, Gott ihre Sünden zu gestehen und Buße zu tun. Aber sie hat sich geweigert, ich musste sie die Treppe hochzerren, und dann hat sie sich losgerissen, stürzte hinab und war tot", sagte Frau Zaiser mit einer Endgültigkeit, die keine Widerrede duldete.

„Warum musste sie nach oben gehen?"

„Ich habe schon immer dort oben eine Kapelle, um Gott nah zu sein, um zu beten und um Vergebung zu bitten. Aber dieser Michael hat mein Mädchen verdorben, und das konnte ich nicht dulden."

Vincent überlegte. „Moment, aber in den Akten steht doch, dass sie Margarete am letzten Osterferientag vermisst gemeldet haben."

Agnes rührte langsam ihren kälter werdenden Tee um und sah dem Löffel dabei zu. „Da hatte ich sie schon längst beerdigt."

„Frau Zaiser, ich sag es Ihnen noch einmal, sie müssen sich nicht durch Aussagen selbst belasten", wiederholte Carlo.

„Und ich sage Ihnen, dass ich doch nichts dafür kann, dass sie die Treppe runterfiel. Hören Sie mir eigentlich zu?", sagte sie erzürnt. „Als Greti so dalag, habe ich einen Sack genäht, sie hineingelegt und mit einem Wagen auf die Baustelle da drüben gebracht. Das fiel nicht auf, weil jeder etwas zum Wegwerfen vorbeibrachte."

„Sie reden von Ihrer Tochter wie von einem Stück Müll?" Vincent war erstaunt über diese wie selbstverständlich vorgetragene Erklärung.

„Hätte ich etwa zur Polizei gehen sollen? Die hätten mir doch gar nicht geglaubt, dass das ein Unfall war, die hätten mich ins Zuchthaus gesteckt. Also bot er sich an, dieser Platz, der gebaut wurde. Ich habe Greti abgelegt, ich habe mich von ihr verabschiedet und ihr noch einen Segen erteilt. Zwei Wochen später habe ich sie als vermisst gemeldet." Agnes Zaiser nahm ihr Holzkreuz und küsste es.

Mit offenem Mund sahen die beiden Kommissare die Greisin an; Vincent suchte nach den richtigen Worten. „Frau Zaiser. Sie haben geglaubt, dass das Mädchen tot ist, aber das war nicht der Fall, es ist anzunehmen, dass sie lediglich bewusstlos war und später daraus erwachte", insistierte Vincent nun. „Margarete hat versucht, sich zu befreien, sie kämpfte um ihr Leben. Sie hatte keine Chance und wurde schließlich verschüttet. Wir haben Beweise, dass sie eben nicht tot war."

Agnes Zaisers Blick wurde schmerzerfüllt. „Aber sie bewegte sich doch nicht mehr."

Vincent streckte den Rücken durch. „Frau Zaiser, ich glaube Ihnen ja, dass es ein Unfall war, und Sie dachten bestimmt auch, dass ihre Tochter zu dem Zeitpunkt nicht mehr am Leben war, aber da haben Sie sich geirrt, Sie haben Margarete weggebracht, als sie noch gelebt hat. Sie kam erst zu Tode, als sie auf dem Platz verschüttet wurde, und dadurch haben Sie sich strafbar gemacht. Dafür sind Sie verantwortlich."

„Nein!" In Agnes' Blick flackerte die Erkenntnis auf. Sie legte erschrocken eine runzlige Hand an ihren Mund. Eine einzelne Träne drang aus einem Augenwinkel und suchte sich in dem zerfurchten Gesicht einen Weg.

„Frau Zaiser, wir müssen Sie aufs Präsidium mitnehmen und ein Protokoll aufnehmen. Die Staatsanwaltschaft wird prüfen, ob es sich hierbei um Totschlag oder Mord handelt."

„Mord? Ich wollte das doch nicht, Herr Kommissar. Mord?", fragte sie erneut.

„Ich kann mir nicht vorstellen, dass der Staatsanwalt darauf plädiert. Alles andere wäre nach all den Jahren verjährt."

„Oh Gott. Ich habe meine Greti getötet. Das kann ich mir nicht verzeihen."

„Frau Zaiser, bitte begleiten Sie uns aufs Präsidium." Vincent und Carlo standen auf.

„Aber erst möchte ich hier noch Ordnung machen." Agnes wirkte trotz ihres hohen Altes nun noch älter. Sie nahm die

Teetassen, spülte sie und stellte sie sorgfältig im Schrank ab. Die Löffel wurden umständlich in die Besteckschublade gelegt.

„Herr Kommissar, ich kann so nicht aus dem Haus gehen. Ich habe große Sünde auf mich geladen und muss dringend Buße tun. Haben wir die Zeit, damit ich in meiner Kapelle um Vergebung beten kann?"

Vincent und Carlo sahen sich an. Der Italiener, der selbst sehr gläubig war, nickte kaum sichtbar. „Ja, ich denke, die Zeit werden wir haben, Frau Zaiser. Wir begleiten Sie nach oben." Mit einladender Geste ließ er die nun gramgebeugte Dame vorgehen.

Schwerfällig schleppte sich Agnes die Treppe nach oben, die an den Wänden von hunderten Kruzifixen flankiert war. Oben angekommen sagte sie zu Vincent: „Hier habe ich Greti festgehalten, hier hat sie sich losgerissen und stürzte die ganzen Stufen hinab. Jeden Tag habe ich diese Bilder vor Augen, wie sie mich angesehen hat, als ihr klar wurde, dass sie keinen Halt finden würde. Und dann lag sie dort unten." Sie nickte zum Fuße der Treppe hinab und schüttelte den Kopf, bevor sie sich umdrehte und die Tür zu ihrem Kapellenzimmer öffnete.

Vincent und Carlo staunten Bauklötze, als sie den düsteren Raum sahen. Ein richtiger Altar stand darin, ein Kreuz, das bis an die Decke reichte. Darauf ein Jesus, der voll Schmerz und Güte auf die einzige Kirchenbank hinunterblickte. Agnes zündete, während die Kommissare den Raum begutachteten, die Kerzen auf dem Altar an.

„Würden Sie mich nun in Ruhe beten lassen? Bitte!", fügte sie hinzu.

„Na ... natürlich", sagte Vincent. Aber wir müssen die Tür einen Spalt offenlassen.

„Das geht in Ordnung, Herr Kommissar." Agnes sah Vincent dankbar an.

Die beiden Beamten zogen sich diskret auf den Flur zurück und schwiegen, während die alte Frau sich auf ihr Gebet vorbereitete.

Stöhnend platzierte Agnes ihre arthrosegeplagten Knie auf dem Holzbrett und faltete die Hände. Stumm sah sie zum leidenden Jesus aus Holz hoch und hatte Tränen in den Augen. „Ich habe schwere Sünde auf mich geladen. Ich bitte dich, vergib mir meine Schuld, oh Herr." Sie fasste in eine Tasche ihres Kleides und holte das scharfe Filetiermesser hervor, das sie zuvor aus der Besteckschublade entnommen hatte. Sie fasste das Messer fest am Griff, hob den linken Arm. „Im Namen des Vaters ...", sie schnitt tief und ohne zu zögern, das erste Kreuzzeichen in ihren Unterarm. Das Fleisch klaffte auf. Pulsierend schoss das Blut aus der Ader. „... Und des Sohnes ...", ein zweites blutiges Kreuz folgte, mehr Blut ergoss sich aus dem Blutgefäß, „... und des Heiligen Geistes, Amen." Einen dritten tiefen Schnitt in Kreuzform fügte sie sich zu und ließ das Messer geräuschlos auf den Teppichboden fallen. Sie faltete die blutigen Hände. „Gegrüßet seist du, Maria, voll der Gnade", betete sie ein verändertes Ave Maria, „Heilige Maria, Mutter Gottes, bitte für mich Sünderin, jetzt in der Stunde meines Todes, Amen." Agnes Zaiser dachte in ihren letzten Minuten an ihr Leben, an den Amerikaner Jim, der sie vergewaltigt hatte. Ihre Eltern, die sie verstoßen hatten. An die Zeit im Kloster. Sie dachte an Margarete, ihre Tochter, die sie so sehr liebte und dass sie schuld an ihrem Tod war. Selten hatte sie darüber nachgedacht, wie ihr Leben verlaufen wäre, wenn sie als normales Mädchen aufgewachsen wäre, wenn sie nie zum Neptunbrunnen gegangen wäre und nie diesen Amerikaner kennengelernt hätte. Ihre Träume von einem erfüllten Leben an der Seite eines Mannes, der sie liebte. Zerstört an jenem lauen Sommerabend. Leidend schaute sie hoch zu Jesus am Kreuz, ihr Blick wurde unscharf, die Augenlider begannen zu flattern. Sie bemerkte nicht mehr, wie sie zur Seite kippte und in ihr eigenes Blut fiel.

Minuten später schob Vincent leise die Tür zum Kapellenzimmer auf, um nachzusehen, wie lange Agnes noch beten wollte.

Epilog

Die Presse hatte ihr Futter bekommen. Der Fund der mumifizierten Leiche eines zwölfjährigen Mädchens, wie sie zu Tode kam und der Freitod der 86-jährigen Mutter waren deutschlandweit eine Schlagzeile wert. Doch vom Friedhof hatten sich die Medienvertreter fernzuhalten.

Die kleine schwarzgekleidete Gruppe stand im Schatten der Bäume auf dem Waldfriedhof vor dem ausgehobenen Urnengrab, die Hände gefaltet. Ein leichter Wind wehte an diesem leicht bewölkten, aber warmen Septembertag. Vor allem an den Kastanienbäumen, die nicht mehr so frisch und grün wirkten, konnte man erkennen, dass sich der Sommer demnächst verabschieden würde.

Manche der Anwesenden schauten den Pfarrer an, der aus dem Leben von Agnes und Margarete Zaiser berichtete, auch wenn die zusammengetragenen Informationen eher dürftig waren. Agnes hatte anscheinend nie eine feste Beziehung gehabt. Wer der Vater ihres Kindes war, der angeblich vor vielen Jahren tödlich verunglückte, konnte nicht geklärt werden.

Pfarrer Lubetsch erzählte von dem Nähgeschäft, wie zufrieden die Kunden immer waren, dass Nähen ihre große Leidenschaft war. Aus ihrem Privatleben konnte er allerdings nichts berichten. Sie lebte zurückgezogen und verließ das Haus nur sehr selten. Sie pflegte keine Freundschaften und gab sich wortkarg. Gerne lauschte sie Orgelklängen in den Kirchen.

303

Michael Klein konnte hingegen dem Pfarrer vieles von Margarete aus seinen Erinnerungen berichten. Über die schöne gemeinsame Zeit in der Schule, über das sanfte Wesen des Mädchens, das sie so liebenswürdig machte. Eine intelligente, aufgeweckte Schülerin. Sie war immer freundlich und nett zu ihren Mitmenschen. Sie begeisterte sich für Elvis Presley und wäre zu gerne einmal in die Vereinigten Staaten gereist. Dankbar trug der Kirchenvertreter die Worte vor.

Die beiden Urnen standen nebeneinander. Im Gegensatz zu der schlichten Urne, in der die Asche von Agnes war, wirkte der farbenfrohe Behälter von Margarete fröhlich.

Michael Klein wischte sich immer wieder mit einem Taschentuch die Augen trocken. Ihn hatte das Schicksal seiner Freundin arg mitgenommen. Fast sechzig Jahre hatte er die Hoffnung, dass Greti irgendwo im Süden ein neues Leben begonnen hatte, wie sie es geplant hatte. Doch sie war nie weg, sie war verscharrt auf dem Tänzelfestplatz. Wie oft war er schon über den Platz gegangen. Wie oft hatte er sich hier amüsiert, Messen besucht, Veranstaltungen, und nicht geahnt, dass sich seine Margarete unter seinen Füßen befand. Michael wurde von seiner Trauer geschüttelt. Verständnisvoll strich seine Frau tröstend über seinen Rücken.

Vanessa und Vincent hatten den Kopf gesenkt und lauschten den tröstenden Worten des Pfarrers. Ein wenig gab sich Vincent die Schuld am Tod von Agnes. Immer wieder dachte er darüber nach, ob Carlo und er nicht richtig gehandelt hatten. Sie hätten erkennen müssen, dass Agnes ein Messer aus der Besteckschublade nahm. Doch nie hätte er damit gerechnet, dass sich die alte Frau für so einen brutalen Suizid entschied. Niemand im Präsidium machte ihm Vorwürfe deswegen, aber dennoch fühlte er sich schuldig.

Der Pfarrer segnete die beiden Urnen, die Trauergruppe bekreuzigte sich. Dann wurden die Behältnisse langsam in den Boden hinabgelassen, der mit Kunstrasen ausgelegt und mit Blumengebinden und kleinen Kränzen geschmückt war. Zwei schlichte Holzkreuze wurden in den Boden gedrückt, auf dem die Namen der Verstorbenen aufgemalt waren.

Nach der Zeremonie wusste keiner so recht, wem man sein Beileid bekunden sollte. So schüttelten sich alle gegenseitig die Hände und murmelten etwas. Michael Klein verließ den Friedhof als Letztes zusammen mit seiner Frau.

Erst als Vanessa und Vincent das gusseiserne Tor des Friedhofes hinter sich geschlossen hatten, trauten sie sich wieder zu sprechen. Hand in Hand gingen sie den Kiesweg entlang zu Vincents Auto.

Vanessa sagte: „Es ist immer schlimm und traurig, wenn jemand stirbt …"

„Ja, und wenn es so gewaltsam zu Ende geht, ist das noch tragischer."

„Aber so ist der Kreislauf der Welt. In einem Ende liegt immer auch ein Anfang, und es entsteht neues Leben, ein neuer Mensch."

„Wow, du klingst ja ganz schön poetisch, Wiwi."

Vanessa lächelte vor sich hin, während sie am Wagen ankamen. Sie ging zur Beifahrerseite, stieg aber nicht ein. Sie legte die Hände und Arme auf das Dach, legte ihren Kopf darauf und hatte ihre Mundwinkel, so breit es ging, zu einem Grinsen verzogen. Vincent wollte einsteigen und schaute verwirrt ins Gesicht seiner Freundin, die sich jedoch nicht bewegte. Nur langsam dämmerte es Vincent, als er an den letzten Satz Vanessas dachte.

„Du meinst …" Vincent klappte der Mund auf, er fuhr sich mit einer Hand durch seine dunklen Haare.

„Ja, du Schnellmerker. Wir bekommen ein Baby."

Vincent umrundete den Wagen, hob Vanessa an den Hüften vom Auto weg, riss sie in seine Arme und wirbelte sie glücklich im Kreis herum.

Emily jaulte eine Oktave hoch und wieder herunter. Sie trippelte im Zwinger, der monatelang ihr Zuhause war, hin und her und wedelte mit der Rute im Kreis. Sie legte sich auf den Rücken, stand wieder auf, sprang die Gitterstäbe hinauf und machte weiterhin Wind mit dem Schwanz. Ihr Frauchen stand auf der anderen Seite der Box und sprach mit dem Mischling, wie es nahezu jeder Hundebesitzer macht.

„Ja, ganz eine Feine bist du, Süße. Ich hol dich heim zu Mama, guck."

Sabrina Gärtler zeigte Emily glücklich und mit glänzenden Augen die Leine und klimperte damit. Vor einigen Tagen wurde ihr mitgeteilt, dass sie den Hund aus dem Tierheim holen konnte. Die Vorgabe, dass der Mischling nur noch angeleint auf die Straße durfte, blieb bestehen. Aber sie brauchte in Zukunft keinen Maulkorb mehr zu tragen. Sabrina hatte sich hingekniet, die Hand durch die Gitterstäbe gezwängt, und kraulte ihren Liebling am Hals; sie klopfte die Flanken und kraulte, wo auch immer sie Fell zwischen die Finger bekam. Emily quietschte und leckte die Hand von Frauchen. Hinter sich hörte Sabrina ein Schlüsselbund klappern und drehte sich nach dem Geräusch um.

„Heute ist es endlich so weit, Frau Gärtler", sagte die junge Frau lächelnd. „Auch wenn wir uns alle hier freuen, wenn ein Tier einen neuen Besitzer bekommt, oder, wie in Ihrem Fall, wieder nach Hause darf, fällt es uns doch schwer, die Kleine herzugeben. Sie hat so ein freundliches Wesen, freut sich über jeden Menschen, der vorbeikommt, und verträgt sich auch ganz toll mit anderen Hunden."

„Ja, sie ist schon ein Sonnenschein, meine Emily."

„Deshalb ist es auch so seltsam, dass sie damals den Mann angegriffen hat. Ich habe in den ganzen Monaten nicht einmal gesehen, dass sie nach jemandem geschnappt hat. Da hat ihr wohl etwas an dem Mann nicht gefallen. Frauen eben", lachte sie.

„Ich danke Ihnen für die Pflege, Frau Grub. Es ist schön zu sehen, wie Sie mit den begrenzten finanziellen Mitteln, die so ein Tierheim hat, mit den Tieren umgehen."

„Uns liegen die Tiere am Herzen. So viele traurige Fellnasen und so wenige Menschen, die uns ein Tier abnehmen. Es ist nicht einfach, aber wir geben uns Mühe."

„Das ist unverkennbar. Darf ich Sie einmal umarmen?"

„Gerne." Frau Grub breitete die Arme aus.

„Dann wollen wir mal die Emily zum letzten Mal aus ihrem Käfig holen." Frau Grub steckte den Schlüssel ins Schloss, was von der wedelnden Emily und Sabrina interessiert beobachtet wurde. Kaum war das Tor geöffnet, stürmte das Hundemädchen aus dem Zwinger und warf sich in die wartenden Arme ihres Frauchens, dass es Sabrina auf den Hintern legte.

„Emily, nicht so wild, Süße", rief sie lachend. Doch die Hündin ließ sich nicht aufhalten und leckte Sabrina das Gesicht, den Hals, die Hände.

„Komm, anziehen." Bei dem Befehl wurde der Mischling ruhiger und wartete darauf, dass Frauchen ihr das Geschirr anlegte. Belohnt wurde Emily mit einem Leckerli, das mit einem Happs geschluckt war. Nachdem die Leine angelegt war, erhob sich Sabrina und lächelte Frau Grub an.

„Ich bin so froh, dass die Sache so gut ausging. Ich musste zwar eine Geldstrafe zahlen, aber das werde ich verkraften. Die Behandlungskosten von dem armen Mann zahlte zum Glück die Haftpflichtversicherung von Emily. Ich hab ihn vor ein paar Tagen besucht. Sie glauben gar nicht, was für Ängste ich ausgestanden habe. Minutenlang verharrte mein Finger an der Türglocke. Ich habe es nicht geschafft zu drücken, und plötzlich steht er vor mir, mit einer Tüte Biomüll, die er zur Tonne bringen wollte, und sieht mich an."

„Und hat Sie vom Hof gejagt?"

„Nein, er hat die Entschuldigung angenommen."

„Ach, das ist ja schön."

„Aber nur unter einer Voraussetzung: dass ich mit ihm Kaffee trinken würde." Sabrina lächelte leicht.

„Scheint so, als wäre er Ihnen nicht mehr böse." Frau Grub grinste.

„Frau Gärtler, mir tut es echt leid, das sagen zu müssen, aber ich hoffe, wir sehen uns nicht wieder. Also, zumindest nicht hier im Tierheim", fügte sie hinzu.

„Das hoffe ich auch, Frau Grub. Noch einmal vielen Dank für alles."

Die Angestellte beugte sich zu Emily hinab und kraulte sie. „Mach es gut, meine Kleine, pass immer schön auf dein Frauchen auf." Emily schaute mit heraushängender Zunge aufmerksam Frau Grub an, als verstünde sie jedes Wort, und leckte ihr zum Abschied die Hand.

Vor dem Tierheim atmete Sabrina die frühherbstliche Luft tief ein. Sie ging lächelnd mit Emily zu ihrem Wagen und hatte zum ersten Mal seit Monaten das Gefühl von Glück.

Holger Mähder konnte sein Glück im Unglück nicht fassen. Der Richter verurteilte ihn wegen der einfachen und der schweren Körperverletzung zu einer Haftstrafe von acht Monaten, die zur Bewährung ausgesetzt wurde. Er konnte dem Gericht glaubhaft seine echte Reue zeigen. Auch die Tatsache, dass er nie zuvor kriminell in Erscheinung getreten war, half bei der Urteilsfindung.

Es dauerte mehr als vier Monate, bis Benjamin Romer wieder seine Arbeit als Fahrlehrer aufnehmen konnte. Er hatte etwas dazu gelernt. Nie wieder würde er sich einem Fahrschüler in den Fahrweg stellen. Rückblickend musste er sich selbst an die Nase fassen. Es war doch logisch, dass ein junger Mensch, der gerade die ersten Fahrversuche machte, das Fahrzeug noch nicht beherrschte. Lukas war mit der Situation schlicht überfordert, als da ein echter Mensch vor ihm stand. Er hatte wohl überlegt, was er tun müsse, und dadurch das Bremsen schlicht vergessen. Benjamin war froh, dass dem jungen Mann nichts passiert war, durch seine Leichtsinnigkeit, und würde sich noch persönlich bei ihm entschuldigen.

ENDE

Anmerkungen

Und dann sagte der Oberbürgermeister von Kaufbeuren, Herr Stefan Bosse, einen bestimmten Satz. Ich war völlig perplex, als er berichtete, dass der Tänzelfestplatz vor vielen Jahren auf einer Müllhalde gebaut wurde.

Dieser eine Satz ließ mich nicht mehr los, und innerhalb kürzester Zeit reifte eine Story in meinem Kopf, die nun als Roman vor Ihnen liegt.

Ich fragte ältere Bürger und Bürgerinnen der Stadt, ob sie etwas darüber wüssten, aber dass an diesem Ort eine Müllhalde war, das konnte mir keiner bestätigen. Ein Herr sagte zu mir, dass dort bestimmt der eine oder andere eine Möglichkeit fand, wie man auf einfache Weise seinen Unrat loswurde.

Ich habe mich während des Schreibens ins Stadtarchiv eingelesen. Dort habe ich einige Stunden zugebracht und so viel Interessantes über Kaufbeuren und dem alten und neuen Tänzelfestplatz, erfahren. Die Recherchen über die damalige Zeit hat mir enorm viel Spaß gemacht. So weiß ich jetzt zum Beispiel, wann die Osterferien 1960 waren.

Ich bin während der Zeit des Schreibens immer wieder über den leeren Tänzelfestplatz geschlendert und habe mich meinen Gedanken und Gefühlen hingegeben. Dabei entstand so manche Szene in meinem Kopf, die ich anschließend zu Papier gebracht habe.

Das Tänzelfest wurde über Jahrhunderte im Tannenhölzle am heutigen Fliegerhorst abgehalten. Doch mit dem Fest im Föhrenwald war 1937 Schluss. Der Tänzelfestverein hatte über 20 Jahre keinen festen Veranstaltungsplatz mehr. Mit der Notlösung im Parkstadion war niemand zufrieden. Doch schließlich wurde der heutige Tänzelfestplatz, gebaut.

In den Jahren 1959 bis 1961 wurde das Gelände das über Jahrhunderte brach lag mit Bauschutt, Kies, Erde etc. aufgeschüttet. Dadurch entstand dieser 44.000 m² große Platz, der seitdem neben dem Tänzelfest für diverse Veranstaltungen genutzt wird. Vor kurzem wurden Bodenproben entnommen, mit durchweg negativen Ergebnissen. Der Platz ist nicht mit Schadstoffen belastet. Damit ist ausgeschlossen, dass sich dort eine Müllhalde befand. Und ich gehe davon aus, dass dort auch keine Leiche liegt. Mehr Informationen kann Ihnen der Tänzelfestverein Kaufbeuren e.V. erteilen. www.taenzelfest.de.

Kaufbeuren ist stolz auf das älteste historische Kinderfest, bei dem in den zehn Tagen die Geschichte der Stadt gespielt und gefeiert wird. Wenn Sie liebe Leser einen Sommerurlaub im Allgäu planen, dann statten Sie unbedingt unserem Tänzelfest einen Besuch ab. Sehr zu empfehlen ist auch das historische Lagerleben, das am ersten Festwochenende in der Altstadt Kaufbeurens stattfindet. Lassen Sie sich ins Mittelalter zurückversetzen, trinken Sie einen Krug vom Burontrunk und lassen Sie sich einen Schwedenbraten schmecken. Auch für das leibliche Wohl der Veganer/Vegetarier ist dort gesorgt.

Das Crescentiakloster der Franziskanerinnen ist weit über die Grenzen der Stadt bekannt. Vor allem, seit Anna Höß, so der offizielle Name von Sr. Crescentia, im Jahre 2001 von Papst Johannes Paul II. heiliggesprochen wurde. Gefallene

Mädchen werden dort jedoch nicht aufgenommen, daher habe ich Agnes in das fiktive Kloster der Magdalenerinnen zu Landsberg am Lech übergeben.

Der Stadtrat Kaufbeuren hat im Juli 2015 mit 3:9 Stimmen gegen das Ansinnen der Kaufbeurer Initiative gestimmt. Die KI hatte beantragt, dass der Tänzelfestplatz nicht mehr für Zirkusse mit Wildtierhaltung zur Verfügung stehen soll.

Das verlassene Dorf Haberatshofen im Sachsenrieder Forst gab es tatsächlich. Den Brunnen und die Grundmauern der Dorfkapelle kann man noch vorfinden. Ein Schild erinnert an das Dorf. Seit einigen Jahren ist mir die Sage der Weißen Frau in diesem Wald bekannt. So wie es bei solchen Geschichte eben ist, vieles ist erfunden. Doch ist nicht in jeder Sage auch ein Körnchen Wahrheit dabei? Ich glaube, es erfordert etwas Mut in einer dunklen Nacht zu diesem alten Dorf in den Wald zu gehen um Ausschau nach einer weißgewandeten Frau zu halten, die womöglich einen markerschütternden Schrei ausstößt. Vielleicht ist es ja eine gefangene Seele die nach Erlösung ruft?

Die Namen in diesem Buch sind nur zum Teil frei erfunden. Ähnlichkeiten mit real existierenden Personen wären zufällig. Ich habe ein paar Namen verwendet, die es als echte Personen tatsächlich gibt und gab. Natürlich habe ich um Erlaubnis gefragt. Das bringt mich direkt zur Danksagung.

Danksagung

An erster Stelle steht natürlich wieder meine Ehefrau Ruth, die lieber als Lisl angesprochen werden will. Danke, dass du immer wieder so kritisch bist. Auch wenn ich nicht immer einer Meinung mit dir bin, deine Einwände sind meist sehr konstruktiv.

Liebe Eltern, Karlheinz und Margarete Essenwanger, euch widme ich dieses Buch. Danke Mama, dass du mir deinen Mädchennamen Margarete (Greti) Zaiser zur Verfügung gestellt hast und dass ich dich somit praktisch zur Welt bringen durfte. Nun steht es wohl unentschieden.

Meinen Großvater Eduard Zaiser habe ich leider nicht bewusst kennengelernt. Er starb bei einem Unfall, als ich noch sehr klein war. In diesem Buch habe ich ihn noch einmal auferstehen lassen.

Herrn Oberbürgermeister Stefan Bosse muss ich selbstverständlich erwähnen. Ist er doch der Ursprung dieses Thrillers.

Dem Tänzelfestverein möchte ich ebenso meinen Dank aussprechen. Es war sehr Interessant, Einblicke in die Historie unseres Festes zu bekommen.

Aus dem Stadtrat danke ich Hans Häußer, den ich auch aus gemeinsamen Golfzeiten sehr schätze. Er hat mir Kontakte ermöglicht, damit ich in den Archiven der Stadt mein Wissen über den Tänzelfestplatz und die Geschichte Kaufbeurens erweitern konnte.

Simone Holland, von HollandDesign hat wieder ein tolles Cover erstellt. Bei dir bin ich beim Buchdesign in den besten Händen.

Frau Ev Waldmann, von der Leihbücherei Kaufbeuren/Neugablonz und Simone Page von meiner Lieblingsbuchhandlung Edele/Kaufbeuren möchte ich gerne dankend erwähnen. Ich fühle mich mit meinen Büchern bei Ihnen hervorragend aufgehoben.

Auch dieser Roman wurde von meiner Lektorin Angela Hochwimmer unter die Lupe genommen. Ich muss zugeben, ich war etwas angespannt, als ich das Manuskript zur Bearbeitung übergab. Ist mir doch ihre professionelle Meinung sehr wichtig, die zu meiner Freude äußerst positiv ausfiel. Herzlichen Dank Angela, für deine spitzenmäßige Arbeit.

Schön ist auch immer der Austausch mit meinen Autorenkollegen Andrew Holland, Noah Fitz, Julia Meyer, Salim Güler, Ilona Bulazel, Michael Pilipp um nur einige zu nennen.

Und der größte Dank geht an Sie, meine Leser. Sie sind es, die meine Bücher kaufen und lesen. Das motiviert mich für weitere Projekte.

Ich hoffe, Ihnen hat mein Mystery-Thriller gefallen. Wenn das der Fall war, dann würde ich mich über eine Rezension bei den üblichen Onlinehändlern freuen. Wenn es Ihnen nicht gefallen hat, dann lassen Sie sich ruhig Zeit damit. Wir Autoren sind angewiesen auf Ihre Meinung und Sie erleichtern anderen Kunden die Kaufentscheidung.

Sehr gerne können Sie mir aber auch persönlich schreiben, dazu haben Sie mehrere Möglichkeiten. Per Mail an charly.essenwanger@gmail.com, facebook.com/CharlyEAutor, oder besuchen Sie meine Webseite www.autor-essenwanger.de. Gerne tausche ich mich mit Ihnen aus, wenn Sie mich loben wollen, aber auch bei konstruktiver negativer Kritik habe ich ein offenes Ohr für Sie.

Charly Essenwanger

Kaufbeuren/Allgäu im Juni 2018

Der Autor

Charly Essenwanger wurde 1967 in Marktoberdorf/Allgäu geboren.

Seine Leidenschaft ist seit der Kindheit das Lesen von Spannungsliteratur.

Sein Debutroman >**First to Find – Mord am Bärensee**< avancierte direkt zum Verlagsbestseller bei BoD.

Nach dem Kriminalroman >**Asylwut**< der im Dezember 2017 bei BoD erschien, ist >**Tänzelfest Inferius**< sein dritter Roman um den veganen Hauptkommissar Vincent Zeller

Charly Essenwanger wohnt mit seiner Frau Ruth in Kaufbeuren/Allgäu

Ebenfalls vom Autor erschienen

First to Find – Mord am Bärensee

Kaufbeuren/Allgäu - Siegfried Distl ist ein liebender Ehemann und Vater einer 15-jährigen Tochter. Gern geht er seinem Hobby, dem Geocaching, einer Art Schnitzeljagd mittels GPS, nach. Eines Tages trifft er bei einer Cachesuche seinen ehemaligen Freund, Jakob Muschke wieder, der ihn damals finanziell ruiniert hat. Die Arroganz und die Zurschaustellung seines Reichtums lässt bei Siegfried alte Wunden aufreißen. Die Wut auf seinen Widersacher steigert sich ins Unermessliche, bis er einen perfiden Plan schmiedet und Jakob durch Geocaching in eine Falle lockt und brutal ermordet.

Die Kripo unter der Leitung des veganen Hauptkommissars Vincent Zeller tappt zunächst im Dunkeln, bis ein dramatisches Ereignis in der Kernstadt Kaufbeurens einen entscheidenden Hinweis gibt.

ISBN 978-3-7431-9657-5   € 11,99 (D)

Asylwut

Kaufbeuren/Allgäu – Im Stadtteil Neugablonz brennt ein Asylbewerberheim, das kurz vor der Eröffnung steht. Schnell wird klar: Es handelt sich um Brandstiftung. Der Bürgermeister kündigt an, das Heim schnell wieder sanieren zu lassen. Tage später wird ein Anschlag während einer großen Benezfiz-Motorradausfahrt verübt. Mehrere Biker werden zum Teil schwer verletzt. Vor Ort findet die Kriminalpolizei unter der Leitung des Hauptkommissars Vincent Zeller ein Erpresserschreiben. Die Forderung: Kaufbeuren soll asylfrei werden. Die Stadt geht nicht darauf ein, doch dem oder den Tätern ist jedes Mittel recht, um ihr Ziel zu erreichen. Dass dabei unschuldige Menschen zu Schaden kommen, wird dabei skrupellos in Kauf genommen.

Die Kripo eröffnet die Jagd … Bald führen Die Spuren in die hohe Kommunalpolitik. Der Rassismus ist im Stadtrat angekommen.

ISBN 978-3-746-011011   €11,99 (D)